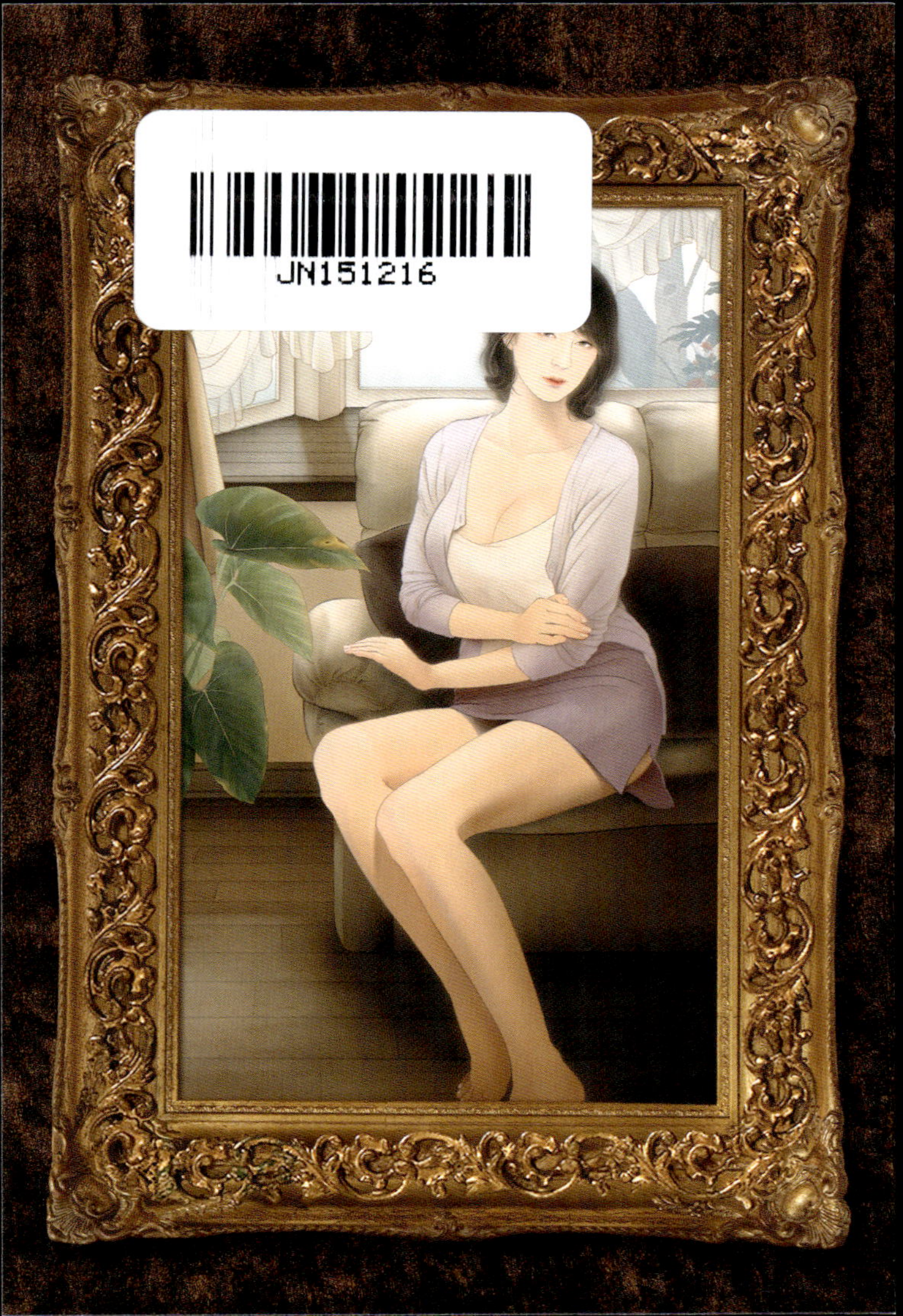

【完全版】彼女の母は僕の奴隷

麻実 克人

フランス書院文庫X

【完全版】彼女の母は僕の奴隷

もくじ

フランス書院文庫X

【完全版】
彼女の母は
僕の奴隷

第一章　彼女の母は若未亡人

1　狙われた三十六歳

午後七時のテレビニュースは、衰えぬ雨脚と道路の冠水の様子を伝えていた。

「奥山くんをタクシーで帰さなくて、良かったわ」

桐原牧江は、食卓の向かいに座る奥山英二を見た。少年は、手に持っていたスプーンを動かすのを止めた。

「塾を出た時は、ここまで酷くなかったんですけど」

「車でこれだもの。自転車はさすがに無茶だよ」

牧江の隣に座る娘の亜沙美が、眉をひそめて告げる。テレビにはタイヤが完全に浸かった軽自動車が、のろのろと走っていく場面が映し出されていた。

（この悪天候ではタクシーに乗せたとしても、自宅にまで無事辿り着けたか怪しいもの。英二くんを引き留めて良かった）

牧江はホッと息を吐いた。

奥山英二は、亜沙美と同じ学習塾に通う高校生だった。通う高校は違うが年齢は一緒の高校一年生で、二人とも国立大学志望クラスに属していた。昼間娘が塾に忘れたノートを、英二は雨のなかわざわざ遠回りして届けに来てくれた。

「雨が強くなる前に、帰宅できると思ったんですけど……却ってご迷惑掛けてしまったみたいで。こうして夕食までご馳走になっちゃってるし」

「そんな迷惑だなんて少しも。ね、ママ」

娘が慌てて否定し、母に同意を求めた。

（亜沙美が英二くんに好意を持っているのが、丸わかりだわ）

ノートを英二から受け取った時の応対の様子からして、おかしかった。いつもは明るい声でハキハキと喋る娘が、顔をりんご色に染めてお礼の言葉さえ満足に口に出来なかった。

「ええ。奥山くん、親切にありがとうね。ところで、わたしの料理はお口に合うかしら？」

「はい。このトマト煮、おいしいです」

「ありがとう。お代わりをどうぞ」

英二が空になった皿を差し出す。牛肉のトマト煮をよそって渡すと、少年は勢い込んで口に運ぶ。牧江は笑みを浮かべた。夫に先立たれて十年になる。ガツガツとした男らしい食べっぷりを目にするのは久しぶりだった。

「奥山くん、今夜はこのままうちに泊まって行ってね」

「え？」

「台風は朝までには通り過ぎるみたいだから、そうしたら自転車で帰れると思うわ。ご自宅の方には、断りの電話を入れておけばだいじょうぶでしょう。明日は日曜日なんですもの」

「そうだね、その方が安全だよ。そもそも亜沙美がノートを忘れたのが、いけないんだから。わたしのせいで英二くんが、怪我とかされちゃったら困るし……ね」

娘も説得する。少年は少し思案の顔を作ってから、首肯した。

「それじゃ、お言葉に甘えて、お願いします」

少年の返事に、亜沙美の横顔がほころぶ。牧江はそんな娘のようすを見て、眼差しを和らげた。

＊

窓を打つ風の音が聞こえた。

（すごい風ね。家がゆれてるわ。英二くんはもう休んだかしら）

浴室から出た牧江は、廊下からそっと客間の方を見た。一階の広い客間を、英二にあてがった。明かりが既に消えているのを確認してから、牧江は己の寝室がある二階へと向かった。自室へ入る前に、隣の娘の部屋のドアを少し開けて、なかを覗く。

（亜沙美も眠ったようね。英二くんが泊まるから、ドキドキしていたみたいだけど）

夕食の片付けを手伝いながら、亜沙美は「今夜、寝られるかなあ」と不安そうに漏らした。そしてハッとした顔をして母を見た。

「あ、ママ、違うよう、台風だから」

「そうね。恐かったらママのお部屋においでなさい」

赤面して言い訳をする娘に、牧江が話を合わせてやると、亜沙美は照れの滲んだ声で「もう」と漏らした。

（ふふ、あの子も、すっかり年頃になっちゃって）

好いた相手と一つ屋根の下で過ごせるのがうれしくもあり、また緊張を感じる気持ちは、牧江にも理解できた。

（塾にかっこいい男の子がいるって前に言っていたけれど、英二くんのことだったのね）

英二の甘いマスクを、牧江は思い出す。夕食後の一時、三人でトランプをやり、テレビゲームで遊んだ。英二は礼儀正しく、受け答えもしっかりしていた。娘の話では塾でのテストも、常に一番らしい。

（女生徒にもさぞ人気があるんでしょうね。亜沙美のためにも好印象を与えないと。朝ご飯も腕によりを掛けないとね）

大切な一人娘の淡い恋、その応援をしてあげても良い相手だろうと牧江は思う。

（でも真面目な優等生でも、男の子なのよね。ネグリジェ姿は不用心だったわね。今日に限ってガウンを浴室に持って行くのを忘れるなんて）

風呂上がりに少年と出会う可能性もあった。身体のラインが透ける寝間着姿は良くなかったかもと考えながら、鏡に映る自分の姿を見た。薄い生地の下で、ゆたかな乳房が浮かび上がっていた。赤い先端もうっすら見える。

「こんな格好でうろうろしちゃってダメね。娘と二人きりの生活が長かったから」

誰に言うともなく、牧江は呟いた。

（あの人が亡くなって、もう十年になるのよね）

女らしい丸みのある己の身体を眺めて思う。スレンダーだった二十六歳の身体は、誰にもふれられることなく、三十代のグラマラスな体つきへと変化した。

（寂しくなかった訳ではないけれど、不幸だったとは思わない。亜沙美がいたもの）

愛する娘が牧江の心の支えだった。夫の遺した家、そして過分な財産があった。牧江が結婚前に行っていた翻訳の仕事を続けることで、安定した収入も得られた。経済的には困ることのない十年だった。

（過去を振り返ったりして……らしくもない）

娘と二人暮らしの家庭に、高校生とはいえ男性がいる。いつにない昂揚を牧江は感じた。長い髪をとかしてから肌の手入れを済ませて、ダブルベッドへと潜り込んだ。

（わたしも自意識過剰ね。三十六歳のおばさん相手になにが起こるというの。ついこの間まで義務教育の中学生だった子に、余計な警戒をする方が変だわ）

浮き立つ心に一応の決着を付けると、牧江は目を閉じた。睡魔が一気に押し寄せた。

（若い子は和食よりも、パン？　それともパンケーキの方がいいかしら。朝になったら、亜沙美に訊いてみましょう）

朝食のメニューを考えている途中で、未亡人は眠りのなかへとまどろんでいった。

＊

忘我の境に落ち込んだ牧江の意識に、覚醒を促したのは人の気配だった。ギシッとスプリングの音が鳴り、ベッドがわずかに傾くのを感じた。

「あ、亜沙美なの？」

壁側に顔を向けて寝ていた牧江は、首を回して身体を起こそうとするが、その前に侵入してきた人物が背後から抱きついてきた。腕の力、ゴツゴツとした身体の感触で、娘ではないとすぐにわかった。

「だ、誰――」

布団を跳ね上げ、真っ暗闇のなかで牧江は声を上げるが、すかさず手で口を覆われた。

（なに？　強盗なのっ？）

突然の出来事に、牧江はパニックに陥る。恐怖が湧き上がり、冷や汗が噴き出した。四肢に力を込めて抵抗するが、侵入者は牧江の肢体を両腕で抱き、脚に脚を絡めて押さえ込んだ。

「落ち着いて亜沙美、僕だよ」

耳元で聞こえたのは、英二のひそめた声だった。

(英二くん？)

牧江は必死に声を上げようとするが、指で口元を塞がれている。「ふぐ、んぐ」と不明瞭な呻きしか出てこなかった。

「しっ。声を抑えて。約束通り、遊びに来たんだからさ」

英二は指を顎に食い込ませて、女体をきつく抱きすくめる。

(こんな時間に女性の部屋に忍び込むなんて。それにわたしは、亜沙美ではないわ)

牧江は英二の手を外そうと懸命に身をゆすった。

「静かにして亜沙美。お母さんに聞こえちゃうだろ」

こもった女の息遣いが闇のなかにこぼれる。五分も暴れていると息が上がり、汗がべっとりと噴き出した。牧江は鼻腔から大きく酸素を吸い込んで、呼吸を整える。

(たとえ娘と約束していたにしたって、深夜に女性の部屋に侵入するなんて行為は、褒められたものではない)

深呼吸で、牧江の身体から力が抜けた瞬間、英二の手が口から離れた。牧江はすかさず叫び声を上げようとするが、その前に布のようなものが唇に食い込んだ。

(これは猿轡……)

細く捩じった布が、牧江の紅唇を上下に割っていた。

「会いたいって言ったのは、亜沙美の方だろ。なんで言うことを聞いてくれないのかな。お母さんにばれたら亜沙美だって困るんじゃないの」

口を開けっ放しの状態では、くぐもった声しか発せられない。牧江の焦りは深まる。猿轡を外そうとするが、腕を摑まれて背中に向かって引き絞られた。ベルト状の硬いものが手首に巻き付く感触がした。

（まさか、手錠？）

牧江の嫌な予感が当たる。じきに手首は固定されて、自由に手を動かせなくなった。

（後ろ手に拘束を掛けられて、声もだせない）

囚われの身に落ちたことに牧江は勘づいた。焦燥と脅えが、女体にこみ上げる。英二の手が前に回り、胸元を這った。ネグリジェの上から、乳房をむんずと摑んできた。

「へえ。亜沙美ってこんなにおっぱい大きかったんだ」

英二の指が、イヤらしい真似を。

（ああ、胸肉を揉みほぐす。

「プルンプルンだね。亜沙美のお母さんもえらくデカかったもの。お母さんゆずりだね」

英二の呼気が、首の裏に吐きかけられる。牧江の喉からは甘ったるい呻きが漏れた。十年ぶりの胸愛撫が、女体に染みた。

(英二くん、勃起をしているわ)

少年の腰が、牧江の尻に当たっていた。強張った異質の感触は、嫌でも男の興奮を女に教える。劣情を突き付けられる嫌悪が、牧江の内にこみ上げた。少しでも身体を離そうと、牧江は腰を捩った。

「亜沙美のお母さんって、美人だよね。モデルや女優って言われても信じちゃうな。スタイルも抜群だし。塾の送り迎えの時に、何回か見かけたんだよね。歩くとおっぱいがブラウスの内側でゆれてさ。男子はみなエロい目で見てたよ」

(男の子たちが、そんな風にわたしを)

年頃の少年たちに、性の対象にされていることは知らなかった。恥ずかしさが牧江の身体を熱くさせた。

「人気があるのは、亜沙美だって同じだけどね」

息遣いを頬に感じた。視線を向ける。闇のなかに浮かび上がった白い顔が、牧江を覗き込んでいた。近づいてくる。

(いやっ)

猿轡で割られた牧江の上唇が、ペロッと舐められた。ヌメった感触に怖気が走った。

「う、ううっ」

牧江は相貌を振って唸った。

「亜沙美とのセカンドキスだね。二週間前のファーストキス、覚えてる?」

暗がりのなかでも、少年が笑顔を作ったのがわかった。そのまま頬から耳元へと唇が這った。唾液をなすりつけて、牧江の肌を舐める。

「んっ……んうっ」

湿ったおぞましい刺激に、女の切ない喘ぎがこぼれた。

「ああ、亜沙美の身体もベッドのなかも甘い香のいい匂いだ」

愛撫の合間に英二は牧江の体臭を嗅ぎ、うっとりとした吐息を細首に吐きかけた。

(英二くんは、わたしを亜沙美と思い込んでいるの? 小柄な亜沙美とは体つきだって違うのに)

黒髪を避け、耳の裏を吸ってきた。同時に男性器をヒップにゴリゴリと押し付け、双乳を揉み立てる。

「寝る時は、ノーブラでネグリジェなんだ。亜沙美の先っちょが勃ってるの丸わかりだよ。ふふ、乳首も大きいんだね。意外だな。どう、デカ乳首感じる?」

指が乳頭を摘んで擦り上げる。牧江は猿轡を噛んで、刺激に耐えた。

(デカ乳首って……酷い言い方をして)

牧江の嗚咽に羞恥が滲んだ。年齢を重ねれば乳頭も肥大する。十代の娘と三十六歳の牧江では、乳房の弾力も異なるだろう。

背後でごそごそと服を脱ぎ取る気配がした。バチッと尻たぶを硬いモノが打った。

(ああっ、直に押し付けてきた)

下着のなかから飛び出た逸物が、尻肌を打ったのだとわかった。ネグリジェをたくし上げて、臀裂を埋めるように肉柱を押し付けてくる。

(太いわ)

ショーツの薄い生地越しに、脈打っているのを感じた。灼けつくような熱を孕み、牡の猛々しさが女に迫る。

(このままでは英二くんに、乱暴されてしまう)

牧江の呼気は乱れ、腰はくねった。

「待ちきれないって感じにお尻を振っちゃって。亜沙美ってエッチな子だな」

英二は含み笑いを漏らすと、尻たぶの横を平手で打ってきた。寝室にパンッと打擲の音色が響いた。

「ひんッ」

急な平手打ちに驚き、女の喉から悲鳴が漏れた。

「今、お尻がキュッてなったね。やわらかなヒップに挟み込まれてるのって、気持ちいいよ。お肉たっぷりだからみっちり包み込まれてる」

もう一回叩いて、牧江の豊腰が引き攣る感触を英二は愉しむ。他人に手を上げられた経験のない牧江は、狼狽えた。

（ぶつなんて。ああっ、脱がさないでッ）

下着の端に、英二が指を引っ掛けてきた。汗で貼り付いたショーツが腰から剝がされ、ジリジリと引き下げられていく。

「亜沙美もパンティを取ろうね。恥ずかしがることないよ。僕も脱いだんだから」

牧江は横になった身をゆすり立ててなんとか阻もうとするが、抱きすくめる英二は易々とショーツを膝まで下ろした。逞しい肉体の熱気と躍動が、背中越しに伝わってくる。尻肌に当たる勃起は、ますます硬さを増していた。

（ああ、英二くん、既に裸なんだわ）

脇から前に回った手が、下腹の辺りを撫でる。丸みに沿ってすべり下り、恥丘部分にまで指先が潜り込んだ。

「へえ、案外茂ってるね。亜沙美ってうぶで清楚な感じがしたけど、身体は充分に大人なんだ」

繁茂した女の恥毛を、指が掻き分ける。

（そ、その奥はっ）

大切な箇所への侵入は許すまいと、牧江は内股になって太ももを絞り込んだ。

「あれ、この先はダメだっていうの？」

少年の指先が太ももを押す。しかし牧江は脚の力を緩めなかった。

（いい加減に気づいてっ。部屋が真っ暗でも、声質ですぐにわかりそうなものなのに）

顔を振り立て、牧江は呻いた。猿轡をされているとはいえ、声の高さはまったく違う。英二が相手を間違っていることに気づかないのが、信じられなかった。

「恐いのかな。安心して。痛くなんかしないよ。ちゃんと時間を掛けて身体の準備が整うのを待ってあげるからね」

女の必死の訴えを、純潔を奪われることの不安と思ったのか、英二がやさしい口調で囁き、耳たぶにキスをした。そのまま耳の縁を舐め吸い、甘嚙みする。

「こんな服装で待ってたんだもの。今夜、僕とすることを亜沙美も期待してたんだろ。身体の力を抜いて。やさしくほぐしてあげるから」

耳の穴に、少年の息が吹き込まれる。

「んうっ」

牧江の背筋にぞわっと震えが走り、女体は脱力した。

「よしよし。いい子だね」

弛緩の隙を逃さず、指先が股間に潜り込んだ。

(ああっ、入ってきたっ)

牧江は心のなかで悲鳴を上げる。指が秘園の表面をまさぐっていた。肉芽を弾くように擦っていた。

「ここがクリトリスかな。おや。こっちもなかなか大きめじゃない？」

刺激を受けて、充血が促される。

「んっ、んむんっ」

猿轡を噛んで、未亡人は艶を帯びた喘ぎを吐く。女の感覚器をイタズラされて、無反応でいることは無理だった。指が当たる度に、腰が引ける。自然と英二のペニスとの密着が増した。

「自分からむちむちヒップを押し付けてきて。待ちきれないのかな。隣の部屋に家族がいるってのにこうして抱き合っているなんて、冷や冷やするし燃えるよね。亜沙美もそうかな?」

英二は愉快そうな笑い声を、牧江の耳元でこぼした。

(興奮の汁を漏らしているわ)

双臀に擦り付く男性器から、ヌメ付いた液が垂れていた。尻の谷間に、粘液がこびりつく。気色悪さで、牧江は腰をもじもじと動かした。

「亜沙美の処女オマ×コは、どんな具合かな」

少年の指が奥まった位置に進んでくる。牧江は太ももを締めるが、食い止められなかった。指先が花弁を割り開き、粘膜の中央を撫でてくる。

(あぁっ、そこは)

狼狽する女の胸中など無視して、秘穴へと指は沈み込んできた。

「ビラビラが指に当たってるね。あらら、既にヌレヌレじゃないか」

少年の発言に、牧江の顔は紅潮した。

(う、嘘よっ)

胸で叫んだ牧江の反発の声が聞こえたかのように、英二が告げる。

「この濡れ具合、嘘みたいだね。亜沙美って清純な女子高生っていうより、欲求不満の人妻みたいだ。乳首やクリトリスまでピンてさせてさ。エッチな穴からは、こうしてはしたなく涎をたらしている。もしかして天性の淫乱タイプかな」

(欲求不満なんて……そんな訳)

少年の揶揄に、牧江は認めたくないと黒髪を乱してかぶりを振る。だが夫を失い、十年も肉体関係が途絶えているのは事実だった。

「僕にこういうこと、して欲しかったんだろ」

英二の指先が、乳頭を摘んで引っ張った。女は背筋を震わせ、呻いた。さらには腰を振って、強張った勃起を双丘の間で擦らせた。カウパー氏腺液がすべりをよくする。灼けついたペニスに、尻肉を犯されているようだった。

「こんな花弁の発達したマ×コに、おっきな乳首、高校一年生って言っても誰も信じないいんじゃない?　自分でいっぱい弄くりまくって、オナニーしているんだろ」

(三十六歳なのよ。娘を一人産んでいるんですもの。仕方ないでしょう)

成熟した女体を十代の純潔の身と比べることがおかしいのだと、言い返したかった。だが口を塞がれていては叶わない。

「こうしてさわってるだけで、どんどん垂れこぼして。実はセックスしたくてたまらないんだ」

英二は充血した乳首を捏ね、股間では花弁に指先を差し込んで、浅瀬で前後させる。

ビクンビクンと肢体は戦慄いた。

(ち、違う。感じて濡れているんじゃないわ。身を守るためよ)

デリケートな女性器を保護するための防衛本能だと、牧江は胸で否定する。我が子と変わらぬ年齢の少年に愛撫をされ、発情するなどあってはならないことだった。

英二が、尻たぶに挟んでいたペニスを引き出した。手錠を掛けられた指先に、硬い感触がツンツンと当たった。

「これから亜沙美のなかに入るんだ。ちゃんと形を知りたいだろ? ほら、握って」

少年が、牧江の耳元で命じた。

(握れと言われて、素直に従える訳がない)

牧江が動かずにいると、ぎゅっと指で乳頭を挟み、躙った。痛みを伴う鮮烈な感覚が、女体を襲った。

「ひんッ」

風雨の音のなかに、牧江の喘ぎが木霊した。

「遠慮しなくていい。好きに弄くっていいよ。コレが欲しかったんだろ」

英二は、乳房をゆっくりと揉みあやしながら、ヒリ付く乳頭をやさしく撫でる。

(逆らったらなにをされるか)

恐怖心が生じる。牧江は後ろ手にされた右手の指を、そっと硬直に巻き付けた。

(太い。ビクンビクンしている)

手に余る長大さだった。ヌルヌルとした汁にまみれ、生々しく脈動する牡の象徴は、牧江の女体に、不穏な発汗を呼び込んだ。

(こんなに膨張するものだなんて、知らなかった)

生涯で経験したのは、夫一人だった。当たり前と思っていた認識が、間違いであったことを、牧江は三十六歳にして初めて悟る。

「そんな恐々とさわらなくてもいいよ。強く摑んで」

脅える女をせき立てるのは、少年の乱暴な指遣いだった。膣口から指を抜き取ると、今度はクリトリスを強めに摘んで、揉み込んだ。

「ンひんッ」

ダブルベッドの上に、二度目の哀切な悲鳴が響いた。牧江は慌てて指を動かし、少年の勃起を撫で回した。

「ふふ。いい声だね。でも家族に聞こえちゃうから、抑えた方がいいよ」

指が女穴に戻って、淫蜜を絡めるようにして入り口付近をまさぐる。

「ふふ、さっきより溢れてる。この反応、とても処女とは思えないな。チ×ポ握ることができてうれしいの？　オナニーの時、ギンギンチ×ポを思い浮かべてヤッてるのかな。やっぱり純真無垢のバージン少女というより、旦那を亡くして溜まってる未亡人って感じだね」

（溜まっている未亡人だなんて）

少年の物言いに、牧江の心は傷つけられる。

英二の指がしつこく膣口をまさぐってくる。秘奥から新たな蜜がじんわりと分泌するのを感じた。

（子宮の辺りが熱い）

急所にやさしく刺激を受ければ身体の芯は疼き、肌は火照る。それが女の身体の仕組みとはいえ、我が身に起こっている現象を認めたくない牧江は、枕の上で力無く相貌をゆすった。

「亜沙美は、僕のこと好きって言ってくれたんだし、このままヤッちゃってもいいよね？」

英二が女性器から指を引き抜いた。牧江のウエストを摑んで、尻をグイと後方へ突き出させた。このまま横臥位で繋がるつもりなのだとわかり、牧江の身体に緊張が走る。

（娘と同じ年の少年と交わる訳には）

法にも倫理にももとる行為だった。しかも娘が好意を抱いている相手でもある。

「処女、もらうよ。亜沙美。いいよね」

牧江の指をペニスからほどくと、尻肉を開いて差し込んできた。

（いけない。絶対にこんなの許されないわ）

だが今の牧江には、侵入を阻む術はない。猿轡の内で「うー、うー」と呻くことが精一杯だった。

（誰か助けて……亜沙美、あなたッ）

助けを求める牧江の声は、どこにも届かない。秘唇に切っ先が擦れた。位置を探すように亀頭が花弁を割って、前後に動く。ヌルヌルと擦れる心地に、牧江は絶望の喘ぎを寝室に木霊させた。

2 娘の同級生に……

先端が肉穴を探り当てた。蜜を垂らす女口目がけて、クッと浅く突き刺さった。

（ああッ、ダメなのにッ）

「ここだね」

少年の息が、牧江の首筋を撫でた。入り口を押し広げるように、亀頭が円を描いてくる。

「ちょっと刺さっただけなのに、僕のチ×ポに吸いついているよ。入れていいよね。亜沙美？」

英二がやさしい口調で尋ねる。牧江は拒絶の意思を伝えようと、精一杯頭を振り立てた。だが膣口にジリジリとした圧迫が掛かる。

（やめて。まだ間に合うわ。抜いて英二くん、お願い早く抜いてッ）

未亡人は必死の唸りをこぼした。哀訴とは裏腹に、英二はウエストを摑み直して、いよいよねじ込みに掛かった。

「この辺が処女膜だっけ？　もう少し入れてみればわかるかな」

次の刹那亀頭がヌルリとすべって、膣穴を貫いた。

「ふうんッ」

摩擦の性感が、牧江の肉体に走る。猿轡された紅唇から、色っぽい泣き声が漏れた。

（夫のモノより遥かに……あぁッ、広げられている）

指で摑んだ時の感覚、そして女穴に刺さった亀頭の拡張感でわかる。夫のモノに倍する偉容ぶりだった。未知の雄渾さに、女体は震えた。

「変だな。処女膜なんてないようだけど」

英二が半分ほど埋め込んだ位置から、軽く出し入れをした。

「うっ、ううッ」

女の嘆きの声が漏れた。

(娘と同じ年の男の子に、犯されている)

愛する夫との思い出が残る寝室、夫婦のベッドの上で凌辱を受けていた。無力感と悲しさに胸を締め付けられて、牧江は鼻を啜った。

「鼻を鳴らしちゃって。そんなに早く欲しいんだ。食らわせてあげるよ。ほらッ」

さらに肉柱が潜ってくる。硬さと逞しさに女体は引き攣った。

(あうう、こんなの初めて)

挿入感は夫など比較にならない。膣口はピンと押し広げられ、内粘膜がきつく擦られていた。

「亜沙美、セックスを経験しているだろ。うれしそうに絡み付かせてきてるもの。トロトロのヒダが、チ×ポが大好きって言ってるよ」

そう言うと英二は肉棹の残りを一気に叩き込んだ。

「ふむんッ」

経験したことのない埋没感に、女は身を強張らせた。下腹が痺れる。

(おなかのなか、いっぱいになっている)

「全部入ったよ。亜沙美にもわかるだろ」

牧江のヒップに腰を密着させて、英二が告げる。女体は拡張感で満ち、目の眩むような官能が押し寄せていた。

「突っ込んだ感じが女子高生とか、女子大生とはまったく違うな。ふふ、もっともっとって誘うようにうねってる」

英二が腰を振り立て、蜜肉を抉った。本格的な出し入れが始まった。猿轡の隙間からは、情感のこもった喘ぎがこぼれた。

「んうっ、んっ、んっ」

徐々に抽送の幅が広がり、ジンジンとした充塞感が腰全体に響いた。

「この物欲しそうな感じ。むっちりヒップをプルプル震わせてさ。処女の訳がない。そうだろ、亜沙美」

大きく引き出し、突き込んだ。膨れた肉柱がズズッとすべり込んでくる心地は、女の意識を甘く薄れさせた。

「ふぐうッ」

「もうイキそう？　さっきから声がずいぶんと色っぽいよ」

英二がネグリジェの上から乳房を掴んでくる。

（なぜ感じてしまうの？　しっかりするのよ）

愛液の湧出と、膣粘膜の淫らなうねりが自覚できてしまう。女壺への肉刺しに呼応して、豊乳までもが熱く火照った。性的な愛撫を施されているとはいえ、愛の欠片も抱いてない相手から受ける、意に沿わぬ凌辱の筈だった。己の肉体の淫らな変化が受け入れられず、牧江の内には嘆きの思いが湧き上がった。

「処女じゃないなんて残念だよ。亜沙美がヤリマンだったなんてショックだな。他の男の味を知っているオマ×コに、僕の形を覚え込まさないとね」

抜き差しの激しさが増す。身体のなかを掻き回されているようだった。

（これ以上流されてはだめよ。我慢するの）

牧江は懸命に理性を保とうとするが、発情が抑えられない。ズンと奥に打ち込まれると、快楽の痺れが明確な色をなして身体のなかを迸った。牧江は眉間に皺を寄せ、猿轡の布を嚙み締める。

「亜沙美の愛液、いっぱい溢れてるね。僕のカウパーと混じって、グチョグチョいってる。聞こえるだろ？」

肉交の淫音が、台風の風の音に混じって室内に響いていた。

（避妊だって、していないのに……）

猛った勃起の生む擦過の感覚が、生挿入の現実を女に教えた。先走り汁にも、精子が含まれている可能性がある。妊娠の脅えを抱きつつ、未亡人は肉塊に貫かれ続けた。

「ああっ、気持ちいい、我慢できないよ。一回だすね亜沙美。いいよね？」

少年が歓喜の息を吐き、恐ろしい台詞を口にする。牧江は黒髪を乱して、頭を振った。

（だめ、なかにはださないでッ）

女の懇願は、少年には届かない。乳房を摑んで、熟腰に打ちつけてきた。亀頭の括れが深いため、粘膜を引っ掻かれる心地も絶大だった。

（あう、わたし……耐えられない。あなた、ごめんなさい、わたしっ、ああッ）

ピッチが上がると、牧江の意識は甘く混濁した。野太い肉茎に蜜肉を埋め尽くされる感覚は、女体をどうしようもなくとろけさせる。

「これが亜沙美の新しいチ×ポだよ。忘れちゃだめだからね。これからいっぱい咥え込むんだから。そろそろだすからね」

英二は肉棒を鋭く突き入れ、ネグリジェの布地と一緒に乳房を強く絞り上げた。

「ふぐうッ」

身体に響き渡るのは、女の意思を打ち砕く牡の雄渾さだった。鮮烈な肉交の快感に、抗えなかった。

（あぁっ、だめっ、わたし……イッちゃうッ）

暗闇しか見えなかった瞳に、鮮やかな赤い薔薇の花がパアッと映り込む。

（イクッ――）

熟れた腰つきがビクッビクッと痙攣し、年上の女は喉で呻いた。

「ううっ、締め付けてくる」

英二が唸り、アクメの緊縮を起こした女壺をグイグイと貫いた。亀頭の反りが蜜肉を生々しく擦る。

「ああっ……呑めッ、久しぶりの生ザーメンだぞッ」

少年が叫んだ。次の瞬間、最奥まで突き刺さった肉柱の先から、樹液が溢れ返った。

（いやぁッ、英二くんの精子がッ）

煮えたぎった生殖液に、膣粘膜を灼かれる。牧江は悩ましく肢体をくねらせ、細首をゆすって嗚咽を放った。英二は女体を逃さぬよう、熟れた双乳を両手で強く摑んで、結合を深くする。

(十代の男の子のミルク……わたしのなかにいっぱい流し込まれている)

少年の発作は止まらない。年の離れた男女が、横臥位でぴったりと抱き合い、受精にまで至っていた。罪を犯してしまった後悔の思いが、胸を衝いた。

「あぁっすごい。精液を絞り取るようにオマ×コが蠢いているよ……牧江ッ」

英二が、牧江の肩に歯を立ててきた。歯先が肌に食い込む。

「んぐんっ」

痛みに驚き、女体は引き攣った。

(わたしの身体、征服されている)

嚙みつかれ、豊乳を両指で弄ばれながら精子を浴びていた。獣じみた交わりは、女に屈服の想いを強く抱かせる。

(相手は娘と同じ年の少年なのに)

家をゆさぶる風の音が、牧江の悩ましい嗚咽を掻き消す。次々と噴き上がる粘液は、退廃の恍惚を未亡人の肉体にもたらした。目に映る世界が赤から白へと変わり、快感の波も甘く華やいだ。猿轡は涎を吸いきれず、溢れた唾液が口の端から垂れた。

(さっき、わたしの名を口にした気がする)

　ぼうっと官能にゆらぐ意識のなかで、牧江は思った。英二の発した「牧江」の台詞が耳に残っていた。

（それとも聞き間違い……英二くん、わたしが亜沙美でないことに気づいているのではないの）

「ああ、すごく良かったよ、亜沙美」

　英二の身体から力が抜けるのを、牧江は背中で感じた。乳首をやさしく指先で弄くりながら、荒い息遣いをうなじに吐きかける。少年の汗が、牧江の汗と混じってシーツを濡らしていた。ネグリジェもぐっしょりと湿って肌に貼り付いていた。

（妊娠、していないわよね）

　最も危険な受精期からは外れている筈だった。だが可能性が低くなるというだけで、精を流し込まれれば、当然妊娠は有り得た。牧江は切なく鼻を啜った。

「無事に初体験したんだ。キスをしようか」

　英二が上から覗き込んでくるのを気配で感じた。頬に手があてがわれ、上向きにされる。唇に、英二の唇が当たった。

（いや……こんなキス）

　唇を舐めながら、とろとろと粘液が垂らされた。猿轡に染み込ませるようにして、生温かな唾液を流し込んでくる。不快感を抱くが、口枷があっては吐き出すことも出来ない。牧江は喉を鳴らして、呑み下すほかなかった。

「呑んだね」

嚥下の音が聞こえたらしく、口を引いて少年が満足そうに喉を震わせた。

「休日の自習室でキスをしたら、亜沙美、急に逃げ帰っちゃうんだもの。それからは僕を避けるような態度を取るし、嫌われたかと思ったよ。でもこうしてひとつになれた。感激だな。大事にするよ亜沙美のこと」

(娘と英二くんがキスを？　ああっ、まだこんなに膨れ上がっている)

大量の精を吐き出したというのに、棹はたわむことなく、ピンと硬さを維持していた。思い出を喋りながら、英二は中出し液の溜まった女壺を掻き混ぜてきた。粘液まみれのとろけた蜜ヒダとペニスが吸い付き合って、粘膜が引っ張られる。

「ひ、ひッ」

ゾワゾワとした快美が走り、女体は引き攣った。

「僕のチ×ポに絡み付いてくるね。でも、いつまでもこうして抱き合っている訳にはいかないし」

英二がゆっくりと腰を引いた。体内を埋め尽くしている長大な逸物がズズッと脱落する。

（ようやく……）

これで凌辱劇も終わりなのだと、牧江の胸に安堵の思いが生じた時、英二はいきなり突き上げた。

「んハンッ」

女は喘ぎ、振り向いて怨嗟の眼差しを闇のなかの少年に向けた。

（そんな、まだ続ける気なの？）

すっかり翻弄されていた。

「亜沙美は、まだ抜いて欲しくないんだろ」

差し入れたまま、英二が身を起こした。牧江の身体を横向きから仰向けにし、女の右足を持ち上げて、自分は開いた脚の間に入った。牧江が下になる正常位の体位に変わる。後ろ手にされているため、英二の為すがままだった。

「淫乱な子だな。真面目だと思ってた亜沙美がこんなだったら、清楚な印象のお母さんだって本性は相当なんだろうな。こうして突っ込んでやればヒイヒイ哭いて」

英二は腰を振り、乳房を揉み立ててきた。アクメに酔った女体は、陶酔の淵へと押し戻される。

「んッ、んぐんッ」

「ふふ、切羽詰まった声を漏らして。抑えないと亜沙美のママに聞こえちゃうよ。でも案外、僕らの声を聞きながら、オナニーでもしているかもね。旦那さんが十年前に亡くなって、ずっと一人なんだろ。胸がでかくて、ケツもパンと張ってさ。エロい体つきだもの、きっと我慢できずに毎晩オナニーしてるよ。亜沙美だってそう思うでしょ」

（わたしのことをそんな風に）

人格を傷つけるような台詞を、英二は本人に向かって投げ掛ける。恥辱の悔しさが肉体を火照らせ、息遣いを乱した。

「なに亜沙美、アソコがきゅってなったよ。呼吸も速くなったし。もしかして焼きもち？」

英二は笑いながら、出し入れのリズムを変える。隅々まで圧迫するように、ゆっくりと差し込んできた。

（この子、絶対に初めてじゃないわ。女の責め方を知っている）

十六歳だというのに、遮二無二突き入れるようながむしゃらさは無く、代わりに女の反応を探る冷静さがあった。

「やっぱり一発じゃ満足できないんでしょ。そんなに強く絞ってきて。ほんとうにチ×ポが好きなんだね。それとも手錠を掛けられての拘束セックスがいいのかな」

(そんな趣味、持ってないわ)

牧江は否定の言を胸で叫ぶ。だがいつも以上に肉悦の熱気は内側にこもり、オルガスムスの浮遊感も引く気配がない。身体に制限を受ける交わり方が、年上の女に異質な昂揚をもたらしているのは、認めたくない事実だった。

「やっぱり、どんな顔をしているか見たいな。ライトを点けるよ」

英二の腰遣いが止まった。手探りで枕元を探る。オレンジの光がパッと灯った。ベッド脇の読書灯だった。

(英二くん……)

端正な顔立ち、そして引き締まった裸身が牧江の目に映った。

「えッ、まさか……亜沙美じゃなくて、お母さん?」

覆い被さった少年が驚いたように声を漏らした。きょろきょろと周囲を見回す。本棚や勉強机の代わりに化粧台や大きな姿見があり、ダブルベッドの置かれた室内は広々としていた。

「なんだ、亜沙美の部屋じゃないのか」

呆然としたように呟くと、英二は視線を牧江に戻した。

「僕の童貞を奪ったのは、亜沙美のママなんだ」

英二は牧江の側に身体を倒し込むと、相貌を間近で眺めた。手を伸ばして、鼻梁に浮いた汗粒を拭い、頬や額に貼り付いた長い黒髪を指で直す。

「ふふ、汗まみれの顔になって。娘さんだとばかり思ってましたよ。好きでもない相手に、このグチョグチョの濡れようだもの。さっぱりわからなかったな」

(相手がわたしとわかったのに、なぜ……)

すぐに身を離すのが普通の反応ではないだろうか。だが英二は恋人に接するような態度を取り、肉茎をなかなか抜き取ろうとはしない。

「部屋を間違えた僕も悪いけど、おばさんもいけないよね。すぐに人間違いだって教えてくれればいいのに、黙ってちゃっかり愉しんでさ。おばさん、男が欲しかったの。未亡人だから我慢できなかった?」

(なにを言っているの。わたしはあなたに一方的に)

牧江は猿轡の内で反論の声を上げた。しかし紅唇からは、くぐもった呼気しか漏れ出ない。

「おばさんは翻訳家でしたよね。デートもせず毎日家にこもって仕事でしょ。かなり溜まっているんだね」

抜き差しが再開された。英二は突き入れる時に、恥骨をクリトリスに押し当ててきた。その度に牧江の腰がビクンと跳ねた。

「んうッ、んううッ」

「色っぽく哭いて。ふふ。僕の純情を弄んで悪い人だ。おばさんは、僕の精液がもっと欲しいんでしょう。さっきオマ×コに浴びたら、ビクンビクン震えてたじゃない」

先程、オルガスムスに達したことを思い出させるように、英二が鼻先で囁いた。恥辱の思いで、牧江の身体は熱くなる。

(欲しくなんかないわ。早く解放して)

牧江は唸りをこぼした。英二は女の必死な表情を眺めながら、白い歯を見せて腰を打ち込んでくる。

「嫌いな相手のザーメンを注がれてイクなんて、まともな女性なら有り得ないし。やっぱりおばさんは僕のこと……困ったな。僕は亜沙美の方が」

溜まった精液を掻き出すように、勃起が出し入れされる。女は仰け反った。

「うんッ、んうッ」

(わたしはあなたのことなんか……ああッ、そんな……まだ続ける気なのっ。嘘でしよ。正気なの？）

肉交が止まる気配はない。英二はもう一度、牧江の身体を愉しむつもりらしかった。理解しがたい少年の行動に、牧江の頭は混乱する。

「そんなに慌てなくたっていいよ。こうなったのも縁だもの。おばさんの欲しがっているモノはあげるから。とりあえず、もう一回しようね」

（やめて。これ以上犯さないでッ。ああっ、萎えていくどころか……硬さが戻っていく）

深く埋め込まれた時の膣底につかえる感覚でわかった。英二の充血が急速に甦っていた。牧江は抽送を止めようと、太ももで英二の腰を挟み込んだ。

「脚を絡めてきて。おばさん積極的だね」

牧江の仕種に都合の良い解釈をし、英二はますます腰遣いを激しくした。股の付け根に腰が打ちつけられる。衝撃に負け、太ももは少年の腰から外れて、抽送に合わせてゆれた。

「欲求不満のおばさんに、僕も協力してあげるから。勉強ばっかりでさ、最近オナニーしてないんだ。僕もたっぷり溜まってるんだよ。おばさん好みのとろとろザーメンが」

横から照らされる照明のなかに、少年の嗤いが浮かび上がる。

(またわたしのなかに)

恐怖が女の内に甦る。未成年の少年の子を、宿す訳にいかなかった。膣内射精は許して欲しいと、牧江は潤んだ瞳を上に向け、必死に訴えた。

「おめめがうるうるしているよ。たまらないんでしょ。十年ぶりのチ×ポだものね。デカおっぱいも一緒に可愛がってあげる」

英二は乳房を揉みあやし、悠々と腰を繰り込んで、年上の未亡人を追い立てる。

(我慢するの……これ以上、好き勝手される訳には)

愉悦に呑まれてはならなかった。二度精を受ければ、それだけ妊娠の可能性も高まる。

「イキそう？　牝っぽい顔になっているよ」

快楽に侵食されていることを少年は見抜き、一層粘っこくペニスを前後させて責め立てる。双乳は丸い形を崩されてゆさぶられた。

(ああ、また恥を掻いてしまう)

「おばさんはどんなエロ声をだすんだろうね。聞いてみたいな。ねえ、大きな声をださない？　それなら口を覆っているモノ、取るけど」

牧江は汗ばんだ相を、コクコクと縦にゆらした。英二の手が伸び、猿轡がほどかれる。口が自由になると、すぐさま牧江は叫んだ。

「止めて英二くん。すぐにわたしから離れてッ」

「大きな声をださないって約束だったよね」

英二が相貌を被せてくる。口で牧江の紅唇を塞いできた。牧江は少年の唇を噛んだ。

「そういうキスがおばさんのやり方？　ベッドのなかでは、激しくなるタイプなのかな」

英二が囁く。整った容貌に余裕の笑みを浮かべて、豊満な胸肉をギュッと絞り込み、乳房の先端を揉み潰してきた。

「んぐッ」

女は呻いて、口を開いた。英二の舌が紅唇のなかに差し込まれる。温かな舌はヌルヌルと口内を這いずり、唾液を泡立てた。

「んふ、よ、よしてッ。手錠をすぐに外して。あなたのやっていることは、犯罪なのよっ……アンッ」

牧江は相貌を横に背けて、ディープキスからなんとか逃れた。

「犯罪？　泊まっていけって無理に勧めたのはおばさんなのに。僕がお願いした訳じゃない。真っ先に言い出したのはおばさんだった」

「無理になんて」

牧江は狼狽の声で言い返した。邪な企みを抱いて、申し出た訳ではない。

(善意のつもりだったのに)

「亜沙美だって証人だよ。それに僕が寝室に忍び込んだ時、普通だったらもっと暴れるよね。悲鳴だって上げるだろうし。でもおばさんは僕を迎え入れて、こうして股を大開きにしてる。そうでしょ?」

英二は乳房から手を放すと、牧江の膝裏に手を入れ、持ち上げた。

「よして、違うわっ。そんなつもりで、あなたを引き留めた訳では。……あっ、ああんッ」

あられもなく開いた脚を摑んで、少年は女を犯す。火照った膣穴を、肉柱がダイレクトに擦り立てた。牧江の声は抜き差しに合わせて崩れ、艶っぽい喘ぎに変わった。

「実は僕がやって来るのを、ワクワクして待っていたんでしょ? ノーブラでネグリジェなんて、亜沙美にしてはおかしいと思った」

少年が腰を遣う度に、左右に広がった女の脚が宙でゆれた。牧江は淫らな声をこぼさぬよう、紅唇を嚙んで耐えた。その様子を上から眺めて、英二がふふっと嗤いを漏らす。

「亜沙美が、おばさんみたいなエッチな女だったら幻滅してたところだよ。でも、おばさんだったら淫乱でも構わないよね。立派な大人なんだから。ほら、硬いチ×ポ存分に味わって」

(悔しい……高校生にオモチャにされて)

大粒の二重の瞳は、怨嗟を込めて少年を睨みつけた。

「ふふ、怒ったの？　そういう表情もステキだけど……でもこうすればよがり顔に変わる」

ペースが上がる。容赦ない抽送が、豊腰から背筋に響いた。

「あうッ、か、感じてなんかいないわ。あなたの勘違いよ」

一度達した身体は抑えが利かない。わずかでも気を抜くと、意識は悦楽の淵へ飛ばされそうになる。

(子供相手に感じているなんて……認めたくない)

しかしふてぶてしい雄々しさに魅了されているのは、愉悦のうねりに呑み込まれる肉体がなによりも雄弁に語っていた。窮した息遣いがベッドの上にこぼれた。柔肌は汗を噴き出し、甘酸っぱい芳香が辺りを漂う。

「亜沙美の恋路を邪魔して、悪いママだ。娘の彼氏を寝取るなんて」

「勝手に話を作らないで。わたしはそんな女じゃないわ。ああッ、やめなさいッ、こんなことして……きっと後悔する」

牧江の険相は、哀感を帯びた牝の風情へと変化していく。長い髪をシーツの上でうねらせ、女体は歓喜に震えた。

「口が半開きで、声も色っぽい。美人の牝顔ってたまらないな。さっきだしたばかりなのに、ああっ……もう一回注ぎ込んであげるよ。おばさんも、ちゃんとイクって言うんだよ」

英二は破廉恥な台詞を言わせようと、膣奥をグッグッと荒々しく突き立ててきた。

「いや、擦らないで……うう」

牧江は泣き啜った。決壊が崩れる。頭のなかが真っ赤に染まる。

（イ、イクッ）

沸騰した熱が、一気に腰から噴き上がった。喉まで出かかったアクメの嬌声を、牧江は懸命に呑み込んだ。上を向いた乳房を盛大に跳ねゆらし、肉体は戦慄いた。

「二発目イクぞ、牧江ッ」

少年が吼える。溢れ返る精が、女の正気を蹴散らした。

「あッ、灼けちゃうッ、ひうッ」

秘壺は熱く煮え立ち、収縮を増した。十代の少年に淫界へと押しやられる不道徳な悦楽に、三十六歳の肉体は背を突っ張らせて戦慄いた。手錠を掛けられた腕も、背中でピンと伸びる。

「ああッ、牧江ッ」

射精の快感を貪るように、少年はしつこく腰をゆすり立てる。ペニスは蜜肉を削り、膣ヒダは縋り付くように蠕動を起こした。

(いったいいつまで……ああ、いっぱいでている。飛んじゃうッ)

生殖液は途切れなく噴き出し、三十六歳の女の粘膜に降り注いでいた。闇夜のなかを、とめどない禁断の快感が赤くうねる。涙をたたえた眼差しは、焦点を失って空をさまよった。

3 共犯姦係

放精が終わると、英二は摑んでいた脚を放して前に倒れ込んだ。

「あー、気持ちよかった」

牧江の双乳の上に顔をのせて、快さそうに溜息を吐き出す。意に沿わぬ陶酔に呑まれた女も、ゼイゼイと息をついた。

(薄笑いを浮かべている)

英二の視線が、牧江の方に向いていた。年上の女をひれ伏せさせた愉快さが、少年の表情には滲んでいた。

「まだアソコ、ヒクついてるね。絶頂した時、きつく締まっていい具合だったよ」

英二は密着した状態から、腰をゆすってきた。腫れぼったくなった粘膜を擦られ、甘痒い快感が走る。

「よ、よして」

牧江の相は切なく歪んだ。男性器は、深々と突き刺さったままだった。硬度が幾分衰えたものの、膨張感に変化はない。

(若い子がこんなにもタフだなんて)

「ふふ、おばさんのヒダに、僕のカリ首が引っかかってるのがわかるね」

少年は小刻みな抽送を止めてはくれなかった。アクメの波が引いていない状態で受ける肉棒摩擦は、苦しさを伴った愉悦を生じさせる。牧江はつらそうに吐息をこぼした。少しでも刺激をやわらげようと、太ももで少年の腰をぎゅっと挟みつける。

「おばさん、眉がくねって可愛い顔になってるよ」

英二が頬を緩め、勃った乳首を指先でピンピンと弾いてきた。牧江は盛り上がった胸肉を、ぷるんぷるんとゆらして喘いだ。

「お、お願い。さわらないで」

「そうか。おばさん今、イキやすくなってる状態なんだ。このエロい身体だもの、普通の女性より感度もいいよね。ねえ、キスしようか」

手が使えない身では、避けようがない。笑顔を浮かべた少年に、唇さえも自由に奪われ、吸われた。口腔に差し込まれた舌が牧江の舌を絡め取り、ヌルヌルと巻き付く。

（なぜ、こんな粘ついたキスを。娘と母親を間違ったと気づいて……それでもなお続けるなんて、有り得ない）

英二は唾液を流し入れてくる。豊乳を揉みほぐし、時折クンとペニスを膣内で動かす。女は鼻を鳴らして、汗に濡れた肢体を強張らせた。口中に溜まったツバを何度も嚥下して、長いキスが終わった。英二がゆっくりと口を引く。唾液の細い架け橋が作られ、オレンジ色に光った。

「僕とおばさんは共犯だね」

瞳を妖しくかがやかせて、英二が告げた。

（共犯……）

牧江は力無く首を振った。違う、と否定する余力もなかった。

（世間の非難を受けるのは間違いない。英二くんは高校生だもの）

責任能力の乏しい未成年と交わったのは事実だった。悲嘆が胸を締め付ける。英二が身体を起こし、腰を引いた。ヌプッと音を立てて、剛棒が引き抜かれる。

（終わった……）

牧江は安堵の息をついた。

「いっぱいだしたな。シーツにまで垂れこぼれてるよ。マットレスまで染み込んじゃったかも」

「手錠を、外して」

牧江はか細い声で哀願した。後ろ手にされた腕に体重が掛かっていた。肘から先が痺れていた。

「その前に思い出ムービーを撮らないとね。十六歳と三十六歳がセックスした、貴重な記念だもの」

虚脱した女体は、ハッと我に返った。どこから取り出したのか、英二が携帯電話を手に持っていた。

「と、撮らないでッ」

「いいじゃない。誰にも見せないからさ。ザーメンまみれのオマ×コってエッチだよね」

携帯電話が、牧江の股間に近づく。黒々と生い茂った恥毛の下にレンズが向けられていた。急いで閉じようとする牧江の脚を、膝と左手を使って押さえつけ、英二が携帯電話のボタンを押した。

「いや、いやあッ」

窓の外の暴風音に負けない悲鳴が迸った。しかし英二はそれを無視して、連続でシャッターを切った。

(酷い。こんな姿を撮るなんて。……垂れこぼれているのに)

口惜しさで裸身は震えた。カメラが距離を取る。今度は牧江の全身像を写していた。乱れた髪、赤らんだ顔、汗を吸ったネグリジェから透ける乳房、カエルのように開いた脚、そして白い樹液をだらしなくこぼす中出しの秘園の様相が、記録に残される。

牧江は出来うる限り、横を向いて表情を隠した。

「おばさん、レンズの方を向いてよ」

英二が声を掛ける。はいと従える訳がない。牧江は目蓋を落として、恥辱の時間が過ぎるのを待った。隣に人が倒れ込む気配がした。牧江は目を開ける。頬がふれ合う距離に、英二の顔があった。

「はい、笑って、おばさん」

寝転がった英二は、天井に向かって携帯電話を掲げていた。レンズは男女の顔を捉えている。

「よ、よして」

牧江の顎を摑んで上を向かせると、英二が頬をぴったり寄せ合う。その瞬間、カシャッと無情な音が響いた。

「この写真を見た人は、仲の良いカップルだと思うだろうね」

英二が耳元で囁いた。

（その通りかも知れない）

情事の後、ベッドの上で恋人同士が記念の一枚を残したのだと考えるだろう。

（それにこれは、思い出の写真なんかじゃない。わたしが後々騒ぎ立てないように、脅しの材料とするため）

悪辣な少年の企みが、牧江にも理解できた。

（照明を点けた時も、さほどショックを受けた風には見えなかった。英二くんは亜沙美ではなく最初からわたしを……）

大人の男性であっても、女を間違えたと知ればもっと狼狽えるのが普通だろう。英二はあらかじめ牧江とわかっているような態度だった。

（この子は落ち着き払って、わたしに二度目を挑んできたもの。夜這いが失敗に終わることも有り得た。そんな時の保険のために、部屋を間違ったことにして侵入を図ったのではなくて？）

「おばさんは満足したかな」

牧江の首筋を舐め、耳を甘噛みしてきた。

「いい加減に解放して。写真まで……どこまで辱めれば気が済むの」

牧江は相貌を背けて抗う。

「写真だけじゃない。動画も撮ったよ。僕のザーメンがおばさんのオマ×コからトロッてたれているところ」

英二の口が美貌を追ってくる。耳穴に息を吹きかけ、目尻に滲んだ涙を舐め取った。

女体はブルッと震えた。

（動画……映像まで）

「消して。お願い」

「そんなこと言うのなら、僕の童貞だって返して欲しいな」

英二は牧江の頬を掴み、唇を塞いできた。女は喉で呻いた。

(童貞を返せなんて……そんなこと絶対に無理なのに)

牧江の視界に英二の顔が映り込む。中出しを遂げた時と同じ、勝ち誇った薄笑いが浮かんでいた。少年が口を離して、目を細める。

「じゃあ次は淫乱なおばさんらしいポーズで、塡めてあげるよ」

牧江の身体をひっくり返して、うつ伏せにした。ウエストを摑んで、腰を上にグイと持ち上げる。

「膝立ちで、お尻を持ち上げて。そう、いい感じだね」

ベッドの上に這う姿勢を強要され、女体は顔と肩、両膝で身を支えた。突き出した丸いヒップの側には、少年がいた。

「ああ、こんなポーズ、イヤよ」

濡れた花唇も排泄の穴も、少年には丸見えだった。恥ずかしさが牧江の胸を灼く。

「ふふ、オマ×コは欲しいって言ってるみたいだけど」

指が秘唇を撫でた。充血した粘膜にぴりりと電流が流れて、豊臀が震えた。膝が曲がって腰が落ちそうになるが、その前に英二が右の尻肌を平手で打った。

「きゃんッ」

「崩れたらダメだよ」

英二の言葉に重なってシャッターの音が聞こえた。

(またカメラを……)

恥部が露わになったあられもない格好を、記録されていた。

(こんな犬のように這った姿勢で……きっとまた動画も。ああ、垂れていく)

大量の精液が開き気味の秘芯から漏れ、亀裂に沿って流れ落ちる。

「僕ってばこんなにいっぱい、おばさんのオマ×コに注ぎ込んだのか」

己の吐精の量を見て、少年は感嘆の声を漏らしていた。ドロンとした塊のような白濁の滴は、内ももへと伝い膝まで垂れてシーツに染み込んでいく。どんなに淫猥な画が記録されているかを想像した牧江は、嘆きの嗚咽をこぼした。

「ごめんね叩いて。痛かった？」

撮影を終えると、英二は打った箇所の痛みを癒すようにやさしく撫でてきた。突然だった。ペニスが女の割れ目に当たり、ズブッと突き入ってきた。

「ああうッ」

牧江は悲鳴を放った。

「い、いきなり……酷いわ」

予告もない無造作な挿入に、牧江の身体は狼狽する。余りの呆気なさは、女の尊厳を打ち砕いた。

「準備なんて要らないでしょ。こんなにオマ×コのなかは熱くなっているんだもの。ふふ、まだまだ物足りなそうだね」

英二は括れたウエストを両手で摑み、腰を振って秘肉の絡み付き具合を確かめる。そして出し入れが始まった。しっかりと硬さを維持するペニスが、精液の残るヒダ肉を擦ってくる。

「あッ、あッ、こんな恥ずかしい姿勢、許して英二くん」

「おばさんバック嫌いなんだ」

「嫌いとか、そういうのではなくて」

「もしかして、僕が最初とか？」

からかうように告げた英二だが、牧江が黙り込むと笑い声を上げた。

「へえ、ほんとなんだ。うれしいな」

牧江に後背位の経験が無いと知ると、途端に抽送に勢いが増した。這った肢体が前後にゆれ、牧江の顔はシーツに擦り付く。

（英二くんに、好きに扱われている……ああッ、この体位だと違う）

正常位よりも肉茎は深く潜ってくる。奥まった位置まで存分に届く圧迫の感覚は、腰をジンジンと痺れさせた。紅唇からは歓喜の息が吐き出された。

（浅ましい格好をさせられて、イヤなのに）

排泄の穴も少年には見えているだろう。こみ上げる羞恥が未亡人の性感に妖しく作用する。

「おばさん位の年齢の女性はいいよね。ザーメンを浴びる度に、いい味になる。ヌチュヌチュのヒダが吸いついてきて、嵌め心地最高だよ」

尻たぶに少年の腰が当たる。抜き差しの反動は徐々に大きくなり、丸い臀肉はプルンプルンと波打った。

「あッ、あんッ、激しいわッ」

「おばさんこそ、声が激しいね。よがり声に気づいて、亜沙美が起きてくるんじゃない。それとも亜沙美のことなんかもうどうでもいいのかな」

少年が愉快そうに笑いを漏らした。

（そうだった。廊下の向こうの部屋には娘が）

はしたないよがり泣きを漏らしている自分に気づき、牧江は慌てて口を閉じた。

「ふふ、いまさら牝声を我慢する訳？」

そう言うと英二は、抽送のリズムを変化させた。中程にペニスを留め、充血した膣ヒダを切っ先で丁寧にまさぐってきた。奥へは来ない物足りなさが、熟れた肉体に切なさを生む。双丘はもじもじとゆれた。

（焦らしている……こんなテクニックまで）

「欲しいんでしょ？」

「わ、わたしが欲しいのは、あなたがすぐにこの部屋から出て行ってくれること——あ、アアンッ」

言葉の途中にもかかわらず、英二がズブッと内奥に差し込んできた。艶めいた喘ぎ声が、ダブルベッドの上に響き渡った。

「そら、もっと哭けよ。牧江ッ」

母親と変わらない年齢の女を呼び捨てにし、尻肉に指を食い込ませて、勢いを付けて突き犯してきた。

「んぐ、英二くん、許して、声がでちゃう……あ、アンッ」

官能をゆさぶられ、懇願の声も色めいた。意識も薄れる。それでも家の外から聞こえる風の音に混じって、ドアの開く音がしたのを牧江は聞き逃さなかった。

（ドアの音？　娘がッ）

「ん？　亜沙美が起きてきたかな」

気配に英二も勘づいたらしく、抽送が弱まった。廊下を歩くかすかな足音が聞こえた。牧江の寝室の方へと近づいてくる。

「助けを呼ばないの？」

未亡人の汗ばんだ尻肌を撫でつけながら、英二が問い掛ける。

（これはチャンスなのかも）

精一杯の呻きを上げ、身をゆすって物音を立てれば娘は異変に気づいてくれるだろう。ようやくこの凌辱劇を終わりに導いてくれる救い主がやってきたのだと、胸に希望を抱いた次の瞬間だった。

「亜沙美がこの部屋に来たら……ふふ、ドキドキするね」

含みの感じられる嗤い声が背後から聞こえた。牧江は不自由な姿勢から、なんとか振り返った。鋭い光を湛える眼差し、緩んだ頰、下唇を舐める口元、端正な顔立ちに浮かんでいるのは、紛うことなき悪意だった。

（——ダメよ。助けを呼ぶ訳にはいかない。英二くんは、きっとよからぬことを考えているわ）

劣情を宿した勃起が、満足し切っていないことは貫かれている牧江が一番よくわかっている。獣欲を発散している最中の牡の興味が、娘に向けられないとは限らなかった。

（英二くんは、亜沙美まで毒牙に掛けるかも知れない。わたしでさえ簡単に押さえ込まれたのに、あの子になにができるの。華奢な十六歳の少女が、敵う訳がない）

「亜沙美はなんで起きてきたのかな。僕を襲いに来たとか。ふふ、欲求不満のおばさんじゃないんだから、それはないか」

ドアを開ける音が小さく聞こえた。

（二階の奥の方……トイレだわ）

ふっと牧江の気が抜けた瞬間、抜き差しが再開された。牧江は口からこぼれそうになる甘い呻きを、必死に押し殺した。

「口を閉じちゃって。亜沙美に知られたくない？」

牧江は首を縦にし、うなずく。大切な一人娘を、危険に晒す訳にいかなかった。

「そうか。亜沙美には内緒にしたいよね。ふふ、秘密の関係か。やっぱりおばさんは、僕としたかったんでしょ」

（違う。そんな訳ない。わたしは――）

平手打ちが臀丘を襲った。

「あんッ」

牧江は驚き、腰は痛みで跳ね上がる。

「もっとケツを持ちあげて」

(先に口で言えばいいのに。お尻を叩くなんて、家畜のよう)

屈辱感が湧き上がる。

「娘に聞こえるわ。お願い、今はしないで」

悔しさを呑み込み、牧江は凌辱者に懇願した。娘を守らねばならなかった。

「おばさんがイッたら止めてあげる。ちゃんと色っぽくよがり声をださないと、続けるからね。少し位、声をだしてもトイレまでは届きはしないよ」

(なんて交換条件をだすの)

悪辣な要求だった。好きでもない相手に犯され、絶頂へと昇り詰めることは女の恥辱を極める。その上、アクメの声を発してオルガスムスへの到達を男にはっきり告げることは、プライドを完膚無きまでにへし折るだろう。

(でも、こんな姿を、亜沙美に見せる訳には)

しかしその無茶な要求を呑むしか、今の牧江には道がない。手錠を掛けられて、犯されている母の姿を目撃した時の娘のショックは、計り知れない。純真な心を傷つけたくなかった。

（このまま、屈服するしかないなんて）

諦めが胸に広がり、牧江は嘆き混じりの溜息をつく。耐え抜こうという意思を捨てて、美母は少年のもたらす肉交の響きに身を委ねた。性悦のうねりが、女を襲う。

「ああうッ、すごいッ」

この一瞬だけは快感に浸っても良いのだと、気持ちを納得させた上で受ける雄々しい抽送は、肉体に鮮烈な恍惚をもたらした。

「その調子。亜沙美がトイレから出る前に、気を遣った方がいいよね。ふふ、僕も手伝ってあげるからね」

嘲笑うように少年が言い、ヒップに腰を打ちつける。パンパンという音が凌辱を受けている現実を、女に突き付けた。被虐の酔いが全身を巡り、煌々とした色をなして女を欲情の世界へ誘う。

（無理やりに犯されているはずなのに）

年下の少年に、容易く征服されてしまう自分が口惜しかった。

「あッ、わたし、ダメになる……ああうッ」

「イクの？」

少年が尋ねながら、奥を鋭く突く。牧江はシーツの上で相貌をゆらした。女の弱点を責められ、恍惚が豊腰に渦巻く。

(また恥を掻いてしまう。ああ、どうか娘にまで、わたしのイヤらしい声が届きませんように)

暴風雨が破廉恥な哭き声を掻き消してくれるであろうこと、それだけに望みを託して、女は恥辱のオルガスムスへと昇り詰めた。

「うう、わたしもう……あ、あう……イ、イクッ、わたし、イキます」

牧江は少年の命令通りに牝の嬌声を奏でた。むちむちに熟れた白いヒップは痙攣を起こし、ペニスを絞り込んだ。

「牧江のオマ×コ、うねって喜んでる。くッ」

英二は射精を耐えるように息を詰め、尻肉にギリッと爪を立てた。

「ひいッ」

牧江は喉を絞った。恍惚に混ざり込む痛みは、絶頂の至福をより際立たせた。後ろ手に拘束を受けた女体は、背をきゅっと反らせて、手錠の掛けられた指をきつく握り込む。双臀は脂汗を噴き出して、ヌメった光を放った。

（娘がすぐそこにいるのに、何度も昇り詰めて……）

母としての悲嘆が、陶酔に切ない色を帯びさせる。快感の発作に震えながら牧江は鼻を啜り、目尻に涙を滲ませた。

「キッキッに締まってたね。牧江のエロ声に釣られて、出そうになったよ」

女体の痙攣が弱まると、少年は息をついて、牧江の尻肌をよしよしと褒めるように軽く叩いた。

（酷い扱い）

オルガスムスの深い酔いから抜けられない女は、黙って相貌を振り立てた。その時、廊下の方からドアの音が聞こえる。

（娘がトイレから……お願い亜沙美、そのまま通り過ぎて）

牧江はアクメで乱れた呼気を必死に抑えた。母のよがり泣きに気づいていれば、当然娘は寝室のドアをノックするであろう。緊張と脅えで、牧江の心臓はバクバクと早打った。しかしそんな母を嘲笑うように、英二が抽送を行ってきた。

（な、なんでッ。せめて娘が自室に戻るのを待って）

牧江は汗に濡れた相貌を回して、驚嘆の眼差しを向けた。

「まだまだ続けるよ。僕はイッてないんだから。それにこのエロボディの欲求不満が、簡単に解消される訳が無いよね」

英二は嗤い、這いつくばった女体にズンズンと叩き込んで、容赦なく官能の渦を巻き起こす。

（うう、イッたばかりなのに）

今度は一転、快楽に浸ってはならない状況だった。紅唇をギュッと噛み縛って、牧江はこみ上げる官能の波に抗った。

（こんな場面を見せたいと思う母親なんていないのに。お願い亜沙美、何事もなくお部屋に戻って）

「同い年のガキと、セックスを愉しんでいるママの姿を見せるなんてショックだよね。しかも身体の自由を奪われた、ＳＭチックなプレイの真っ最中だもの」

少年は牧江の心を読んだような台詞を吐き、むっちりとした臀肉を抽送に合わせてゆすり立てた。粘膜の摩擦は最高潮に跳ね上がり、女はドロドロとした喜悦の世界へ追いやられる。

「あッ、ああッ……あなた卑劣よ」

「卑劣な男の硬いチ×ポ、うれしいでしょ？」

英二は挿入の角度を変え、牧江を責め立てた。

（イヤッ……円を描いている）

膣底まで悠々と届く長大な肉茎が、蜜肉を捏ね回していた。クチョグチュという淫猥な音色が、夫婦の寝室に響き渡った。

（た、耐えるのよ）

少年は好きに腰を遣える。女の不利は明らかだった。英二の責めを受け止めるだけに、牧江は集中する。

（浅ましい声を出してはだめ。娘が深い眠りにつくまでは）

色めいた喘ぎをこぼさぬよう、牧江はひたすら唇を噛んだ。娘に気づかれてはならないという緊張感が、肉悦をヒリヒリとしたものに変化させた。

「その必死に我慢している牧江の姿、たまらないな」

少年の平手打ちが、尻たぶに落ちた。

「わたしのお尻、叩かないで。聞こえちゃう」

「いやらしいケツだから、つい引っぱたきたくなる。それにコレが一番、盛り上がるでしょ。おばさんだって」

快感に屈しまいと双臀をヒクつかせ、それでも喉元から情感のこもった呻きを漏らす牧江の姿態が、少年の獣欲を高めていた。鞭打ちのように尻肌を叩き、猛ったペニスを繰り込んできた。

「あなた、ふ、普通じゃないわ、あんッ」

非難の声も、哀感を滲ませて艶めく。パーン、パーンという打擲の音色を奏で、少年の手と腰が、女の熟臀を打ち据えた。

（ああッ、おかしくなる……わたし、また気を遣ってしまう）

性感の波がドス黒さを伴って、うねりを増す。遠くの方でドアの閉まる音が鳴った気がした。だが状況を冷静に判断するだけの思考能力が既に無い。

「一緒にイコうね、牧江。ああッ」

少年が吼え、抜き差しを速めた。秘奥は燃え立ち、牧江の頭のなかは真っ赤に染まる。

「イクッ……ああ、わたしイッちゃう、ううッ、イクうッ」

火のような性感が駆け上がり、禍々しい恍惚が三十六歳の未亡人を襲った。と同時に英二も、劣情を解き放つ。

「おらッ、牧江ッ、たっぷり味わえ」

深刺しの状態から、煮えた樹液が迸る。憎い相手に精を流し込まれる悔しさ、繰り返し絶頂へと押し上げられる我が身の口惜しさを抱き締めて、未亡人はさらなるエクスタシーへと達した。

「あうう、英二くんのミルク、溢れてるッ……いやッ、あああッ」

女の悲鳴が、寝室に木霊した。三度目とは思えないほど大量の粘ついた精は、牧江の体内に容赦なく注ぎ込まれる。

（イヤなのに……悔しいのに……中出しミルク、なんでこんなに気持ちいいの）

膣内射精の恍惚は肉体にべっとりとまつわりつき、心まで蝕むようだった。痺れる心地が、女芯に深く刻み込まれていくのがわかる。

（ここまで染み渡るものだなんて、わたし知らなかった）

夫婦の性愛では一度も得られなかった中出しの喜悦だった。牧江は紅唇から涎と共に、荒々しい息遣いを吐き出し、白いヒップを蠢かせた。精液と愛液、そして汗の匂いが辺りに濃く漂う。

「いいよがりっぷりだね。おばさんに誘われたって、僕が言ったらみんな信じるだろうな」

少年の声に、牧江は背後に流し目を送った。英二は携帯電話を片手に持ち、ザーメン液を呑んで恍惚となる女の痴態を写していた。

（撮られている）

危険だと告げる声が、頭の隅にあった。だがその声は果てしなく小さい。

「これからも僕とこっそり愉しもうね。おばさんが亜沙美を大事にしたい気持ちだってわかるから。誰にもばれないように、ね」

少年が携帯電話を置いて、囁いた。

（英二くんは、今夜だけで終わりにするつもりがない。いったいどうすればいいの）

少年が迫ってきた場合、きっぱり撥ね付けられる自信がない。

牧江が英二に宿泊を提案したこと、携帯に残された写真と映像、助けを求めず息を詰めて娘が通り過ぎるのを待った事実、思いつくのは牧江を窮地に追い込む材料ばかりだった。加えて、欲求不満を連想させる後家の身である。英二との関係が露わになった時、ダメージを受けるのは自分の側だとしか思えなかった。

「おばさん、うっとりザーメンミルク味わってないで、男を愉しませなきゃ。大人なんだからさ」

考え込む牧江を、ペニスが貫く。肢体に流れるアクメの波を掻き乱されて、「ひッ、ひッ」と牧江は声を上ずらせた。

「おばさんのオマ×コ、アクメで弛緩してるね。イッた瞬間みたいに、きつく締めてよ」

（無理よ。今夜何度、達したと思うの。それに英二くんのミルクが一杯溜まっているから……）

膣内に溢れ返った精液が、オイルのような潤滑液となり、粘膜摩擦を弱めていた。

「もう腰に力が入らないの。許して英二くん」

牧江は哀願の声を漏らした。男子高校生を相手に四度も恥を掻いた。しかも初めて味わう深い絶頂感だった。残る体力は少ない。

「そうかな？」

少年はふふと笑うと、指を双臀の狭間に差し入れてきた。

「あッ、あんッ。そこッ、だめ……ねえ、英二くん、よして」

牧江は惑いの混じった声を上げた。英二の指先が、排泄の穴を弄っていた。

「なにがダメなの？　ヒクヒクさせちゃって。こっちの穴も物足りなそうだよ」

英二は結合部に指をまさぐり入れる。秘園の縁から垂れこぼれた精液と愛液を指ですくい取っては、肛門の皺に塗り込めた。

「ああ、いやッ」

牧江は羞恥の声を上げた。

（汚い場所なのに、なんで）

英二の指が肛門を揉みほぐす。気色悪さに、牧江は這った肢体を引き攣らせた。英二は指刺激を止めてくれない。尻穴が熱くなっていく。

「どうしたのおばさん、よくなってきた？」

「冗談はよして。少しもよくないわ」

否定したものの、たっぷりの粘液が染み込み、摩擦の心地を変化させていた。不快感はそのままに、妖しい性感が窄まりの周囲から立ち昇り、腰全体に広がる。

「おばさん、力を抜いて」

「ああッ、そんなところに、いっ、入れないでッ」

ザーメン液を滴らせた指先が、小穴に潜り込もうとしていた。

牧江は息み、侵入を食い止めようとするが粘液ですべった。強張る括約筋をこじ開けて、英二の指が埋め込まれた。牧江は嘆きをこぼす。

「うう、そんな場所、指が汚れるわ。ねえ、よして英二くん」

「入ったね。こっちの穴のなかも温かいね。締めてご覧よ、おばさん」

牧江の反応を引き出すように、英二が尻穴をほじった。女体はピクンと跳ね、尻肉を苦しげにゆらす。

（お尻の穴まで、広げられている）

突き刺さった指がゆっくりと円を描いていた。異物感と拡張感が、強制の緊縮を引き出す。牧江は豊腰をブルブルと震わせ、差し込まれた指と勃起を絞った。

「いい食いつきだね」

（ついさっき射精したばかりなのに）

括約筋の絞りに刺激されて、ペニスの充血が戻っていく。二穴刺激のおぞましさに、肉棒の充満感が合わさる。牧江は喘いだ。

「真下に僕のチ×ポを感じるよ。オマ×コとお尻の穴の間って、案外近いんだね。両方の穴に突っ込むって、興奮するな」

英二の息遣いが早かった。女の排泄器官を責めることで、少年は異様な昂りを生じていた。肛門の内部深くにまで、英二は指を差し込んでくる。不快感は跳ね上がった。

「ひ、ひんッ」

女体は細いウエスト部分を基点に、左右にうねった。シーツに擦り付けられた豊乳が、自らの重みを受けて無惨に変形する。

「お尻をぷりぷり振っちゃって。そんなにたまらないんだ」

指を突っ込んだ状態で、肉刺しが始まる。

「あぁッ……犯さないで。せめてお尻の指を抜いて、お願いッ」

牧江は泣き啜った。英二は緩急をつけた出し入れで、未亡人の痴態を引き出そうとした。薄い膜を通して、指とペニスが擦れ合っていた。腹部をすり潰されるような感覚は、恐怖さえ女体に抱かせる。肌にはべっとりと脂汗が噴き出た。

(今さえ耐え抜けば……こんなことは今日だけ。明日になれば……)

一縷の希望、それだけが今にも霧散しそうな女の意識を繋ぎ止めていた。

「ああ、いい具合だ。チ×ポも指も、食い千切ろうとしてきてる。前後に咥え込むの、おばさんも痺れるでしょ」

括約筋の緊縮に満足したように、英二はうっとりと息をついた。肉棒はますます硬く引き締まり、膣壁を押し広げた。寒気に襲われ、牧江の歯がカチカチと鳴った。長い黒髪が、頬や額、首筋に貼り付いていた。

「この気持ちのいいオマ×コに、若いチ×ポの味をしっかりと覚え込ませないとね。朝までに、何発できるかな」

(ああ、こんな激しい責めに、朝まで耐えなければならないなんて)

果たして保つのだろうかと牧江が思った時、尻穴を責めていた指が、ようやく穏やかな動きへと変わった。股間の緊張がゆるむ。

「ふふ、おばさんの……牧江の子宮のなかを、高校一年生の新鮮ザーメンでたぷたぷにしてあげるね」

そう言うと腰遣いのピッチを上げた。精液で女の子宮を満たすという少年の恐ろしい台詞、そして雄渾な肉塊の抽送に、女体は震えた。

「ああ、英二くん、だめ……わたしまたッ」

焼け爛れるような快楽が、牧江の内から立ち昇る。

「イクの？　おばさんも二本刺しが気に入ってくれたみたいだね」

二つの穴に受ける刺激は、より合わさって肉体を狂わせる。肛孔の不快感も、ペニスの抜き差しが生む愉悦に引きずられ、妖しい官能へと変化した。牧江は瞳から涙を流した。意識が真っ赤に焼け爛れる。

「イクうッ……あうう……狂っちゃう。わたし、どうしたらいいのッ」

硬直した女体は、ビクッビクッと引き攣った。革手錠が手首に食い込んだ。その痛みさえも、官能を掻き立てた。

「くく、牧江の本気の声は、ずいぶん派手なんだね」

少年の指摘に、昂揚に呑み込まれていた女は、わずかに正気を取り戻し、紅唇をキリキリと嚙んだ。

（抑えないと、娘を起こしてしまう）

気を抜けない緊張感が、ヒリ付く愉悦に厚みを与えた。

「急にイヤらしい声を我慢しちゃって。ほら、哭きな。大きな牝声を上げてもっとイケッ」

鍛えられた筋肉が、女をバック姦で追い立てる。絶頂の波に包まれている肢体に、鮮烈な肉交の快美を連続で浴びせ掛けた。

「ああ、イヤあッ、許してッ」

牧江は啜り泣いた。ひっきりなしにこみ上げるオルガスムスが、心身をドロドロに侵食する。

「僕のチ×ポを気に入ってくれてうれしいよ。牧江もデカケツを振りな」

革手錠を摑んで、英二が女体を引き絞った。パンッ、パンッと盛大な打擲の音が鳴り響いた。十代の荒々しさに、三十六歳の女は呑み込まれていく。

(生命力溢れる若い子に、敵う訳がない)

英二は女の自尊心も抵抗の意思も、根こそぎへし折る心積もりなのが、猛々しい責め立てとしつこい持続力から伝わってくる。

「あんッ……は、はい」

牧江は双丘をクイクイと左右に振り立てた。従順になるほかなかった。

「いいよ。その調子。締めるのを忘れちゃだめだよ」

英二は年上の女を両穴責めで苛み、陰茎に蜜肉を絡みつかせることを強要した。

(こんなの童貞の抱き方じゃない)

手慣れた女への扱いは、十代の子とは思えない。二穴を抉り立てられる未亡人の肌に、敗北感がべっとりとこびりついていく。

「ああッ、また波が……ああっ、わたしイキますッ」

高校生に犯し抜かれて、年上の女は屈する。燃え立つ朱色が脳裡を、巡った。

「牧江、もう一回注ぎ込んでやるッ」

少年が叫んだ。膣肉を犯すペニスがギンと膨れ上がり、四回目の射精が三十六歳の女を襲った。

「ああッ、でてるッ」

樹液を浴びるほど、快感は跳ね上がった。

「イクッ……うう、イグッ」

獣じみた咆哮を放って、女体は頂点へ駆け上がった。指が尻穴を犯し、精を吐き出すペニスは、膣肉を衝き上げた。おぞましさは二本刺しの性悦のなかに紛れ、凄まじい快楽だけが、女を覆い尽くした。

「まだぐったりするには早いよ。十年分の肉ハメを堪能してもらわないとね」

精を吐き出しても、芯を残した勃起が膣洞を捏ねくってきた。双臀は震え、ヒダ肉は収縮を起こした。

「ひっ、アンッ、ゆ、許してッ……ああッ」

女の哀願と悲鳴が、ダブルベッドの上に響いた。

「ほら、ケツを振るのが牧江の仕事だよ」

尻肌を叩かれる。逆らえなかった。連続絶頂へと昇り詰め、ぐったりとする身体を牧江は叱咤し、豊腰を高く掲げて淫らにゆすり立てた。

(ああ、わたしはこんな情けない女では)

心は嘆きを吐くが、肉体は牝犬のように這って受ける拘束セックスに、順応しつつあった。

「次はもっといい声をだすんだよ、牧江」

肛門に潜り込んだ指が、腸粘膜を擦った。反対の手が、パチンパチンと尻肌に平手打ちを炸裂させた。苛烈な刺激を加えて、少年はイキ果てた女体を無理やり甦らせ、次の肉交へと移る。

「ああ、少し休ませて。お願い。そんなにいじめないでッ……うう、だめ、そんなにされたら、わたし、アアンッ」

　牧江はむせび泣きを振りまいた。

「派手にイッたら休ませてあげるよ」

　英二は腰遣いを止めようとしない。少年の相手を務め、何事もなくこの家から去ってもらうこと、それだけを心の支えにして、深い水底へと引きずり込むような二穴姦に、牧江はのめり込むしかなかった。

　荒れ狂う台風の音は、依然鳴りやまない。未亡人の肉地獄は、これからが本番だった。

第二章　娘にだけは言わないで

1　精の滴る朝

明るい日差しが、ダイニングルームに差し込んでいた。昨日の強い雨と風が嘘のように、窓の外は晴れ渡っていた。

「そんな力を入れなくたって平気だよ」

「そっか。こんな感じ？」

カチャカチャという音と、子供たちの会話が牧江の耳に届く。英二と娘の亜沙美が、並んでキッチンに立っていた。パンケーキを焼く時の、甘い匂いが辺りに漂っていた。

「うん。手首を使ってね。もうちょっとこんな風に」

英二がミニスカート姿の娘の背後に立ち、右手に自分の右手を重ねて料理を教えていた。

(止めた方が……英二くんは亜沙美の思っているような子じゃないのだから)

ダイニングテーブルに一人座る牧江は、思い悩む眼差しを少年少女に向けた。

(でも昨夜のことを、英二くんが持ち出したら)

自分の都合の良いように事実をねじ曲げて、娘に吹き込むのではないかという怖さがあった。言い争いになれば、淫らな写真を撮られた牧江の不利は否めない。牧江は黙って、寄り添う二人を眺めるしかなかった。

(英二くんは結局、明け方までわたしを解放してくれなかった)

牧江はテーブルの下で手首をさする。手錠の跡は残ってはいないが、関節の節々が鈍く痛んだ。

「上手だねえ、英二くん。もしかしてお魚もさばけたりする?」

「できるよ。亜沙美はできないの?」

「うーん、えへへ」

「亜沙美ってば、笑ってごまかしてるし」

和やかな表情を作り、娘と仲良さそうに話をする英二は、昨夜の少年とは別人のようだった。

（やはり昨夜のことは計画的に？　でも母親と変わらない年齢の女を狙うなんて）

娘と同い年の少年が三十六歳の女を襲おうと考えることが、信じ難かった。

（だけど猿轡や手錠をあらかじめ用意していたことを思うと……携帯電話での撮影だって、口止めの材料にするとしか……あッ）

牧江は胸で狼狽の声を上げた。股の間に、ドロンとした液が垂れるのを感じた。

（英二くんの精液が……何度も拭ったのに）

女はロングスカートに包まれた丸い腰を、椅子の上で居心地悪そうにもじもじとさせた。膣内を逆流したザーメン液が、パンティの内側にべっとりと滴っていた。

（六回……それとも七回？　わたしのお腹に英二くんはさんざん注ぎ込んだ）

途中から意識は朦朧とし、牧江は正確な射精の回数さえ覚えていない。

（あんなにいっぱい男性の欲望を受け止めたことなんて、一度もない）

夫が生きていた頃の性愛は、一度射精を済ませばそれで終わりだった。硬い肉茎で延々と貫かれ続けたのは初めての経験だった。息をすると、鼻腔の奥に寝室にたちこめていた栗の花の香をほのかに感じる。膣肉にはジクジクとした余韻が未だ残っていた。

「はいママ、クリームだよ」

テーブルに近づいた亜沙美が、生クリームの入った器をコトンと置いた。

「あ、ありがとう亜沙美」

「ねえ、ママ、朝食おいしくない？　それともまだ体調がすぐれないの？」

亜沙美が心配そうに母を見つめる。

「あ、ごめんなさい。もう平気よ。気分良くなってきたわ。亜沙美の焼いてくれたパンケーキのおかげね。ふわふわで上手だわ」

牧江はパンケーキに添えられていた完熟マンゴーを一切れ食べて、にっこりと微笑んだ。

「そっか。よかった」

うれしそうに娘がいい、キッチンを振り返った。

「英二くん、わたしたちも食べようよう」

「うん」

二人は牧江の向かいに並んで席に着いた。塾のこと、それぞれの学校のことを楽しそうに喋りながら、自分たちの作った朝食を口にする。

（亜沙美を、早く英二くんから引き離さないと）

娘に不審を抱かせずに、英二との交際をきっぱり途絶させる方策はないものだろうかと、牧江は考える。

「――でね、習っている範囲も同じだから、時々一緒に勉強しようと思っているんだけど、いいよねママ？」

「え？」

娘に呼びかけられて、牧江は我に返った。

「もう、ぼんやりしないでようママ。英二くんと時々、うちで放課後に勉強会をしようと思っているの。塾の自習室も図書館も、時間が来ると閉まっちゃうから」

（英二くんと……だ、だめよ）

否定の言葉が喉まで出かかった。しかし反対する良い理由が、咄嗟には思いつかなかった。牧江は英二の方をチラと見た。少年は黙ってヨーグルトサラダを食べていた。

（あっ）

脛に誰かのつま先がふれてくる。足の指を使ってスーッと牧江の脚を撫で上げてきた。娘のする行為ではない。それだけで脅しには充分だった。反発する牧江の心は、しゅっとしぼんだ。

「そ、そうね。勉強ならいいと思うわ」

震え声で、牧江は認めた。

「英二くん、ママのＯＫでたよ」

「うん。よかったね」

　亜沙美と英二が笑顔で見つめ合っていた。二人の距離が近づいているのがわかり、牧江の胸に焦燥感がこみ上げる。

（娘から引き離さねばならないのに。なんとかしないと。いっそ娘になにもかもぶちまけてしまえば……）

　牧江はフォークを置いた。一回深呼吸をし、覚悟を決める。キッと正面の二人を見据えた時、英二が席を立った。

「ああ、おいしかった。じゃあ僕、そろそろ帰ろうと思います。一晩、お世話になりました」

　英二は微笑みを浮かべて、頭を下げる。女の決意をはぐらかす絶妙のタイミングだった。

「もう帰っちゃうんだ。だったら英二くんが聴きたいって言ってたＣＤ、わたし持ってくるね」

　娘が慌てたように席を離れた。ダイニングルームから出て行く。

「という訳でおばさん、見送ってくれるかな」

少年の声に牧江はうなずくしかなかった。英二と連れだって玄関へと向かった。

「おばさん、もう少ししゃんとしたら？　そんなに足元をフラフラさせていたら亜沙美が怪しむよ」

牧江の腰に、英二が馴れ馴れしく手を回してきた。牧江はその手を払いのけた。

「ちゃんと歩いているでしょう。さわらないで」

「そうかな。足元がおぼつかないようすだけど。昨夜は寝付けなかった？」

少年がからかいの笑みを作って、牧江の顔を覗き込む。

「あ、あなたが寝かしてくれたのは、明け方じゃない」

震え声で告げた。少年に犯され抜いた昨夜の記憶が、脳裡に生々しく甦る。

「おばさんに僕のチ×ポ汁、いっぱい絞り取られたものね。おばさんも満足してくれたでしょう」

英二は牧江に向かって、含みのある眼差しをチラリと送った。牧江は顔を背けた。

（やっぱり最初からわたしが狙いだったの）

少年への猜疑の念は、色濃くなる一方だった。

（亜沙美を車で塾まで送り迎えしたことがあった。その時に目を付けたのかも。悪天候の日に、我が家を自転車で訪ねてきたことだって、この子の計算だったのかも知れ

ない）

すべて計算尽くだとしたら、自分はまんまと罠に嵌ったことになる。ベッドでの手慣れた様子から、少年は女性経験を積んでいることが窺えた。夫に先立たれた寡婦の身ならば、御しやすいと少年は考え、襲ったのかも知れない。

（だとしたら、酷いわ）

女の身を軽んじ、踏みにじる卑劣さ、身勝手さに怒りが湧いた。

「早く帰って下さい」

牧江は玄関に置いてある自転車を指さした。風雨にさらされないよう、英二の自転車は家のなかに入れてあった。英二は肩をすくめると、牧江の側から離れた。自転車の方へ行くと見せかけて、くるっと身体を回して今度は正面から牧江を抱き締めてきた。

「冷たいな。あれほど熱烈に愛し合ったのに。今朝も美人だね。そのサマーセーター、とっても似合ってるよ」

白の半袖のサマーウールに、水色のロングスカートの出で立ちを、英二が褒める。

「髪を纏めた姿もステキだよ。活動的な若々しいママって感じがする」

長い黒髪はねじり編み込みで纏めてあった。露わになっている首筋に少年の吐息が掛かった。

「英二くん、やめて。放して」

牧江は腕を突っ張らせて、英二を遠ざけようとした。だが少年は易々と女体を抱き寄せ、腰に回した手で牧江の尻を撫でてきた。

「メールするから。返事をくれるよね」

昨夜、英二は牧江の携帯電話に勝手に自分の電話番号とアドレスを入れた。その時、牧江の番号とアドレスも知られていた。

「そんなの……や、約束できないわ。いやらしい手つきしないで」

「そんなあ。僕寂しくなって、おばさんとのセックス動画を、間違えて亜沙美に送っちゃうかもよ」

耳元で囁かれる脅迫の台詞に、牧江の表情はハッと強張った。

「脅すの」

警戒する牧江の声に、英二ははぐらかすように微笑んだ。

「そこってトイレだよね。借りるね。まだ朝の分、だしてなかった」

英二は牧江の身体を抱いたまま、玄関の横にあるトイレのなかへと入っていく。

「ちょ、ちょっと、わたしはトイレに用は、あっ」

牧江は戸惑いの声を上げた。ドアを閉めると、英二は牧江の紅唇にキスをしてきた。

「んっ、や、やめて……んっ」

牧江は懸命に身を捩って抗った。英二の手がスカートのホックを外してきた。ファスナーも引き下げられて、ロングスカートは足元にすべり落ちる。ストッキングの類は付けていない。薄ピンクのショーツを穿いた下半身が現れた。

「よ、よして。なにを考えているの。こんなところに連れ込んで。娘がいるのに」

なんとか英二の唇を外して、牧江は訴えた。

「そうだよ。亜沙美がいつ来るかわからないんだから、静かにした方がいい。僕とおばさんがいけない関係だって知られたら、純情な亜沙美はショックを受けちゃう」

「だから、それはあなたが無理やりに」

「無理やりで、あんなにうれしそうにお尻を振るものかな」

ベッドに這い、少年に向かって肉交をせがむように尻を振った昨夜の己を思い出し、牧江は美貌を紅潮させた。英二がショーツの上から熟臀を摑んだ。女は肢体を身悶えさせた。

「ふふ。おばさんの肌、僕の精液の匂いが染みついているね」

密着した英二は鼻を鳴らして、胸元や首筋の匂いを嗅いでいた。

「う、嘘言わないで」

否定はするが、大量の精を注ぎ込まれたのは事実だった。朝、シャワーを浴びる時間の余裕もなかった。性臭がこびりついていることは、自分でも薄々感じた。

「嘘じゃないよ。こんなに僕の中出しザーメン垂らしている癖に」

尻の方から、少年の指が脚の付け根に潜ってくる。下着の股布部分に指先が這った。

「あっ、いやっ」

「この感触、グチョグチョだね。おばさんてば、僕の精液をオマ×コから垂れ流しながら、朝ご飯を食べていたんだ」

湿った股布を、指が繰り返し押す。粘液にまみれた秘肉を圧され、甘痒い刺激が生じた。牧江は豊腰を左右にゆすった。

「昨日は気持ちよかったでしょ。久しぶりの新鮮ザーメン浴びて」

少年の薄笑いに、美貌は恥辱で赤らんだ。凌辱を受けた身にもかかわらず、何度も絶頂へ達した悔いと口惜しさが胸を衝く。

金属音が鳴った。英二がジーンズのファスナーを引き下ろしているのだと気づき、牧江は慌てた。

「なにをしているの。そんなものだ さないで」

「勃っちゃってさ。おばさんのエロい匂いと、豊満グラマーボディに興奮しちゃって。辛抱できなくてごめんね」

硬い屹立が、牧江の下腹にゴッゴッと突き刺さってきた。チラと下を見る。ファスナーの隙間から、勃起がそそり立っていた。

「こんなになっちゃって、恥ずかしいな」

英二の手が牧江の手を摑んだ。恥ずかしいと言いつつ、英二は露出した己のペニスを牧江にさわらせようとする。牧江は手を引こうと試みるが、英二は牧江の手の甲に被せた手を握り込んで、無理やりに摑ませた。

(ああッ、熱くて、逞しい)

指にふれた偉容の雄々しさに、改めて女は驚いた。夜の闇のなかでふれるのと違い、実際に眺めながらでは、より逞しさが迫ってくる。

(太くて、長い……括れの部分がこんなにせり出しているなんて)

凶悪な形に、牧江は戦慄さえ覚える。自分の身体のなかに入っていたのが信じられなかった。女の紅唇から自然と吐息が漏れた。

「やわらかくて心地いいよ、おばさんの手」

少年のうっとりとした声に、牧江は握った性器に意識を集中している自分に気づいた。手の甲を押さえる英二の手を押し退けて、牧江は強引に指を外した。

「乱暴だな。昨夜はさんざんコレで愉しんだのに。もう少し感謝の気持ちはないの」

「ふ、ふざけないで」

声が震えた。摑んでいた時間は数秒のことだろう。だが灼けたペニスの感触が、手の平に残っていた。

(ドクンドクンって脈打っていた。ああ、あんな記憶、早く消してしまいたいのに)

生々しい肉茎の手触りは、昨晩の激しい凌辱劇を思い出させた。少年はグイグイとペニスを押し付けてくる。牧江の下腹はジンと火照った。

(もうこの子の自由にはさせない。あんな過ちは一度きりで充分よ)

図らずも感じてしまった快楽の記憶を振り払うように、牧江は腕をゆすって必死に抗った。

「おっぱい、気持ちいいよ。服を着ててもたぷたぷの感触伝わってくる」

英二が耳元で熱く囁く。少年の胸に、牧江の胸元が何度もやわらかに押し当たっていた。英二が左手で、牧江の乳房をすくい上げるように揉んできた。いやらしい指遣いに、牧江は呻いた。

「よしてッ」

けど」

「ふふ、このボリューム。亜沙美はママがノーブラだって気づいてなかったみたいだ

「あ、あなたがブラジャーを付けるなって言って、わたしから奪ったんでしょう……

あ、あんっ」

朝の着替えの時、少年に下着を付けるなと強要された。薄手のセーターに、ゆたか

な双乳の形がはっきりと浮かんでいた。

「このエロい身体には、下着なんて必要ないよ。ほんとうだったらパンティも無しに

して欲しかったんだ。穿いてなければ、すぐにイタズラだって出来たのに」

股間に填り込んでいる英二の指が、股布を横へずらして、直接秘唇を弄ってきた。

「あンッ」

牧江の腰がピクンと震えた。指先がヌメった女の粘膜にふれていた。

「ヒダが僕の指に吸いついてきてるね」

陰唇を縦に擦り、亀裂の中央に指先を嵌め込んできた。牧江は女体を弾ませ、腰を

くねらせて少年から離れようとした。だが英二の手が、豊乳を絞り立てて引き寄せる。

牧江は少年の二の腕を摑んで喘いだ。

「入れないで、あんッ」

「ザーメンだけじゃなくて、おばさんの興奮汁も垂れちゃってるみたい」

さんざん貫かれ、精を流し込まれた女の潤みだった。そこから垂れこぼれる液を指にまぶし、英二はクチュクチュと音を立てる。

「い、いやッ」

肉体を嬲られているというのに、女に出来るのは喘ぐことだけだった。寝室、次いでトイレと、自宅が凌辱の場に変貌していた。

「乳首立ってるね。硬くなっていくの自分でも感じるでしょ。今後、僕がこの家に遊びに来た時は、牧江はパンティもブラジャーも、付けるの禁止だからね。すぐにココを弄くれるようなTバックパンティなら、許してあげてもいいけど」

「な、なんの権限でそんな命令を」

「僕はおばさんの内緒の恋人でしょ」

少年が目を細めて告げた。入り口をくすぐって、内部に指を差し入れる。ググッと狭穴の広がる挿入感に、牧江は細首をゆらして呻いた。

「トロトロだね。自分でもわかるでしょ。牧江はずっと発情しちゃってるんだね。久しぶりに硬いのを咥え込んだから、辛抱できない状態に変わったのかな」

精液の残滓と愛液を絡めて、指が膣口をゆっくりと掻き混ぜた。牧江は内股になり、ムチムチの太ももを震わせた。

「よ、よして。わたしはこんなこと、して欲しくないわッ」

牧江が叫ぶと、急に英二が指を引き抜いた。乳房からも指を外して、身体を離した。

自分の言葉がようやく英二に届いたのかと、牧江の方が一瞬呆然とした。

「わかってる。指なんかじゃね」

英二は便座の上に座った。少年の股間では、露出した肉柱がそそり立っていた。亀頭が先走りの液で妖しく光っていた。

「さあ、おいでよ。こっちの方がいいんでしょ」

牧江の美貌に険が浮かぶ。

「ほ、本気なの？　こんな場所で」

英二は牧江の問いに答えず、ズボンのポケットから携帯電話を取り出して開いた。セーターとパンティ姿の牧江に向かってレンズをかざした。

(英二くん、なにを)

「亜沙美のママに、朝からトイレで襲われてる最中です。昨夜たっぷり味わった男子高校生のチ×ポを、もう一回咥え込もうとパンティ姿で迫られちゃって弱ってるところ」

写真ではなく、ムービーを撮っているらしく、英二は説明の台詞を喋っていた。

「撮らないで」

牧江は己の身体を両手で隠すと、都合の良いストーリーを仕立てる少年に向かって、キッと睨みつけた。

「ご覧の通り、睨みつける顔もチャーミングでステキです。おばさん、勃起乳首、見せてよ。セーターの先端がポチってなってるところ」

腕を伸ばし、牧江の胸元に向かって携帯電話を近づけた。牧江は携帯電話ごと、英二の手を叩いた。英二は笑って手を引き、携帯電話を元のポケットにしまい込んだ。

「今撮ったものを消して。昨夜の分も。承諾も無しに勝手に映像を撮ること自体が、犯罪なのよ」

「だったら許可をちょうだいよ、おばさん」

牧江の腕を摑んで引き寄せた。バランスを崩されて、牧江は英二の肩に手を付いた。少年の手が下着に掛かる。左右から引きずり下ろした。

「あッ、脱がさないで」

「パンティ穿いたままじゃハメられないでしょ」

太ももから膝へと、伸縮性のある生地は伸びて、足元へ落とされた。下半身は完全な剝き出しになり、ゆたかな腰つきと黒い翳りが少年の目に晒される。

「今朝はあまり食が進んでなかったようだけれど、おばさんはパンケーキよりこっちが良かったんでしょ。ご馳走、食べていいよ」

英二は牧江の括れたウエストを両手で挟み込み、膝の上にのせようとする。

「ああッ、一体なにが目的なの。わたしを玩具にするため。それとも財産？」

時と場所を選ばず繰り返し迫ってくる少年に、牧江は脅えの目を向けた。単純な人違いから始まったとは思えない執拗さだった。

「そう言えばおばさんのところは結構な資産家なんだっけ。この家も立派だものね。旦那さまの残したマンションだって別にあるとか。亜沙美から聞いたよ」

少年の言に、牧江は警戒の表情を作った。

（お金の匂いを嗅ぎつけて、自分を狙ったの？　こんな子供が……）

夫のいない女所帯だった。男が支配するには容易い。

英二は微笑みを浮かべ、淫液にまみれた繊毛を、指で摘んで引っ張る。チクッとした痛みに牧江の眉間に皺が作られた。

「んッ」

「でも僕は、お金なんか興味ないよ。僕の家だって腐るほどあるし。玄関に置いてある自転車、イタリア製で車一台余裕で買える値段なんだ」

少年が余裕の笑みで告げた。股間に潜った指が、秘唇を弄くってきた。クリトリスをやさしく揉み込む。甘い刺激に、牧江の腰がゆらいだ。

「さあ、昨夜の続きだよ」

英二が女体を引き寄せた。牧江の脚の間に少年の膝が入る。真下には少年のペニスが突き立っていた。

2 造りかえられる肉体

年上の女は顔を左右に振り立て、抗った。

「いやっ、こ、こんな場所で」

英二はそんな女の姿を見て白い歯を覗かせると、後ろに引いた牧江の双臀をパンと打ち据えた。

「ああうッ」

痛みと衝撃に虚を衝かれ、牧江の膝が曲がった。がくっと落ちた下半身の中心部、濡れた秘肉に切っ先が擦れた。

「遠慮しなくていい。ほら、食べちゃいなよ」

すかさず英二が先端の位置を合わせ、牧江の腰をさらに両手で落とし込んだ。肉棹が女穴へとすべり込んだ。男女の性器が擦れ合うズブブッという淫音が、肢体を貫いた。

「ああッ、んく」

一気の充塞に、紅唇からはかすれた牝声が漏れた。牧江の足から力が抜け、丸い尻が少年の膝に乗る。

(そんな、またわたし高校生と……娘の同級生と)

便座の上に座った少年に、向かい合わせで跨ぎ乗り、交わっていた。牧江は潤んだ眼差しを正面の英二に向けた。

「け、警察を呼ぶわ」

「気持ちよさそうに、ハアハア息を吐きながらすごまれても、困るな。もうすぐ亜沙美がこっちに来るのに。いつまでも駄々を捏ねていたらだめだよ。時間がもったいない」

英二は牧江の頬を手の平で撫でた。少年の仕種と表情から、オモチャ扱いされている雰囲気を、牧江は感じ取る。

「なにかといえば娘を持ち出して。わたしがいつまでもそんな脅しで……あッ、あんッ、いやッ」

英二は牧江の腰を抱いて、結合を深めた。互いの股間が擦れ、男根は根元まで完全に突き刺さった。丸い尻は少年の足の上で震えた。

「あっ、んふうッ」

(どうして……昨日あれだけわたしのなかに欲望を吐き出したのに)

雄々しさは昨夜と変わらなかった。十代の活発な精力に、三十六歳の未亡人はおののく。一度交わった以上、少年は性欲を発散するまで、女体を逃さないだろう。後戻り出来ない状況に、牧江は陥っていた。

「どう、いい味でしょう。一回咥え込めば気分も変わるよね。こんなにしっくりくるんだもの。僕のチ×ポが好きだって、おばさんのヌルヌルオマ×コは言っているよ」

明け方まで続いた荒淫の余韻が、腫れぼったくなった粘膜には残っていた。再び塡り込んだ勃起に、膣粘膜はうれしさを表現するように絡み付き、吸いつきを強めた。

「嘘よ。わたしはあなたのことなんか」

少年の言葉も、己の肉体の反応も認めてなるものかというように、牧江はかぶりを振った。

「ふふ、こんなに乳首勃たせちゃってる癖に。ここまでピンってなると、さすがにノーブラだってわかっちゃうね」

牧江の胸元に手をやり、尖った膨らみの先端を英二が弾いてきた。牧江は呻き、上体を後ろに引く。英二はその体勢を待っていたかのように、白のセーターを下から捲り上げた。重く垂れ下がった双乳が、ぽろんと現れ出る。

「おばさんのデカ乳、いやらしいよね」

英二は乳房を摑み、揉み立てながら相貌を胸に近づける。唇を右の乳首に被せて、吸ってきた。

「だ、だめッ……んッ」

少年は先端に軽く歯を立ててきた。十年ぶりの乳頭への口愛撫だった。

「止めなさいッ」

牧江は叫び、少年の頭を何度も叩いた。それでも英二は乳房から口を離さない。切ない嗚咽がトイレのなかに響いた。舌が充血した乳首を擦り立て、ちゅうっと吸引される。温かな唾液にまみれた繊細な蠢きは、女に身震いを起こさせた。

「そんなに吸わないで……だめよう」

甘痒い刺激に耐えきれず、牧江は英二の頭を搔き抱いた。じっくり舐めしゃぶってから、少年の口は左へと移動した。右の胸を指で揉みほぐされながら、左の乳頭をきつく吸われる。目眩の生じるような快楽に、牧江は少年の頭を抱いたまま何度も溜息を吐いた。熟れた双乳がジンジンと火照った。

「おっぱいおいしいよ」

やがて英二が口を引き、牧江を見上げた。

「あッ、動かないで、英二くん」

英二が腰をゆすって、跨いだ女の身体をぐらぐらと前後させてきた。色めいた恥ずかしい声が漏れそうになり、牧江は自身の手を口元に持って行く。人差し指の第二関節を咥えて、噛んだ。

「おばさんのオマ×コの天井に、届いているのがわかるね。バック好きのおばさんだけど、こっちの体位もなかなかいいでしょ」

少年が囁きながら突き上げる。肉柱が塡り込む時の衝撃は、禍々しいまでに甘美だった。

（ああ、奥にッ。頭まで響くッ）

牧江の紅唇は半開きになり、指を噛むことさえ続けられなかった。密着した状態から、ペニスが抜けていく感覚もたまらなかった。避妊具を付けていない硬い肉刀の深い反りで、削られる心地は女に至福をもたらす。

「ねえ、おばさんのこと牧江って呼んでいいよね。ベッドのなかとか、こんな風に愛し合っている時は。おばさんだとムードないしね」

「よして。わたしたちはそんな関係じゃないわ。恋人同士でもなんでもないでしょう」

牧江の啜り泣くような返答を聞くと、英二は反動を強めた。女の肢体が膝の上で跳ねる。

「冷たいな。そんな言い方。純粋な高校生は傷ついちゃうよ」

「あっ、あっ、あっ」

肉刺しに合わせて、牧江の口からは喘ぎが漏れ、露わになった乳房が、胸元で大きくたわんだ。

「ボリュームがあるから、おっぱい縦にゆれてるよ。ふふ、牝顔も色っぽいね」

英二は愉しそうな目つきで、悶える牧江の様子を観察していた。恥辱で牧江の肌が赤らむ。

「み、見ないで」

「こんな近くで向き合っているんだもの。無理だよ」

少年は相貌を近づけ、牧江の口を吸ってきた。腰を抱き、互いの身体の隙間を無くして女の口のなかに舌を差し入れ、貪るように掻き混ぜる。

「んッ、んふんッ」

牧江は喉で呻き、英二の肩を摑んだ。ぴたりと一つになり、口づけを受けながらの抽送に、女体は華やぎ指に力がこもる。

(だめよ。相手は子供なのに……易々と屈してどうするの。辛抱するの。ああッ、トロトロの液が漏れてる)

興奮を教える先走りの液が、女奥でトプントプンと吐き出されていた。

(いっぱい出てる。うう、アソコに染みるッ)

膣底に感じる牡の粘液が、熟れ腰を熱くさせた。精を注がれるのと似た感覚は、未亡人の意識を甘くかすれさせた。牧江の手は、英二の肩から背に回った。少年の引き締まった身体に抱きつき、牧江の側からも舌を絡ませて、ディープキスに耽った。

「んふ、牧江っ」

少年が女の名を呼び、肉茎の膨張をさらに上昇させる。

(あうう、硬い。なんでこんなに逞しいの)

充血の著しい肉茎は、少年の興奮を女に生々しく伝えた。隙間を埋め尽くす雄渾さは、決して望んではならない膣内射精への期待感を、女に抱かせた。

（違う。欲しがってなんかいない。わたしミルクを欲しいなんて……思っていないはずよ）

己を幾ら叱っても、否定しようとしても、一度とろけた肉体は後戻りできなかった。熱い樹液を絞り取ろうというように、蜜穴は粘っこく収縮を繰り返した。双臀もクイクイと控え目ながらも前後してしまう。

「牧江も、すっかり気分だしちゃってるね。トロトロオマ×コのなかに、朝の一発を流し込んであげるね」

濡れた口を引いて、少年が膣内射精を宣言した。

（またわたしの子宮に、高校生のミルクを浴びせ掛けられてしまう）

背徳の現実に女体はぽうっと昂った。肌は火照り、振り掛けた香水の匂いと一緒に、甘酸っぱい牝の香がトイレ内に解き放たれた。

「お、お願い英二くん、なかには出さないで。せめて避妊を。あなたから見たらおばさんでしょうけど、まだ女なの。何度も注ぎ込まれたら赤ちゃんができてしまうわ」

無駄と知りつつも、牧江は哀願した。

「次からね。昨夜もナマだったんだもの。この一発位、一緒だよ」

「ひ、酷い。あなたは鬼よ」

牧江は少年を非難するように睨みつける。だが潤み切った眼差しに、英二を牽制するような力はなかった。

「中出しが終わった後に文句を聞くよ。その時、牧江が警察に電話するって言うなら、僕の携帯電話を貸してあげるから」

英二は尻肉を両手で摑んで、年上の女の身体を軽々と上下にゆすり立てた。コツコツとペニスの先端で膣奥を叩かれる。えもいえぬ抽送の心地に、牧江はたまらず少年の首に抱きついた。

「いやッ、激しくしないで、あなたの太すぎるの。子宮に届いてるッ」

「そうか、前の旦那さまのはここまで届かなかったんだ。ほんとのチ×ポの悦びを教えてあげないまま、いなくなっちゃったのはどうかと思うけど、牧江はこうして自分好みのチ×ポと巡り合えたんだから、旦那さまを恨んじゃダメだよ」

英二は牧江の頰を舐めてきた。夫を小馬鹿にするような台詞に、牧江は文句を言い返さねばと思う。だが快楽に吞まれた頭はうまく働いてくれない。

「妊娠が嫌なら、今度からはココを使おうね」

双臀を握っていた指が、深い切れ込みの狭間に潜ってきた。

「あっ、んあっ、いやっ。なんでそんな場所を」

少年が狙ったのは昨夜と同じく、排泄の小穴だった。バック姦を受けながら指でマッサージをされ続けた時の、ジクジクとした疼きが未だ肛門に残っていた。

「妊娠したくないいんでしょう。だったらそれなりの手を講じないと。こっちの穴なら幾ら精液を呑んでも、平気だもの」

英二は結合部から垂れた淫液をすくい取っては、窄まりの表面に塗り込めてきた。牧江はゆれる眼差しを向ける。

(英二くんは、そんなところで繋がるつもり？　昨夜だって、最後までおぞましさは拭えなかったのに)

少年が不浄な器官に拘っていた理由がわかり、牧江の表情には恐怖が浮かんだ。

「そう。牧江もわかったみたいだね。アナルセックスだよ。この穴で僕のチ×ポを受け入れるんだ」

粘液をたっぷりと擦り込むと、英二の指は肛穴に潜ってきた。

「あンッ、入れないで」

一晩掛けてほぐされた括約筋は、侵入を食い止められない。指先は呆気なく関門をくぐり抜けた。

「あ、あうッ」

牧江は背を反らして戦慄いた。肛穴に填った指は、腸壁を擦って内部に突き進んできた。

「この穴をお風呂に入った時に、指でよくほぐして。こんな風に」

英二が囁きながら、指で円を描いてくる。不快感で女は苦しげに呻きをこぼした。

「そんな場所で……無理よ。わたしはそんな女では……あぁッ」

「ふふ、牧江はもう、〝そんな女〟に片足を突っ込んでいるのに。昨日の夜、こっちの良さを教え込んであげたよね。気持ちよさそうに哭いていたの忘れちゃった？」

英二は後背位で責め立てた時と同じように、指と勃起を入れ違いに突き立ててきた。両方の穴を穿ち、間の粘膜を擦り合わせる。

（ああう、気色悪いはずなのにッ）

薄皮一枚隔てて、前後の穴で蠢く感覚は、嫌悪と怖気が走る。だがそのなかから妖しい快楽が一筋沸き立ち、腰の芯を甘くとろけさせた。

「昨日もそうだった。嫌って言ったのは最初だけ。終わりの方になったら、色っぽい声を放って、お尻をくねくねさせてたよね」

英二の指摘に、牧江は違うと訴えるように頭を振り立てた。

（こんなの気持ち悪いだけなのに。ああ、それなのに、どうして感じてしまうの。わ

たし、おかしくなってる）

二穴責めに自分の身体が慣れていくのがわかる。尻穴から生じる快美が、嫌悪を覆い尽くしそうで恐かった。

「よくほぐれているの自分でもわかるでしょ。牧江のエロボディーは、もうこっちの良さに目覚めちゃってるんだよ」

英二は指と勃起、同時に突き入れて、圧迫の充塞を女体に味わわせた。牧江は大きな唸りをこぼして、少年の身体にきつく抱きついた。

「ゆ、許して英二くん」

「まだまだ。じゃあ今度は二本咥えてみようか」

英二は人差し指一本の刺さった肛門に、中指も突き立てようとしてきた。

「ううッ、よして、入らないッ、ああ裂けちゃうう、ぐうッ」

なんとか逃れようと、牧江は双臀を懸命にゆすった。だが英二の手ががっちりと尻肉に食い込んでいた。括約筋が広げられ、痛みが走る。

「そんなッ、ああ、どうしてッ」

女の嘆きがこぼれる。窄まりは柔軟に伸びて、二本指さえ呑み込んだ。充塞の痺れが駆け抜け、牧江の全身が煮え立つ。

「どう？　自分がどんな〝女〟かわかったでしょ。一本より二本、咥え込む数が多いほど、快感も深くなる。たまらないでしょ」

牧江は美貌を真っ赤にし、イヤイヤと相貌を振った。一度も異物を呑んだことのない肛穴が、少年の責めを柔軟に受け入れてしまう。

(わたしの身体、どんどん変えられていってる)

「牧江は今後オナニーも禁止だからね。自分一人で愉しんだらだめだよ。僕が遊びに来るのをちゃんと待つんだよ。勝手にオナニーで発散したらお仕置きするから」

少年が双眸をかがやかせて、耳元で告げる。〝お仕置き〟の語が怖かった。これ以上の責め苦を味わいたくない牧江は、コクコクと顎先をゆすった。

「ふふ、いい子だね。牧江のオマ×コ、きつくて最高だよ。絡み付きも抜群っ。これからもよろしくね。またたっぷり溜めてくるからさ。このエロい身体で、僕の精液を処理してよね」

ペニスがズブズブと女壺を衝き上げた。肛穴では二本の指が抉り込むように回転していた。

「あんッ、ひッ、ひいッ」

牝のよがり声を奏で、未亡人はおぞましさにまみれた拡張感に崩れた。大粒の瞳には涙が滲み、流れ落ちる。脂汗が首筋や胸元に滲んだ。

「二本刺し、感じるでしょ。もっとよくしてあげるからね」

指が奥へ奥へと塡り込む。英二の言葉通り、息苦しいまでの充満感のなかに、身の灼けるようなもどかしい快楽が噴き上がってきた。

「いや、許して、ああッ、イっちゃう、許して」

牧江はむせび泣いた。屈しまいと耐える心をふり千切って、女体は昇り詰めようとする。少年の与える肉悦に負けてしまう自分が悔しかった。その時、突然抽送がピタッと止まった。

「亜沙美が来たかな?」

英二が呟く。ドアの向こうから、トントンという軽やかな足音が聞こえた。

(亜沙美が、階段を降りてきたんだわ)

「英二くーん。持ってきたよー。あれ英二くん、いないの? 自転車は……まだあるみたいだけど、どこいったかなあ」

娘の声が響いた。気配が近づく。

(亜沙美に助けを求めたら)

後のことはどうなるかわからない。だが容赦ない二穴責めから逃れられる、唯一の方法だった。声を上げようかと、牧江は逡巡した。

「ハラハラするね。やさしい母親は、高校生の上に下半身丸出しで跨ってる最中だもの」

英二が牧江の耳の側で囁いた。そして便座に座った腰を、一層跳ね上げさせた。

(ああ、英二くん、なにを考えているのッ)

牧江の胸に驚きが広がる。英二は指でしつこく尻穴を弄くりながら、女体を責め立てる。牧江は手で口元を押さえた。

(娘がすぐ側にいるというのに。ああ、声が聞こえてしまう)

助けを呼ぼうと考えていたことを忘れて、牧江は困惑の目を少年に向けた。

「ママの姿も見えないし。どーなってんだか」

娘が不審そうに独り言を漏らすのが聞こえた。ドア一枚を隔てたすぐ隣に娘が居た。

(二人一緒にトイレにこもっているなんて知られたら)

何らかの返事をしなければならなかった。居た堪らない状況に置かれたことで、掻き立てるような愉悦は、より鮮烈さを増して女体に響いた。牧江は救いを求めるように英二を見た。少年は尻肉を摑んでいた左手を外すと、唇を隠す牧江の手を摑んで、剝ぎ取った。

「親子関係にヒビを入れずに済むんだもの。僕に感謝してよね」

英二はひそめた声で告げると、牧江の赤い唇にチュッと音を立ててキスした。そしてドアの方へ首を回した。

「ごめん亜沙美、今トイレ中なんだ」

「あっ、英二くん。そこにいたんだ。ご、ごめんなさい。あたしったら……」

焦った声で、娘が応じた。

「ううん。こっちこそ。亜沙美のお母さんは、いい天気だからお布団干すって言ってたかな」

「そ、そう。ちょっとママを探してくるね」

恥ずかしそうに言い、娘が玄関を離れる気配がした。

「待って亜沙美」

だが、英二が娘を呼び止める。

(な、なんで。せっかくこの場を立ち去ろうとしていたのに)

非難の目をする牧江に向かって、英二はニヤッと笑うと、指で乳房を弄んできた。

「いけないママだな。娘の前なんだから、オマ×コヒクヒクさせちゃだめでしょ」

絞り込むことを止めようとしない女壺を、英二が指摘する。

(だ、だってあなたがわたしのお尻を、指で……)

埋め込んだ二本の指を内で折り曲げ、英二は絶えず括約筋をマッサージしていた。強い刺激に、女体はどうしても反応をしてしまう。指と同時に突き刺さった肉茎を締め付け、内粘膜は物欲しげに蠢いた。

「亜沙美、昨日塾で数学の問題のテキスト、渡されたでしょ」

英二は喋りながら、女体をさらにゆすり立てた。猛ったペニスが女陰のなかで動き、指が腸管深くに塡り込んだ。ゾワワッと快感の電流が背筋を走った。

「んッ、んふくッ」

紅唇を嚙み縛るが、どうしても喉元から甘い呻きが漏れた。許して欲しいと、牧江は潤んだ瞳で英二に哀願をした。

「昨日新しく配った問題集？」

「うん、そう。あれをさ」

英二は一旦言葉を切ると、牧江の目を覗き込んだ。

「娘の前で、イケよ。牧江」

少年がひそめた声で命じる。悪意と劣情のこもった眼差しを、未亡人の紅潮し切った美貌に注ぎ、うねらせるように腰を浮かして突き込む。肉柱が粘膜の隅々を圧迫していた。呼吸も出来ないほどの拡張感が、女を苦しめる。

「もうしないで。お願い。亜沙美がいるのに……酷いことしないで」

牧江は英二の耳に唇を近づけ、一心に懇願した。英二が乳房を強く握った。乳首を指先で弾く。牧江の相貌が歪んだ。

「今は、娘のことよりも僕のチ×ポの方が大事な癖に。さっきまでアンアン哭いていたの、忘れたのかな。ほら恥を掻いちゃえ」

英二の言う通りだった。娘がいつ来るかわからない状態だというのに、少年に貫かれて快感に浸っていた自分を思い、牧江はクスンと小さく鼻を啜った。

(恥ずかしい音が、漏れちゃう)

身を縦にゆらされ、二穴から汁気に満ちた交合の音色が漏れる。大事な一人娘が間近にいるからこそ、切ない肉悦は女体に染み入った。剛棒と二本の指がゴリゴリと擦れ合っていた。目の前に火花が散る。

(だめ、イ、イクッ)

発情が押し止められない。身の浮き立つオルガスムスの盛り上がりが、三十六歳の女を包み込んだ。太ももで少年の腰をきつく挟み込み、肢体はビクンと伸び切った。

「ひッ、うッ」

くぐもった吐息を発して、牧江は少年の頭を抱き締めた。意識は紅色に包まれ、脳裡から亜沙美の存在が消える。英二の髪に顔をすりつかせて、牧江は全身をヒクつかせた。

3 牝のたしなみ

「あの、どうしたのかな英二くん……えっと取り込み中？」

娘の声が遠くの方で聞こえた。しっかりせねばと思うが、肉体は自由にならない。途切れのないアクメの波に身を戦慄かせながら、牧江は少年と娘の会話を聞く。

「ごめん。トイレに入っているのに会話するなんて、エチケットに違反しているなあって思ってさ」

「そ、そうだね。でも用事があるんでしょ」

「うん。僕さ、塾にその問題集を忘れちゃったみたいなんだ。取りに戻るのも面倒だから、亜沙美の持っているのをコピーさせてくれないかなって思って」

「そういうこと。いいよう。うちコピー機あるから、今ちゃっちゃっとコピーしてくるね。うふふ、せっかくわたしのノートを持ってきてくれたのに、英二くんも忘れ物かぁ」

「うん。亜沙美と僕、似たもの同士だね」

「へへ、そうだねえ」

楽しげな笑みを残して、娘の足音がパタパタと遠ざかっていく。牧江は、ようやく溜め込んでいた息を大きく吐き出した。

(なんて酷い母親なの……)

娘の存在を忘れ、少年との交わりに酔い痴れた己を、牧江は罵った。

「緊張感がよかったでしょ」

涙で滲んだ女の瞳に、少年の笑い顔が映る。

(わたし、どんどん深みに……いったいどうしたらいいの)

アクメの酔いから理性を取り戻した時、胸に去来するのは、悔いと焦燥だった。写真や動画を撮られ、少年の命じるまま娘の前でイキ果てていた。脅しに一切抵抗できなくなっている自分を牧江は感じる。

「難しそうな顔しちゃって。もしかして引っ越そうとか思ってる?」

牧江の表情が強張った。牧江が弱者とは言い難い年齢差がある。性的被害を訴えても、司法が全面的に味方をしてくれる確証はない。少年から逃れるためには、遠く離れた地に逃れる——、それしかないのかもしれないと考えていたところだった。

「お願い。わたしの家庭を壊さないで。娘と二人で、しあわせに暮らしていたのよ」

「思い詰めないでよ。僕のこと、別に好きじゃないんでしょ。問題ないじゃない。お互い縛ることのない身体だけの関係。わかりやすくていい」

英二が牧江の唇に、やさしくキスをしてくる。牧江は顔を背けた。

「身体だけなんて……そんな爛れた関係、わたしは望んでいませんっ」

「そう言うけどこの反応は？　説明できる」

蜜肉は絶頂の余韻で、ペニスにしっとりと吸いついていた。そのなかを肉刀がゆるゆると攪拌する。滾った内部を捏ねくられる感覚に、少年の腰に跨った女体は、ブルッと震えた。

「いやッ……続けないで。わたし、イッたばかり」

英二の首に手を回して、抱きついた。出し入れを止めようと、太ももは英二の腰を締め付ける。

「ふふ、しがみついてきて。年上なのに牧江は可愛いね。僕は、牧江に本気になっちゃいそうだ」

英二はしつこく尻穴を指で穿ち、絶頂したばかりの女穴に緊縮を強いた。

「ううッ、いじめないでッ」

女は喘いだ。硬い肉茎と膣粘膜が擦れ、ジンジンと腰に響いた。快楽を超え、苦しさが肉体に押し寄せる。

「試験があって、しばらく来られないと思うんだ。だから今日はこの気持ちいいオマ×コに、身体に残っている精液を全部吐き出していかないと」

英二はグッグッと年上の女を突き上げる。牧江の細首がゆれた。

(ああ、わたしにはどうにもできない)

深く突き刺さった肉塊から逃れることなど、不可能だった。放精を受け、ペニスがやわらかく萎えた時だけが、唯一少年との性愛から抜け出る瞬間だと、昨夜牧江は身を以って学んだ。

(好きでもない相手に、結局わたしは、精液を流し込まれるしかない)

タフな男性器が憎く、恨めしかった。

「今度は一緒にイコうね、牧江」

汗の滲んだ首筋を舐めながら、少年は女体を犯し抜く。乳房を相手の胸に擦り付けながら、未亡人は雄々しい繰り込みを受け続けた。

「早く……早くイッて。娘に怪しまれるわ」

牧江に出来るのは、一刻も早い少年の吐精を願うことだけだった。

「コピーする枚数けっこうあるから、平気だよ。でも、牧江の絞りがきついから……ンクッ」

英二が息を詰める。勃起の膨張が増し、子宮への圧迫も増していた。

(わたしの身体だってもう限界)

指とペニスの埋没感で、肉体を壊されそうな脅えささえ抱く。昨夜から続く、連続の性交で牧江も疲弊していた。

「僕にイッて欲しい？　牧江のオマ×コにたっぷり注がれたい？」

少年は目をかがやかせ、破廉恥な返事を要求してくる。牧江は顔を伏せた。残された自尊心が、少年に従うことをよしとしない。

「ふふ、年下相手に、素直にはなりづらいよね。お尻の穴とオマ×コは、うれしそうに締め付けてくるけど」

「ああうッ」

女は喉を晒して呻く。細指が腸奥をほじっていた。牧江の目の前に火花が散った。どれだけ疲れ切っていても、昂揚に巻き込まれた肉体は繰り返し舞い上がってしまう。

「おおッ、なんて食い締め。ああ、牧江、だすよ……だすぞッ」

少年が叫び、鋭く女壺を突き上げた。牧江は少年の首にしがみつき、呼気を喘がせた。

「ああ、なかは許して。もし赤ちゃんが出来ちゃったら」

狭い個室内に憐れみを請う女の声が響いた。だが返ってきたのは、少年の残酷な台詞だった。

「遠慮しなくていいよ。このムチムチの身体に中出しの味を覚え込ませて、一日一回、ザーメン浴びないと我慢できない牝にしてあげる。僕のチ×ポ咥え込んでいないと、物足りなく感じる身体に変えてやるよ」

「いやッ、恐いこと言わないで」

牧江は相貌を左右に振った。少年の言葉が現実になる脅えがこみ上げる。英二が喘って腰を振り立てた。下から受ける雄渾な抽送に、女はむせび泣いた。脚ははしたなく開き切り、爪先は腰の動きに合わせて、ゆらゆらとゆれた。

「イクッ……だめッ、イッちゃうわッ、あああッ」

哀感を漂わせ、美母は鮮烈なオルガスムスへと駆け上った。肉感的な肢体は痙攣し、乳房からは汗粒が飛ぶ。蜜肉は一層収縮を強め、ペニスに絡み付いた。

「うう、牧江ッ、孕めッ」

英二が唸りを吐いて、樹液を流し入れる。切っ先から溢れ出た生殖液が膣奥に侵入し、子宮口を打った。濃厚な粘液を浴びる感覚は、女に深い絶頂をもたらす。

「あ、ひッ、ひうッ」

余りの恍惚に、牧江の息遣いは乱れ、まともな声もだせなかった。少年に抱きつきシャツの背を掻きむしった。精液は途切れない。太ももを震わせて、豊臀を引き攣らせた。

「牧江、僕のチ×ポとけそうだよ」

英二がキスをする。牧江の下唇を噛んできた。女は無意識の内に顎を持ち上げ、唇を預けた。少年が口を吸うに任せ、肉交の至福を漂う。英二は唾液を流し込んできた。舌の上に広がる体液を、牧江は喉を鳴らして呑んだ。生温かくとろみのある液体をおいしいと感じる。

(こんなキス、夫ともしたことがないのに)

濃密な口づけを受け入れてしまう自分が、信じられなかった。英二から逃れられず、今後も弄ばれる未来が牧江には見える。英二が口を引く。牧江の口元からは呑みきれなかった二人分の唾液が垂れた。

「最高だったよ」

英二の両手は牧江の双臀にあった。派手なアクメを晒したことを称えるように尻肌を撫でつつ、差し込んだ指は尻穴を延々とまさぐってくる。括約筋は締め付けを強いられ、膣粘膜は強制的に蠕動を起こした。

「お、終わったんでしょう。お願い。抜いて」

「赤ちゃん出来るといいな。妊娠した気がする？」

「どうして、そんな恐ろしいことを考えるの……あなたはまだ高校生なのに」

牧江は沈痛な面持ちで、英二を見た。脅える女の反応を愉しむように、英二は目を細めた。

「一度女を孕ませてみたいんだ。あいにくまだそういう機会も、経験も無くってさ」

（好奇心を満たすためにわたしを妊娠させようなんて……どこまで残酷なの）

牧江の大粒の瞳に、涙が滲んだ。

「やさしく後始末してくれるなら、チ×ポ抜いてあげるよ」

英二が尻肉から左手を離した。顔の前に持ってきて、指で牧江の唇を撫でた。

（後始末？　くちを使ってきれいにしろと）

言葉の意味を理解した牧江は、眉間に皺を作った。どこまで女を貶め、玩具扱いするのだろうかと、怨ずる目を向けた。

「娼婦や、風俗の女じゃないって言いたいの？　でも今時の女は、頼まなくてもみんなやってくれるけどね」

英二は抱えていた女体をゆらした。ぴったり接した互いの股間を擦り合わせ、クリトリスを押し潰し、ザーメン液の溜まった蜜肉内を勃起で捏ね上げる。未亡人の肢体はギュッと硬直し、次いで身震いを起こした。

「ああうッ。しないで……もうイカせないでッ」

牧江はつらそうに細首をゆらす。まとめ髪から、ほつれ毛がこぼれる。頭のなかはピンク色に染まり、英二を憎む心さえどこかへ消え去ってしまう。下唇からツーッと涎が垂れた。

「す、するわ……だからもう離して」

戦慄く紅唇は、少年の要求を呑む。これ以上されたら、娘の前でも理性を保てなくなりそうだった。

英二が指を肛穴から抜き取った。牧江の腰を掴んで、持ち上げる。脚が床に付くが、立っていられなかった。牧江はそのまま英二の足元に、ペタンと座り込んだ。

「ああ……」

挿入感から解放された安堵で、牧江はうなだれて息をついた。

「ほら、時間がないんじゃなかったっけ？」

声に促され、面を上げる。牧江の正面に、英二の下半身があった。

（まだ勃ってる）

上向きのそそり立ちが、牧江の目に映った。十代のペニスは、光りかがやくヌメリを纏っていた。

（これをわたしがきれいに）

三十六歳の未亡人はペニスに向かって手を伸ばし、棹横に手を添えた。その弛みのない雄々しい感触に、かすかに顔をしかめた。

（まだこんなに硬さを残しているなんて……ああ、浅ましい匂いだわ）

栗の花に似たザーメン臭、そして酸味の感じられる愛蜜の香が混じり合ってツンと鼻をついた。生々しい淫臭に一瞬躊躇うが、牧江はおずおずとピンク色の舌を伸ばした。舌がふれる寸前、牧江はチラと上目遣いで英二を見た。

「やさしくしてよね。射精した後って、敏感になってるんだから」

余裕と達成感を滲ませ、英二が女を見下ろす。

（また携帯電話を……酷い子）

英二がポケットからまた携帯電話を取り出すのが見えた。口惜しさを感じながら、牧江は舌をそろりと這わせていった。舌先にピリッと刺激が走り、塩気のある味を感じた。

「ふふ、くすぐったいな。美人がチ×ポを舐める姿って、さまになるよね。生け花や華道に似たしっとりとした風情を感じるんだけど、僕だけかな」

棹裏を舐め上げる牧江に、レンズが狙いを付ける。牧江は目を伏せた。シャッター音が無情に響いた。口で舐め清める無様な姿が、写真に撮られていた。

(こんな真似、夫相手にもしたことがないのに記録までされて)

カメラの存在を意識から消すように努めるが、上下左右、位置を変えてシャッターを切る携帯電話は、どうしても目に入ってくる。こみ上げる羞恥で、女の顔は朱色を帯びた。おまけに英二は牧江をからかうように、故意に切っ先をそらして鼻梁や頬に男性器を押し付けてきた。

「ん、よして」

牧江は眉をひそめて訴えた。

「視線が欲しいんだ。こっちを見て舐めてよ」

牧江は恨みっぽく英二を見上げた。そのまま棹を顔に押し当てた状態で、舌を遣った。精液の残液が先端から漏れて、頬や、鼻筋を濡らす。

「その調子。ステキな画像がたくさん撮れてるよ。要は牧江のしゃぶり顔に、僕のチ×ポはよく似合うって言いたいんだよね」

英二が牧江の頭を撫で、舐め奉仕の従順さを褒める。牧江は指で亀頭を摘み、角度を変えて繰り返し舌を擦り付けた。精液と愛液の味がする唾液を、不快感を耐えて呑み下す。

「お礼って訳じゃないけど、亜沙美に他の悪い虫が付かないように僕が監視して、ちゃんと処女を守ってあげるからね。その代わり僕に近づくなって、亜沙美に注意するのも無しだよ。今まで通り、何事もなかったように過ごしていこうよ。変わったのは、僕と牧江が深い仲になったってこと。これからもこっそり付き合って、お互い愉しめばいいよね」

英二は携帯電話を牧江の目の前でゆらゆらとゆらしてから、ポケットにしまい込んだ。今の牧江には、英二のジェスチャーは、口止めの脅しとしか考えられない。

(英二くんの本性を、亜沙美には黙ってろと？　でも、英二くんの撮った写真が一枚でも表に出回ったら)

「こっそりと、なんて考えちゃだめだよ。亜沙美は素直な子だから、なにか言い含めたら、すぐにわかるからね」

身の破滅をちらつかせることで、英二は牧江の退路を断つ。母親なら、我が子の安全を第一に考えるのが当たり前だった。二人きりになったとき、牧江は亜沙美にきちんと忠告をするつもりだった。少年の悪辣さに牧江は歯噛みした。

英二の手が、牧江の胸元に伸びてきた。乳房をすくうようにして揉み上げる。強く弄くられると、口元からは悩ましい嗚咽が漏れた。

(まだ余韻が引いていないのに)

もじもじと腰が動いた。精液をたっぷり呑んだ花芯も熱くなる。

「そんなに、揉まないで。おくちが使えなくなるわ」

牧江は口を離して告げ、年下の少年におもねるように、男性器を指でさすった。

「じゃあ、口のなかで洗ってもらおうかな」

牧江の頭を摑み、ペニスの切っ先が紅唇を割った。

「あ、んふッ」

頭を押さえ込まれ、喉の方まで差し入れる。二人分の体液のこびりついた肉茎が口腔を埋め尽くした。牧江は相貌を左右に振った。

「ごめんね。牧江のフェラ顔見てたら、チ×ポが悦んじゃって」

英二が息む。膀胱に残っていた精液がドプンと溢れて、牧江の口内に注ぎ込まれた。

「んぐッ」

吐き出すことは叶わない。呑み下すほかなかった。ゴクンと喉を鳴らす。

「牧江、僕のザーメンの味、覚えた？　慣れなきゃだめだよ。これからは何度も呑むことになるんだろうから」

（わたしの唇は、あなたの精液の吐き出し口じゃないわ）

牧江は喉で呻きながら、英二を睨みつけた。

「手で擦るんだよ。尿道に残ってるのもちゃんと絞って」

英二が作法を指導する。敬意の感じられない扱いに反発を覚えるが、逆らうだけの気力もなかった。牧江は指を棹の根元に巻き付け、扱き立てた。同時に口内で舌先をそよがせ、残液が出るよう刺激した。

「ああ、気持ちいい。こうして溜まった精子を牧江が吸い取ってくれれば、僕が亜沙美に手を出すことは不可能になるんだし、牧江も気持ちいいセックスを愉しむことが出来る。一石二鳥でしょ」

英二も腰をゆすってきた。紅唇で勃起が抜き差しされる。摩擦音を立て、紅唇からは泡立った涎が垂れた。突かれた頰がペニスの形に膨らみ、未亡人はふぐぐと喘いだ。

（わたしも共犯のような言い方をして。わたしは、一方的に犯されたのよ）

牧江は悲しみと憤りをぶつけるように、自ら相貌を振り立て、唇を窄めて締め付けた。肉棹の付け根を細指でシコシコと擦り、樹液を絞り出す。惨めな時間を早く終わりにしたかった。精液の味がする唾液を喉音を立てて呑み干し、牧江は唇を引いた。

「もう味はしないわ。これでいいですか」

「今度は牧江のツバでべとべとだね。それを拭いてよ」

きれいにはなったが、今度は牧江の唾液でペニスは濡れ光っていた。

(拭く？　なにを使って……)

「ほら、そこにあるでしょ」

疑問の目をする牧江に、少年が顎をしゃくって指示した。牧江は視線の先を辿った。脱ぎ落とされて丸まった、薄ピンク色のショーツが目に映った。

(わたしの下着を使って、唾液を)

牧江は手を伸ばし、薄ピンクの下着を手に取った。広げて肉棹に被せた。布地を巻き付けて、唾液を磨くように丁寧に拭き上げる。

「ああ、気持ちいいね」

やわらかな布地で擦られ、英二は満足そうに溜息をつく。

(仕方がないのよ。この子の機嫌を損ねてはいけないから)

下女のように仕えるしかない己への言い訳を胸で唱えながら、牧江は勃起の清拭を終えた。

「お疲れさま。次からは僕に言われずとも、こうするんだよ。じゃあ牧江、元通りに戻して」

英二が命じる。牧江は英二の下着のなかに男性器を納い込み、ジーンズのファスナーを引き上げた。

少年の後始末が済めば、次は自分の身支度だった。たくしあがっていたセーターを引き下ろして丸出しの乳房を隠し、下に落ちていたスカートを取って腰に付ける。

(下着も穿かないと。さすがになにも無しでいるのは)

濡れたショーツが手のなかに残っていた。だが男性器を拭き清めた下着だという事実が、女を躊躇わせる。

「さあ行こうか」

英二が突然ドアを開けた。牧江の身体を外へと押し出す。

「ちょっと待って、わたしまだ下着を――あッ」

身体を動かしたため、女壺に注がれていた中出しの粘液が下へと降りてくる。牧江は慌てて内股になり、太ももを閉じ合わせた。

（ああ、垂れちゃう）

粘液は膣口まで到達していた。トロトロと滲み出るのを感じた。

（床に垂れこぼす訳にはいかない）

牧江はショーツを穿こうと前屈みになる。その時、トントンと階段を降りる足音が聞こえた。牧江は急いで、手に持っていたショーツをスカートのポケットにしまい込んだ。髪のほつれを指で直し、着衣の皺を整える。

「あれ、ママいたんだ」

身だしなみをかろうじて整えた瞬間、ミニスカート姿の亜沙美が現れた。

「ええ。お庭を片付けていたのよ。台風で木の枝がいっぱい飛んできていたわ」

「言ってくれれば手伝ったのに。ママ汗だくだよ」

「いいのよ。もう終わったから」

汗の浮いた額を牧江は手の甲で拭った。顔も上気していることだろう。娘が異変に気づくのではないかと、牧江の鼓動は早打つ。セーターが汗を吸っても透けない生地なのは、唯一の救いだった。

「はい英二くん。テキストコピーして持ってきたよ」

娘が牧江の隣に立つ英二に近づき、クリップで綴じた紙の束を手渡した。

「ありがとう。助かるよ」

左手でコピー用紙を受け取りながら、英二は右手で牧江の双臀にさわってきた。スカート越しにムチムチと張り詰めたヒップを摑み、揉みほぐしてきた。娘の不審を誘う訳にはいかない。牧江は悲鳴を上げることも、手を払いのけることも出来なかった。

（ああ、そんなに撫で回されたら）

尻肉がゆさぶられ、ザーメン液の逆流が加速する。膣道からトロッと漏出するのを感じ、牧江は身震いをした。

（ああ、どうしましょう。内ももにまで）

秘穴から太ももへと粘液が伝う。今注がれただけでなく、昨夜の分もあった。夥しい量が溜まっている。さすがに男の精をポタポタと垂れこぼしたりしたら、娘はただ事ではないと勘づくだろう。

（男の子のミルクを、垂れ流す母親なんて。どうしたらいいの）

スカートの内に手を差し入れ、秘芯に指を被せなければ、漏れ出る精液は堰き止められそうになかった。

（でも娘の前で、そんな真似が出来る訳がない）

「英二くんの高校は、試験いつからなの？」

「来週から。帰って勉強しなきゃ。亜沙美もさぼらずにね」

英二の手が牧江のスカートをそっと捲り上げた。ノーパンのヒップを撫で回し、指を股間に差し入れてくる。

(正気なの。亜沙美がいるのに)

指が秘肉を擦り立てる。英二は何食わぬ顔で、女体をいたぶってくる。電車内で突然痴漢をされているのとは異なる。既に発情状態の女体には、指刺激がたまらなく堪えた。

「んッ、んふ」

牧江は俯き加減になり、ジッと耐えた。噴き出た汗が首筋を流れ、乳房の深い谷間にツーッと落ちる。

「先生みたいなこと言ってえ。わたしはさぼらないよう。……ん?」

亜沙美が怪訝そうに首を傾げた。そしてクンクンと鼻を鳴らす。

(亜沙美、匂いに気づいた?……)

美母の肌がカアッと紅潮した。

「どうしたの亜沙美?」

英二が、蜜穴に指を差し入れながら問い掛ける。牧江の背筋にゾワワッと電気が走った。足元がゆらぐ。

「ちょっと嗅いだことのない匂いが……ううん。なんでもない」

「ねえ、おばさん、またこの家に遊びに来てもいいですか」

中出しの秘穴を掻き回しながら、英二が問い掛ける。もう一本の指は、尻の窄まりを弄くってきた。

（酷い、両方を……）

ジクジクする粘膜を、少年は爽やかな笑みを浮かべていたぶってくる。フッと牧江の意識が遠のいた。

「良いに決まってるよう。勉強会の約束、忘れたの？」

「一応亜沙美のママに、ちゃんと確認しておこうと思って」

娘と英二の視線が牧江に注がれていた。口を開いたら、はしたない牝の喘ぎ声が漏れてしまいそうだった。それでも返事をしなければならない。

「ええ、いつでも来てね……ンッ」

牧江は小声で告げた。その瞬間、オルガスムスに達した。家族の前で迎える不道徳な絶頂に、三十六歳の肢体は立ち尽くして震えた。

第三章　熟母を自分好みの奴隷に

1　亡夫の前で……

桐原牧江は、書斎のデスクの上に腹這いになっていた。右手には携帯電話が握られていた。娘からの電話を受けているところだった。

「ママ、お仕事中なのにごめんね」

「別に……いいのよ。英二くんが帰りに立ち寄るから、ＣＤを受け取って代わりに亜沙美の机の上に置いてある参考書を、渡せばいいのね」

「うん、そう。本は英二くんからの借りものなの。じゃあよろしくお願いします」

通話が切れる。途端に紅唇からは、艶めいた喘ぎがこぼれた。

（これでようやく声を我慢せずに済む）

「亜沙美には気づかれなかったようだね。平然と娘と喋って、女って怖いな」

制服姿の奥山英二が、牧江の尻肌をピシャンと叩いた。

「あんッ……そ、そんなことないわ。必死だったのよ。あなたは、全然止めてくれないんですもの」

牧江はデスクに上体を預けていた。その背後に英二が立ち、双臀を摑んで深々と刺し貫いていた。

バック姦を受けている真っ最中だと、決して娘に知られてはならなかった。電話で話している間、心臓はバクバクとし、冷や汗が噴き出しっ放しだった。

「だって二週間ぶりでしょ。待ちきれなくてさ。この脂の乗ったケツに会いたかったよ」

いくぞ、というように英二がもう一度強く尻肉を平手で打ち、ズンズンと突き入れた。

「う、あはんッ」

色めく声と共に、ムチムチと張り詰めた生白い太ももが震え、熟れたヒップは少年のさらなる抽送を誘うように跳ねゆれる。牧江は白の薄手のブラウスに、タイトスカートの出で立ちだった。タイトスカートは腰までたくし上げられている。丸い尻肉に指を食い込ませて英二は抜き差しし、年上の女を悠々と犯した。

「僕の言い付け通り、牧江がちゃんとTバックパンティを穿いてくれていたんだって知ったら、うれしくてさ。黒のガーターベルトもよく似合っているよ」

スカートの下には、黒のTバック下着を身につけていた。ストッキングは同じ黒色のセパレートタイプで、ガーターベルトで吊っていた。

(だって逆らったら、娘に破廉恥な画像を送ると英二くんは脅してくるから、従うほかなかった)

英二は牧江のスカートを捲って扇情的な下着を確認すると、すぐさま女体を仕事用のデスクの上に伏せさせた。スカートを腰までたくし上げると、パンティのバックラインの細紐を摘んで横にずらし、挿入まで一気に行ってきた。抗う隙さえ無かった。

「牧江だって僕のチ×ポをうずうずして待ってた癖に。ヌレヌレで前戯いらずなんだもの。便利だよね」

「濡れてなんか……う、嘘言わないで」

否定の言葉のむなしさは、自分が一番よくわかっている。凌辱されるであろうことを予期した身体は、自宅に英二を迎え入れた時点で、秘唇をはしたなく潤ませていた。

「嘘ね……まあ、牧江の気持ちもわかるから、そういうことにしておこうか」

英二はそれ以上追及することはせず、愉しげに笑って腰遣いを速めた。ジュブジュブと牝穴から抽送の汁音がこぼれる。奏でられる淫らな音色こそ、強弁する牧江を一番辱めるやり方だった。

(ああ、はしたなく濡れて……どうしてわたしの身体は)

口惜しさがこみ上げても、肉体の反応は抑えられない。鋭く嵌入を受けた豊腰は、卑猥な仕種でゆさゆさとゆれ動いた。剛棒から受ける雄々しい摩擦は、腰全体に染み渡るようだった。

「お願い英二くん、今日はこの前とは違うの。一番危ない日なのよ。なかでは射精しないでね」

「へえ、牧江は受胎期、真っ最中なんだ」

英二の手が、胸元に潜ってくる。ブラウスの上から乳房をむんずと掴んだ。

「あんッ」

牧江の肢体は震えた。英二の命令で、ブラジャーさえ付けられない身だった。

「良いね、ノーブラおっぱい。このやわらかなたぷたぷ感がたまらないよ。相変わらずエロい身体して」

英二は豊乳を持ち上げ、グイグイと捏ね回してきた。

「んう、ブラジャー位は付けてもいいでしょう。先端がブラウスに擦れて痛いの。パンティはあなたの言う通りにするから」

「ココが痛いの？　可哀想に」

指が乳首を摘んで引っ張った。女の喉がヒッと上ずった。

「英二くん、もう少しやさしくして」

「充分やさしいでしょ。牧江のために、オナニーだって我慢したんだから。でもテスト前に牧江が僕の性欲をたっぷり処理してくれたから、おかげで試験はばっちりだったよ。学年で一番だった。亜沙美も成績上がってるでしょ。僕が毎日教えてあげたからね」

英二が腰をググッと上下左右に振り立て、女壺を捏ね回してくる。乳房も乱暴に揉み立てた。

「あんッ、激しいわッ」

悲鳴をこぼしても、少年は女体を荒々しく追い立ててくる。お礼の台詞を英二が言わせようとしているのだとわかり、牧江は慌てて首を縦にゆすった。

「あ、ありがとう、英二くん。感謝しています」

牧江は悔しさを押し隠して、謝意を口にした。成績の良い英二が、娘の勉強の面倒を見てくれているのは事実だった。

「ほんとうに感謝してるのかな。口だけじゃないの？」

「しているわ。嘘じゃない。信じて」

牧江は媚びを売るように、双臀を振り立てた。

「ふふ、どういたしまして」

卑猥にくねるヒップをパンと平手打ちし、少年が笑いをこぼした。

（ああ、わたし奴隷みたい。学校帰りの男子生徒に好き勝手されて）

英二の機嫌を損ねないための方策とはいえ、高校生の言いなりになる恥辱が女の胸を灼いた。

「ここが牧江の仕事場なんだ。ねえ翻訳ってどんなのをやってるの？」

「海外のビジネス書や、小説を……」

牧江の言葉は途中でかすれた。デスクの奥に置いてある写真立てが、瞳に映った。

年若い夫婦とその真ん中に立つ幼い娘、しあわせだった頃の家族の写真だった。

（英二くんを書斎に招き入れる前に、倒しておくんだった）

嵐の夜のように、思い出の残る夫婦の寝室で犯されたくなかった。娘と空間を共有するリビングルームやダイニングルームも、論外だった。一番負い目を感じずに済む場所が書斎の筈だった。

（でも、写真をそのままにしておくなんて失敗だった）

牧江は紅唇を噛んだ。写真がそこにあるだけで、家族に見られているような気がして落ち着かない。牧江は顔を横に背けた。前屈みになった英二と目が合った。

「僕、英語得意なんだよ。手伝おうか」

「け、結構よ」

「牧江は遠慮深いな。ところで今、ハメ具合が急によくなったけれどどうしたの？」

「そ、それは……」

牧江は口ごもった。少年は牧江の態度のおかしさを、過敏に察知していた。

「今日は自分から、僕の方を見つめてきてくれるし。しばらくテストで来られなかったから、牧江も寂しかったとか」

英二は女体の反応を探るように、ペニスの出し入れを緩める。

（どうしよう。英二くんに気づかれる）

好ましい展開になるとは思えなかった。英二は不審げに辺りにチラチラと目をやっていたが、正面のある一点で視線は止まった。少年の顔に含みの感じられる笑みが浮かぶのを牧江は見た。背筋に寒気が走る。

「そうか。この真ん中のちっちゃな女の子が亜沙美か。牧江も二十代かな。若いね」

「お願い、英二くん、写真立てを倒して」

悲鳴じみた声音で、牧江は懇願した。

「せっかくだもの。旦那さまにも、今の牧江の姿をちゃんと見てもらおうよ」

黒髪を纏めていたピンとスティックを英二が外した。牧江の長い髪が、机の上にさらりと流れ落ちた。優雅さと可憐さを増した未亡人を、猛々しい肉突きが襲う。

「あうッ……いや、家族の……夫の存在まで、汚さないで」

「汚しているのは牧江だろ。妻の貞節を守ればいいだけの話なんだから。そらッ」

「あんッ」

抽送は一気に荒々しくなり、口唇からは牝声が奏でられた。一枚の写真が、少年の苛虐心に火を点けてしまっていた。乳房を揉みほぐされ、尻肉を強く引っぱたかれる。熟れた女体は激しさを悦び、切ない収縮で応えた。

「ふふ、良い感じだね。旦那さまもあの世で驚いていると思うよ。昼間から高校生のチ×ポを根元まで咥え込んでる妻の姿なんて、想像もつかないだろうし。Tバックにガーターを付けた牧江の娼婦姿を、旦那さまに見せてやりたいな」

牧江の頬にかかる髪を掻き上げ、英二が嗤った。恥辱の赤ら顔を覗き込む。

「ううッ、英二くん、意地悪だわ。娼婦だなんて言わないで。こんな格好を好きでやっている訳じゃないのよ」

牧江は相貌を前に向け、泣き啜った。

「自分でその衣装を選んだ癖に。僕はガーターまで付けろなんて言ってないよ」

「そ、それは……」

牧江は返答に詰まる。精緻なレースで、光沢ストッキングの上端は彩られていた。Tバックパンティのセクシーさは言うまでもない。女の性を武器にした衣装を選択したのは、牧江自身だった。

「今の牧江をどう思うか、旦那さまの感想が聞きたいな」

心を苛む台詞を投げ掛け、夫人のマゾ性を巧みに煽って、英二の腰がパンパンと打ちつけられる。肉茎は膨らんで、女内を埋め尽くしていた。

「英二くん、いじめないで」

牧江は我が子と変わらぬ年齢の少年に、哀訴した。

「ふふ、牧江の憂いの表情って、可愛いね」

さらに英二は机の端に置いてあった小さな鏡を、写真立ての隣に並べて置いた。白いヒップを剥き出しにして、制服の少年にバック姦で犯される女がそこには映っていた。

（どこまで辱めるの）

机に這って双臀を差し出す牧江の格好は、年下の少年に仕える牝奴隷そのものだった。憐れで浅ましい己の姿から、未亡人は目を背ける。

「顔を逸らしたらダメだよ」

英二が奥まで突き入れ、グイと抉り込む。子宮にまで圧迫と振動が響き、細顎が持ち上がった。

「ああンッ」

女の昂った牝声が、書斎の空気を切り裂いた。反発心はあってもこみ上げる肉欲は、抑えきれない。逞しいモノに貫かれると、煌々とした悦びが噴き上がってしまう。

「そら、もっと派手な声をだせよ。旦那の前でイケ、牧江ッ」

秘められていた未亡人の本性を暴き立てようと、英二は容赦なく責め立てる。流麗な黒髪をデスクの上に舞い散らし、女は肢体を戦慄かせた。ブラウスは汗を吸って肌に貼り付く。

「あなた、ああっ、許して。娘を守る為なの。あなたを裏切ったわけじゃ……あぁんッ」

謝罪の台詞が紅唇からこぼれ出た。仕事中、自分を見守ってもらっていた夫の笑顔の前で、少年に支配されていた。快楽と慙愧の念が入り混じって三十六歳の女を苦しめる。

「エロい声を少しは抑えたらどうなの？　そんな色っぽい喘ぎ声で謝られたって、旦那さまも困るだけだと思うけど」

「だ、だって……英二くんが、あぁッ」

愛し合った末に結ばれた夫婦の関係とは、甚だしく異なる。高校生に従属を強いられ、肉欲を満たす道具にされているというのに、牧江の身体はこみあげる愉悦に流されてしまう。

（どうにもできない。感じてしまうッ）

女であることは、捨て去れない。一度は忘れた筈だった肉の快楽に溺れ、牧江は臀丘を震わせ、机の上で喘いだ。硬さ、太さ、尽きぬ劣情を秘めた逞しい男性器を、尊いとさえ思ってしまう。

「イヤッ、あなた、ごめんなさいッ……イクッ、牧江イキます」

恍惚が底の方で渦を巻いて、うねりを起こす。英二は引き攣る双臀を握り締め、ズンズンと突き犯してきた。女体は、華やいだ紅色のざわめきで沸き返った。

「牧江、もっと哭けッ」

「ああんッ、イクうッ」

我を失う絶頂を男子高校生に呼び覚まされ、熟れた肉体は高く高く昇り詰める。汗だくの美貌をデスクに擦り付かせ、牧江は息を乱した。

(こんなにも痺れてしまう)

経験したことのない退廃に満ちたオルガスムスだった。心を責め苛まれながら、それでもアクメに酔ってしまう自分が情けなかった。涙がこぼれ落ちた。

(英二くんよりも、酷いのはわたし自身の身体だわ)

絶頂感は深く、容易に抜け出せない。夫が相手では一度も到達できなかったエクスタシーだと体感してしまう自分が、憐れで悲しかった。

(夫も娘も……大切な人を裏切って)

英二が背中に覆い被さってくる。クンクンと首筋の匂いを嗅いでいた。

「今日はやけに牝っぽい匂いがするな。チ×ポを咥え込んだ時の反応もよかったし。牧江、我慢できずにオナニーしたでしょ」

「し、してないわ」

否定の言を吐きながら、牧江の肌は真っ赤になった。

「へえ……実はこの前、こっそりベッドルームに盗聴器を仕掛けておいたんだよね」

「えッ」

少年の言葉に、牧江の表情が強張った。慌てて背後を振り返る。

「英二くん、わたしの自慰の声をこっそり盗み聞いていたの？」

「ふふ、やっぱり。オナニーしてたんだ。嘘だよ。盗聴器なんて使ってない。牧江ったら、ほんとうにオナニーしていたのか」

少年は声を立てて笑いをこぼした。鎌を掛けられたことに気づき、牧江の顔は鮮やかなりんご色に染まった。悔しさが女の胸を締め付ける。

「勝手にオナニーをした牧江に、お仕置きをしないといけないよね」

英二の指が、双臀の間に潜り込んできた。ヌルヌルとした液体が、尻穴に塗り込められる。

「いやッ、これって」

牧江は不快感に上ずった声を漏らした。英二がプラスチック製のボトルを牧江に見せた。

「アナル用ローションだよ。染み込んでも、身体に悪いものじゃないから安心して。それにしても牧江のお尻の穴、ふっくらやわらかいね。ちゃんと言い付け通りにほぐしたんだ」

　英二は膣に硬い勃起を挿入したまま、尻穴の周囲を指で刺激し、愉しむ。括約筋が刺激され、緊縮が強いられた。

「ちゃんと、ほぐしたわ」

　羞恥を嚙み締めながら、牧江は答えた。少年に命じられた通り、毎晩入浴時にマッサージを施した。

「ふふ、このなかはきれいになってる？」

　英二はたっぷりと粘液を塗り込むと、指先を関門に突き立ててきた。きゅっと窄まる反応を愉しむように、入り口での出し入れを繰り返した。

「んう……なっています」

　女の豊腰が震えた。二穴への摩擦で官能は妖しく再燃し、もう一度高みに押し上げられてしまいそうだった。

「へえ、牧江みたいな美人が浣腸をする場面、僕も見たかったな」

（後ろの穴でのセックスの準備を、進んでしなければならないなんて）

　自ら浣腸を数回繰り返して、内部の洗浄を行った。少年が後穴を狙ってくるのは、言動からわかっていた。事前に処置を済ませておかなければ、余計惨めになるのは自分の方だった。

「オマ×コで射精するのはダメなんだよね。どこで僕は愉しめばいいのかな牧江?」

少年が改めて尋ねる。牧江に含羞の台詞を言わせようとしていた。くすぐるように指を尻穴で蠢かす。牧江は机に爪を立てて喘いだ。

(仕方がないのよ。英二くんの機嫌を損ねたら、もっと酷いことをしてくるわ)

三十六歳の未亡人が、男子高校生の精で孕む訳にはいかない。また娘を英二の毒牙から守るためでもあった。

牧江は両手を双臀の方へ持って行った。それを見て、英二が肉柱を媚肉からヌルリと引き抜いた。牧江は黒のTバックパンティを自ら、太ももの下まで引き下ろした。

「こちらでお願いします」

尻たぶを摑み割り開く。指先を添え、肛穴を広げた。

「どこで?」

英二がわざとらしく問い掛ける。

「牧江の……お、お尻の穴で」

屈辱で、未亡人の声はかすれた。

2 私は少年の玩具に

英二が尻肌を指先でスーッと撫でた。むっちりと張った臀丘が震える。

「だって英二くん、まだ満足してらっしゃらないんでしょ。牧江のお尻の穴で射精なさって下さい」

牧江は自分を追い込むように、誘いの台詞を吐いた。口惜しさと同時に、胸を灼くようなゾクゾクする興奮が身体に広がる。膣穴からトロリと愛蜜が垂れるのを感じた。

（ああ、錯覚じゃない、これからおぞましい行為を受けるというのに、わたしの身体は……）

「足を開いてもっとケツを突き出して」

英二の要求通り、牧江は双臀をキュッと差し出し、高さを合わせる。そして出来うる限り息を吐き出して、全身を弛緩させた。胸が高鳴っていた。

「いくよ。牧江のアナルバージン、いただくね」

「んうッ」

肉刀が、窄まりに当たる。ローション液のヌメリが摩擦を抑え、狭穴がジリジリと広げられていく。

「待って。ゆっくり、お願い」

初めて味わう挿入感は、未経験の恐怖と不安が大きい。牧江は己の尻肉を掴んでいた手を外して、英二の腰を手の平で押し返した。

「まだ一センチも入ってないよ。邪魔な手には、少し休んでいてもらうね」

英二に腕を掴まれた。背に向かって絞られ、手首に硬い物が当たる。皮膚にベルト状の物が巻き付き、キュッと締め付けられた。

(また手錠だわ)

台風の夜に使われた革製の手錠だと、牧江は気づいた。手錠同士を繋げる短い鎖の長さでしか、手は動かせなくなった。

「大人しくしてな。あと少しで、先端が入るから」

女は溜息をついた。拘束を受けた方が、無理やり少年に犯されたのだと言い訳が出来るとつい考えてしまう。

(手錠を掛けられた方が、安心するなんて……そんな風に流されてしまうから、英二くんにここまで付け込まれてしまったのに)

懊悩する女を、破瓜の痛みが襲う。

「うう、英二くん、無茶しないで」

「毎日お風呂で牧江が弄くったおかげで、案外簡単に伸びていくね」

哀願を無視して、英二は着実に押し進めてくる。

「あぁッ、んく、裂けちゃう」

紅唇は悲鳴を放った。暴れて英二を退けることはもはや出来ない。観念して、肛姦に集中するしかなかった。牧江は英二を非難することも諦め、ひたすら呼気を吐き出した。

「さすがにキチキチだね。すごい反発力。でもここさえくぐったら」

張り裂けそうな緊張感が最高潮に達した瞬間、英二が鋭く差し込んできた。内側にズルリと潜り込む感覚が、関門に走った。牧江は眉間に縦皺を作り、苦悶の呻きを放った。

「あううッ」

「亀頭が入り口を通ったよ。牧江のお尻に太いのが突き刺さってる。今の姿を娘と旦那、どっちに見せてあげたい？」

正面に置かれた鏡に、少年の顔が映っていた。ニヤッと笑う。

「誰にも見られたくないわ。そんなのわかっているでしょう。あああッ」

肉柱が腸管内をすべってきた。残りの棹部分が塡り込む。ローション液が塗布されていても、引き攣るような摩擦感があった。牧江は唇を噛んで、おぞましい挿入感を耐えた。お腹を掻きむしる気持ち悪さと、薄れぬ充塞が女を苦しめる。脂汗が滲み出た。

「そんなに入れないで。お腹、いっぱい……」

女は泣き啜って、少年にやさしさを請う。

「もう少し……ああ、根元まで入ったよ」

英二が歓喜の声を漏らした。勃起が付け根まで埋まっていた。牧江はハア、ハアと息を吐き、直腸の圧迫を少しでも逃がそうと身を捩った。

「うれしそうにお尻を振っちゃって。高校生のチ×ポを、ケツの穴で咥え込む奥さまだもの。亡くなった旦那さまも、さぞ自慢だろうね」

英二が抜き差しを始めた。紅唇は嘆きの声を漏らした。

「あううッ、待って」

「くく、ケツ肉をきゅんきゅん締め付けてきて。牧江の声は、もっといじめてって聞こえるよ」

尻肉をパチンと引っぱたかれた。臀肉が震える。

「はぁン」

打擲を受け、肛門をペニスでズブズブと犯された。手錠をされているため、少年を止める手立てが牧江にはない。

（また奴隷同然の扱いをされている）

被虐の悲しみが、肛姦の苦しさと重なり、女のマゾ性を刺激した。毛穴から汗が噴き出し、一気に息遣いが乱れる。

「僕のチ×ポもいつもより悦んでいるの、わかるでしょ。この気持ちいい穴を、僕のサイズに合わせないとね」

（ああ、英二くん、どんどん硬くなってる）

引き締まった雄渾さが女に教えるのは、少年がこの先も自分に君臨するであろう確信だった。尻穴は肉茎に容赦なく広げられ、英二専用の快楽器官にされていた。

「あっ、ダメ、こんなのいやッ」

女は切なく喘いだ。後ろ手にされた窮屈な上体を懸命にゆすった。

「こんなにスムーズなのに、イヤはないよ牧江」

脇腹から回し込んだ左手が股間に差し込まれ、媚肉をまさぐってくる。開き気味の花弁を弄くり、肉芽を擦り上げた。熟腰がヒクヒクと蠢いた。

「あッ、あんッ、イタズラしないで。お尻がきついの」

刺激を受ければ甘い性感が走り、尻穴を条件反射で窄めてしまう。限界まで張り詰めた肉棒を絞り込まねばならない辛苦に、牧江は啜り泣いた。

「そう、つらいんだ、可哀想に」

そう言いながら英二は、指愛撫を止めようとしない。隆起したクリトリスをしつこく弾いてくる。黒髪を打ち振って、牧江は涙をこぼした。

「酷い……どうしてそんなに残忍なの」

「オマ×コをこんなヌルヌルにさせながら、文句を言われても僕も困るな。まずは愛液を垂らすのを止めなよ」

「だ、だって……あッ、あうッ、英二くん」

少年の抜き差しが速まった。ジクジクとした擦過の衝撃に、女はデスクの上でのたうった。

「ああ、いい締まり具合。オマ×コと大分味わいは違うけど、こっちも愉しめるね。この食い込むような絞りは、抜群だよ。もしかして牧江のオナニーネタは、僕とのアナルセックスだったりして」

牧江はかぶりを振り、返答を拒否した。

「そ、そんな下らないこと言ってないで……早く終わらせて。お願い」

「イッて下さいでしょ。正直になりなよ。牧江も僕のチ×ポが欲しかった癖に。テストが済んでこうして僕に突っ込まれる日を、指を折って待ってたんだろ」

乱暴な口調になって、英二は肛穴を抉り込む。牧江は哀切に喉を絞った。十代の張り詰めた逞しさが、排泄器官を痛めつける。ローション液の潤滑があっても、出し入れを受ける度に身体が張り裂けそうな痛苦に苛まれた。

「言いなよ。オナニーの時、どうせこの勃起チ×ポを思い浮かべたんだろ?」

肉幹のエラでことさら腸管に負荷を掛け、少年は年上の女に白状を強いた。

「あ、あなたが悪いのよ。わたしは性の悦びなんか、忘れていたはずなのにッ」

未亡人は涙声になり、少年に肉体を変えられた悔しさを訴えた。

ベッドに横になり、眠りにつこうとしても、肌が無性に火照ることが毎夜続いた。少年から凌辱を受ける前には生じたことのない疼きに、牧江は我慢できず自慰に耽った。

（もしかして、英二くんはわざと時間を置いたのかも）

牧江の身体が飢餓感に取り憑かれることまで、少年は高い知能で予期していたのかもしれない。

（英二くんだったら有り得る）

「くく、欲しがっていたチ×ポを与えてくれるご主人さまに向かって、なんて言い草するのさ」

少年は嗤いをこぼしながら、尻たぶをぶって女の生意気な態度を叱りつけた。脂汗で湿った双丘はたぷんと波打ち、牧江の口からは悲鳴が迸った。肉茎が怒ったように猛っていた。雄々しさに女体は畏怖し、双臀を持ち上げてひれ伏してしまう。

「わ、わたしはなにをされてもいい。でも娘には絶対に手を出さないで下さい」

辛苦に侵されながらも、牧江は必死に哀願した。一人娘を守ること、それだけは絶対に確保せねばならない最低条件だった。

(英二くんは、わたしが幾ら頼んでも避妊をしてくれない。その上肛姦まで迫ってきた。娘と肉体関係を結べば、きっと娘の身体もオモチャにして、妊娠させようとするに違いないわ)

「亜沙美の処女マ×コに、こんな風にチ×ポを突っ込むなって言いたいのかな?」

尻たぶに腰をぶち当て、腸内を肉柱で捏ね回してくる。牧江は唸った。

「ひうッ……そ、そうよ。あなたみたいな卑劣な子に、亜沙美を……あッ、イヤッ、ぶつけないでッ」

拡張感のきつさは、容易に薄れてはくれない。それどころか少年の興奮に合わせて、ジリジリと広げられていくのを感じた。

「あ、あんッ、これ以上太くしないで。わたしのお尻、どうにかなっちゃうッ」

「イイ声だね。牧江のお尻がもうアナルセックスに慣れてきたのがわかるよ。僕の抜き差しに合わせて、このいやらしいヒップは強弱をつけて食い締めてくる」

「ち、違うの。そんなんじゃないッ。自然になっちゃうの」

「そうかな。奥の方へ行くとキュッと来るし、抜く時は力を抜いているでしょ」

そう言って英二が奥を小突く。息苦しさのなかに、言葉にし難い切なさが湧き上がった。双臀はピクピクと反応し、肉茎を締めつける。未亡人はデスクの上で、牝っぽく鼻を鳴らして喘いだ。

「ほらね。エロ尻が悦んでる」

「か、身体が勝手に……あ、あうッ」

今度はゆっくりと、入り口まで肉柱を引き抜いていく。脱落のもどかしい心地に、牧江の口から深い吐息が漏れた。鏡に映った女の弛緩顔を、英二が覗き込んでいた。

(また撮影を……いつから撮っていたの)

英二の右手には携帯電話が握られていた。尻を差し出した牧江の背中を映し、双臀や結合部にレンズを近づける。

「ふふ、こんなに伸びちゃって。ローションでギラギラにかがやいているお尻の穴って、いやらしいね」

恥ずかしい姿が、余さず記録されていた。牧江に許されるのは、涙声で訴えることだけだった。

「お願い。英二くん、撮らないで下さい」

「僕らの大事な愛の記録は、きちんと残さないと。亜沙美には、はっきり言えばいいよ。英二くんはお母さんの大事な人だから、色目を使ってはダメよって。ね？」

「そ、そんなこと、言えるはずが……あぁッ」

今度は左手でクリトリスを弄くってくる。指で摘まれ扱かれると、腰全体がヒクッヒクッと跳ね上がった。

「そこを弄らないで……ゆ、許してッ」

「どこも感度抜群だね。すっかり気分をだしちゃって……牧江はほんとうに太いチ×ポが大好物なんだね。旦那さまだけじゃない、亜沙美だって貞節な淑女だと信じているんだろうに。普段のやさしいママの顔と、高校生の勃起をうれしそうに呑み込んじゃって派手によがり泣く今の姿と、どっちが牧江の本性なんだろうね」

英二は肛門への突き入れと、陰核への指嬲りを同時に行ってくる。肉体にたちこめる苦しさを掻き分け、快楽が表出した。

（あぁッ、お尻の奥が燃えちゃうッ。感じてしまう）

鏡には少年の嗤いと、掲げられた携帯電話が映る。アヌスで繋がっている姿を撮影されているのだと思うと、居た堪らない恥ずかしさで肉体はさらに火照った。

「デカケツをぷるぷる震わせちゃって。最初の痛がっていた悲鳴は、なんだったんだろうね」

英二が追加のローション液を尻たぶの切れ込みに垂らし、結合部から吸わせる。引き攣るような摩擦は弱まり、抽送はなめらかになった。

「気持ちよくなんかないわ。こんなおぞましい行為……普通じゃないッ。あなたはヘンタイよ」

アブノーマルな肛姦の愉悦を、牧江は受け入れたくなかった。だが紅唇から漏れる罵りの声は、ローションの塗された窄まりをペニスで削られてしっとりと艶めく。

「牧江だって充分普通じゃないよ。徐々に慣れていくどころか、しょっぱなから鼻を鳴らして悦ぶなんてさ」

英二がピタッと腰遣いを止めた。刺激が突然絶え、灼けつくような腸管の穴に、焦れったい心地がこみ上げる。牧江は恐る恐る背後を見た。その瞬間を見計らったように、英二が勢いよく叩き込んだ。肢体はブルッと戦慄いた。

「あ、ああんっ……イヤッ」

遠慮のない嵌入が加えられる。ギラギラと汗にかがやく尻肉に、少年の腰がぶつかって波打った。

「認めろよ。牧江はケツで感じる牝なんだよ。台風の夜にも、僕の指をここに咥え込んでアンアン哭いただろ」

英二の言う通りだった。嵐の晩にも排泄の穴を弄くられ、異質の快楽に翻弄された。その時からこうなるであろう予感が、牧江の内にもかすかにあった。

「許して。わたしをこれ以上、はしたない女にしないでッ、ああンッ」

女の声は涙を含んで崩れた。少年の乱暴さを繰り返し味わう度、肉体は荒々しさに馴染み、離れ難くなる。麻薬のようだった。

(どうにも出来ない。ああ、お尻で達してしまうなんて)

苦悶を押し退け、後口の快感が着実に勝っていく。開花させられたマゾ性が、女体を淫らに変化させていた。

「イケよ、牧江。今度は尻穴アクメだ。これからずっと牧江のお尻は、僕専用の中出し穴として使ってやるからなッ」

英二がスパートを掛ける。火が点いたように肛門が熱くなった。

(この先もわたしの身体は、英二くんに蹂躙される)

望みさえすれば三十六歳の女が知らなかった世界が、これからも続く。被虐感に浸った未亡人は、太ももをブルブルと震わせて、肛姦のエクスタシーへと昇り詰めた。

「イクッ、お尻でイッちゃうッ」

長い黒髪を乱して、手錠を掛けられた両腕を突っ張らせる。女体は突き込みに合わせて前後にゆれ、手錠の鎖は金属の音色を奏でた。

「出すぞ、牧江。ケツで呑めッ」

「あ、英二くん、あううッ」

迸る精液を腸管に浴びた。牧江はノーブラの乳房をデスクの上で弾ませ、こもった嬌声を放った。細顎が仰け反る。括れたウエストをきゅっと窪ませて背を大きく反らし、丸いヒップを少年に向かって突き出した。

「お尻が灼けちゃうッ、ああ、あんッ」

ムンムンとした室内の空気のなかに、女の喉から絞り出される牝声が響き渡った。樹液の熱さが、背徳の絶頂感にとどめを刺した。ヒリつく括約筋は、痛みを忘れて硬直を繰り返し締め上げた。

「おおッ、千切れそうだ。牧江、その調子」

丸い臀肉をギュッと摑み、英二が気持ちよさそうに息を喘がせる。ドクンドクンと、生殖液が連続して流し込まれていた。律動の途切れる気配がない。

（いっぱい注ぎ込まれている）

大量の膣内射精を受けた時の目の眩むような感覚を、肉体は思い出してしまう。ノーマルの性交と同じように、紅い恍惚が訪れて牧江の意識は薄れた。

（ああ、こんな風にされたらダメになってしまう）

至福の世界を、三十六歳の肉体は漂った。

「よかったよ、牧江」

むっちりとした尻たぶを揉み立てながら、少年が満ち足りた声で告げた。勃起の律動が収まっていることに、牧江は気づいた。

（なんて浅ましい……破廉恥な母親だわ）

とろける陶酔の後で去来するのは、憎い相手にアクメへと追いやられた屈辱感だった。

（英二くんとの間に、愛なんて存在しないのに）

好きでもない相手だというのに、逞しい肉塊を突っ込まれれば肉体は燃え上がってしまう。少年の手によって辛抱の効かない身体にされ、女性器同様のアクメが得られるほど尻穴性感を開発されたことが、悲しかった。

「ああ、たくさんでた。牧江も愉しめたでしょ」

精液とローション液の溜まった肛穴のなかを、幾分弛んだペニスが前後した。

「あんッ、動かさないで。ヒリヒリするの」

熟れたヒップを痙攣させ、牧江は訴えた。だが生じるのは擦過の痛みだけではない。自分のなかで男性が絶頂へと達したことへの本能的な悦びは、下腹の火照りとなって現れていた。

（いつも英二くんはものすごい量を吐き出すんですもの。今日もたっぷりだった）

使われたのが不浄の穴であっても、精を受け止めた満足感がある。体内に突き刺さった肉塊への愛おしさを意識すると、膣肉はトロンと蜜を滴らせ、花弁を濡らした。

「ほら、残り汁を扱いてよ」

英二が牧江の尻肌をピタピタと平手で軽く張り、腰を遣う。英二の出し入れに合わせて牧江は息んだ。尿道に残った精汁が肛門で括られて、トロリトロリと腸管に垂れこぼれた。

（排泄に使う箇所で、男の子の精子を絞り取るなんて。ああ、あなた、こんな女にな

ってごめんなさい)

写真立てのなかで、亡き夫の笑顔が牧江を見つめていた。隣の鏡には肛悦にのめり込み、紅唇を半開きにしただらしない牝の顔が映っていた。

(こんなざまでは、あの世の夫に顔向けできない)

「牧江位の年の女だと、なにをやっても許してもらえるのがいいよね。アナルセックスでもこうして悦んでもらえるんだもの。ほら、しっかり強弱つけて」

強張る双臀をいなすように、英二がヒップを強く引っぱたいた。

「あんッ」

(手荒い仕打ちに酷い言い草……。無理やりにやらせている癖に。わたしはやっぱり、英二くんの玩具なんだわ)

二回りも年上の女であることを理由にして、少年は牧江を好きなように扱っていた。そこには良心の呵責も、躊躇いもない。女の胸は諦念に包まれる。

「ああ……」

牧江は嘆きの嗚咽を発すると、デスクに頬を擦り付けてうなだれた。

3　上下の口を

残液処理を終えると、英二は肉茎を肛穴から引き抜いた。

「はい。きれいにしてよ」

少年が牧江に命じる。首を回して振り返ると、そこには精を吐き出したばかりにもかかわらず、堂々と反り返る逸物があった。

(今度は、口を使って清めろと)

反発の台詞を牧江は呑み込んだ。事が済めば、そのままフェラチオ同然の舐め掃除を強いられるとわかっていた。

英二が女体を引き起こした。英二の側を向かせるが、膝がガクガクとし、立っていられなかった。牧江は両膝を、書斎の床についた。

「自分からひざまずいちゃって。ちゃんとわかってるんだね」

英二は、普段牧江の使っている肘掛け椅子に座った。足を広げ、背もたれに身体を預け、楽な姿勢を取った。

(反抗をしても、結局は言いなりになるしかないんですもの)

牧江は己に言い聞かせるように、諦めの台詞を胸で呟く。制服姿の少年の股間に躙り寄った。後ろ手に手錠を掛けられている。手は使えない。未亡人は首を伸ばして、ファスナーの隙間から突き出ている勃起に美貌を近づけた。ペロリと舐める。

（英二くんのザーメンの味だわ）

真っ先に舌に広がったのは、濃厚な牡汁の香味だった。栗の花の匂いが鼻を抜け、顔を背けたくなる刺激臭を忘れさせて、女の劣情を誘う。牧江は丁寧に舌を擦りつけた。

「乱暴にやっても文句を言うどころか、逆に悦んでくれるし。アナルセックスもオーケー、ハメた後のチ×ポはきれいに舐めてくれる。年上の女って便利で、使い勝手が最高だよね」

英二が牧江の胸元に手を伸ばして、ブラウスのボタンを外した。たわわに熟れた双乳が、こぼれ落ちる。英二の指が膨らみを弄び、乳頭を摘んで引っ張った。

「んふッ」

牧江は切なく喉声を発した。

（悔しい。三十路の未亡人だから、こんな粗雑に扱われなければならないの）

いたわりのない身勝手なやりように、牧江の心は悲しく締め付けられた。

うぶで年若い女とは異なる。ひざまずき、少年の股間に顔を被せて口唇奉仕を行いながら、乳房をイタズラされる今の姿が牧江の現実だった。牧江は涙目で、頭上を睨みつけた。

（あっ、また携帯電話を）

英二は携帯電話を手に持って、舐め清めをする女の口元を撮影していた。写真や動画が記録され、牧江を隷属させるための材料が着実に増えていく。無力感に苛まれ、未亡人は鼻を啜った。だが救いの見えない絶望が、被虐の昂揚を生んだ。心のすり切れるような切ない情欲に包まれた女体は、豊臀をくなくなとゆすり立てた。

（こんな状況でも昂ってしまうなんて。わたしはこんなにも情けない女だったの）

不穏なマゾ悦が抑えられない。そんな淫らな性質ではないと、牧江は胸で必死に唱えた。官能の深い悦びなど知らずに生きてきた。性に臆病な、一人娘を愛する母親の筈だった。

（それなのに……ああ、こんな立派な物を、わたしは知らなかったんですもの）

女を変えたのは、ふてぶてしいまでの十代の偉容だった。舌をせっせと押しつけ、ザーメン液を舐め取る。類い希な逞しさを、熟れた肉体は知ってしまった。

（硬くて太くて、イヤらしい形をして……その上、ミルクをいっぱい吐き出してくれるんですもの）

牧江は色っぽく吐息をつき、紅唇を丸く開いた。鎌首のような先端部を呑み込む。後ろ手にされた不自由な姿勢から、懸命に肩をゆすって相貌を沈め込んだ。

「んぐッ、ぐむ」

(喉までいっぱいだわ)

それが排泄器官に突き刺さっていたことを忘れて、口奥まで頬張る。咽頭を圧迫されながらも、舌を巻き付けて口腔全体で肉柱を舐め洗った。

(まだこんなに充血している。アソコが潤んじゃう)

唇を押し広げる太さで、媚肉を存分に抉られた。それを思い出した肉体は、太ももの付け根を妖しく疼かせる。秘苑はじっとりと甘蜜を滴らせた。

「この前より、ずいぶんと上手になったね」

英二は細かな指示をせず、やわらかに女の乳房を揉み続けていた。じっくりしゃぶらせた方が、牝の身体は燃え立つということを知っていた。若くて硬いペニスに牧江はひたすら唇を擦り付け、唾液をなすりつけて舌を絡めた。清拭の舐め奉仕というには、こぼれる汁音は過剰だった。被虐の劣情が抑えられなかった。

「その調子。イカせてくれたチ×ポに、感謝をこめて丁寧にやさしくね」

英二が未亡人を褒める。紅い唇のすべりは熱っぽさを増した。性奴隷の作法が、心と身体に染みついていくのを牧江は感じた。いつしか年下の少年に仕えるのが、当たり前のようになっていく。それがなによりも恐かった。

「おいしいでしょ。乳首もピンピンにさせちゃって。僕のチ×ポは、牧江のご馳走だものね」

「ん、んふんッ」

英二の指先が、乳首をぎゅっと押し潰した。しゃぶり牝に堕とされた女にとっては、その刺激は御褒美そのものだった。嫌悪の情を忘れて、牧江は頬を窪ませ、熱心に舌でくるみこんだ。鼻を鳴らし涎の音を響かせて、頭を左右に回し込んだ。硬い肉棒と唇の擦れ合う感触が心地よかった。手の自由を奪われ、豊乳をイタズラされる感覚もたまらなかった。

(こんな奴隷みたいな扱いを望んではいないのに。ああ、ミルクが垂れちゃう)

肛穴がヒクつき、中出しの樹液が垂れる。膣肉は愛液をたらたらと滲ませ、牡と牝の淫液が混じり合って書斎の床を濡らした。

「牧江、夏になったらデートしようよ。海がいいな。……ううっ」

英二が腰を震わせた。肉茎が膨張し、硬度がみるみる上昇していく。

(わたしの口のなかで、甦っていってる)

「僕、牧江のエロい水着姿が見たいな。このムチムチボディはどんなウェアを着ても、はち切れそうになるんでしょ。ねえ、どんな水着を牧江は持っているの？」

太いペニスをしゃぶっている女は、返事が出来ない。英二が牧江の乳房を握り締める。肢体はビクッと引き攣り、吸いつきを強めた。

「いいよ。もっと吸って。牧江のことだから無難なワンピースかな。際どいビキニだったら最高なんだけど。このデカイおっぱいも、お尻もこぼれ落ちそうなセクシーなデザインのやつ。ああッ、牧江、上手だよ。だしたばかりなのに」

英二が歓喜の息を吐いた。ペニスもピクンピクンと口内で激しく戦慄く。少年の反応に、年上の女は奮い立った。限界まで追い込んでやろうと、紅唇を深くかぶせて粘膜を擦り付けた。

（もっと情けない声を上げなさい）

暗い情念を燃やして、牧江は自分を堕とした少年に復讐する。頭を振り立て、摩擦の愉悦を与えた。舌先で亀頭の裏をくすぐれば敏感にペニス全体が震え、英二の下肢がヒクつく。少年が悶える様が、牧江の征服欲を刺激した。

「人妻だけあって、舐めるのは得意なんだ。それとも牧江は、根っからのフェラ好きなのかも。ふふ、夢中になってしゃぶって」

英二が腰を浮かせ、女の喉を犯した。嘔吐感がこみ上げ、牧江はえずいた。肉棒を吐き出そうとするが、英二は素早く乳房から手を離して、逃れようとする牧江の頭を上から押さえ込んだ。

「牧江、口を離すなよ。チ×ポから垂れる液は、全部牧江のものなんだから」

一転、少年が紅唇を勃起でグイグイと責め立てた。

(酷い子。こんなに苦しいのに)

息を整える暇さえ、牧江には与えられない。精液混じりの粘液が、尿道口から溢れる。それを牧江は喉を鳴らして呑んだ。

(わたしの唇は、英二くんの欲望の吐き出し先にされてる)

一時の性奉仕でしか少年の上に立てない自分が悲しく、また憐れだった。だがそんな侮蔑の思いも、マゾヒスティックな陶酔を引き立たせる材料となる。悶々とした情欲が腰の奥から湧き上がり、媚肉は淫露に濡れ光った。肛穴までもがジクジクと火照った。

「その辺で良いよ」

少年が呆気なく終わりを告げた。髪を摑まれ、紅唇が引き上げられた。

(終わりなの。わたし程度のテクニックでは、イッてはくれないのね)

牧江の本気の舌遣いも、少年を果てさせるだけの刺激とはならない。喉を突かれて滲んだ苦悶の涙に、口惜しさの涙が混じった。

(悔しい)

牧江の頰を涙滴が伝った。その頰に、英二が勃起をピタピタと当ててきた。

「ねえ、牧江はビキニ持ってるのかな」

「若い頃のがあると思うけれど、もうサイズが合わないわ。……デートなんか無理よ。わたしは亜沙美の母親なの。あなたと二人きりで出かけられる訳ないでしょう」

「内緒で出かけても良いいし、亜沙美も一緒に行ってもいいでしょ。ま、方法は幾らでもあるよ。デートの話はひとまず置いておいて、牧江のお仕置きを済ませないとね。そろそろ亜沙美が帰ってくる時間だろうから」

英二が椅子から立ち上がった。ペニスをファスナーの内に納ってから、脇に置いてあった自分の鞄に手を伸ばす。なかから取り出されたのは丈夫そうな縄だった。反対の手には細い布を持つ。

「お、お仕置きって、今のがそうではないの？　わたしはあなたにとんでもない場所を犯されたのよ」

「あんな罰じゃ、不充分でしょ。牧江ったら、初めてのアナルセックスでよがり泣いちゃっているんだもの。僕は我慢して必死にテスト勉強を頑張ったのに、愛人だけ一人でオナニーを愉しむなんてルール違反だよ」

「そんな約束、わたしはしてないわ。そもそもわたしはあなたの愛人なんかじゃ――あッ、いやッ、んぐ」

英二が細布を牧江の口元にあてがった。唇を横に割られる。猿轡だった。頭の裏で布はきつく結ばれた。声を失った女体は、英二に代わって椅子の上に座らせられた。

(なにを？)

不安の目を向ける女に、英二が嗜虐の笑みを浮かべる。腰までたくし上がっていたタイトスカートは、太ももに引っ掛かっていたTバックパンティと一緒に引き抜かれた。牧江が身に付けるのは黒のセパレートストッキングとガーターベルト、それに前がはだけた薄手のブラウスのみとなった。

英二は牧江の右足を摑んで、椅子の肘掛けの上に膝裏を引っ掛けた。そして膝と肘掛けの部分に縄を通し、足を下ろせぬように固定した。左足も同様にする。

(わたしの身体を、椅子に括り付ける気？)

背中に回された両腕は、手錠で拘束を受けている。牧江は身動きの一切取れない状態にされた。

「これローターって言うんだけど、牧江知ってる？」

英二が右手を差し出した。女の目の前に、丸いピンク色の球体が垂れ下がった。牧江は首を左右に振った。

「ぶるぶる震えて気持ちよくなる道具なんだよ。他にも色々用意してあるから。僕と亜沙美が勉強している間、牧江はじっくりこういう器具の具合を確かめるといい」

英二の手は、M字の形にされた足の真ん中に潜ってきた。

「んッ」

猿轡の内側で、牧江は呻いた。濡れそぼった膣穴に球体がヌルリと挿入された。

「お尻の穴にもなにか入れないと寂しいよね。これがいいかな。僕のより短くて細いけど」

英二が次に見せたのは、ペニスの形を模した電動のバイブレーターだった。肛姦を受けたばかりのアヌスにズルリと埋め込まれる。二穴への充塞感に、下半身が痺れた。

(こんな怪しげな器具を挿入して……まさか、このまま放置する気なの？)

「いい表情だね。わかった？　僕と亜沙美が勉強をしている間、牧江はこっそり書斎で愉しんでいるといいよ。おっぱいとクリトリスにもオモチャを付けてあげるからね。僕のチ×ポを咥えるのと、一人で寂しく慰める行為、どっちが素敵かじっくり考えるといい」

乳房の先端にもローターが押し付けられ、その上から粘着テープが貼られた。クリトリスにも同様の工作がされた。

(許して英二くん、こんなおぞましい道具を使わないで。これから英二くんとの約束は破らないから)

牧江は英二に向かって叫んだ。だが口枷が、懸命な訴えを不明瞭な呻き声に変える。

「もう夕方か。塾が終わるね。亜沙美を出迎えてあげなきゃ。じゃあね、僕の大事な愛人さん」

英二が顔を近づけ、猿轡の食い込んだ唇にキスをした。そして椅子の前から立ち上がった。括られた女体をそのままにして、ドアへと向かう。

(待って、英二くんッ)

牧江の声が届いたかのように、英二がドアの前で振り返った。長細い形のリモコンのコントローラーが、手には握られていた。牧江はイヤイヤと首を左右に振った。英二が愉しげに笑ってスイッチを入れた。

「ひううぅッ」

牧江の背筋が突っ張り、白い喉をさらけ出した。

（なにこれッ……こんなの狂っちゃうッ）

膣穴の奥で球体が暴れるようにゆれ動き、尻穴では細長いバイブレーターが唸りをこぼして腸内を掻き混ぜた。陰核と乳首の敏感な箇所は、ブルブルとしたローターの震えに襲われ、甘痒い快感がひっきりなしに生じた。

「んう、ひゅ……んぐ」

牧江は許しを求める声を懸命に奏でた。淫靡な振動は止まってはくれない。ブラウスからこぼれでた乳房が跳ね、肘掛けにのった足はビクッビクッと痙攣した。

「そうか。振動が弱だと、牧江には物足りないかな」

英二が独白すると同時に、女体を苛む振動が急激に強くなった。牧江の悲鳴が口元から溢れる。英二が書斎から姿を消すのを、涙に濡れた瞳は為す術なく見送った。ドアは静かに閉まり、未亡人はこれから長い仕置きの時間が始まることを悟って、喉で啜り泣いた。

（こんな仕打ちを……なんで）

囚われの牝奴隷は、椅子の上から一歩も動けない。女の切ない泣き声は、数秒後には快楽に悶える崩れきった歓喜の喘ぎに変化した。

第四章　自らねだる裏穴の肉交

1　娘に迫る毒牙

隣に座る英二が左手でノートを指さした。

「ここ、計算式が間違ってるよ」

「あ、ほんとうだ」

亜沙美は展開した数式を、慌ててケシゴムで消した。少年の吐息が首筋を撫でていた。少女の身体に、制服姿の英二がぴたりと寄り添っていた。

亜沙美の部屋で、低いテーブルに問題集やノートを広げて、二人並んで勉強をしている最中だった。

「だめだな、亜沙美は。ちゃんと集中しないと」

英二の指が、亜沙美のミニスカートの奥で蠢く。亜沙美はノースリーブのブラウスに、足が剝き出しのミニスカート姿だった。座布団の上に正座をした少女の足の間に、英二は手を潜り込ませていた。

「ねえ、ちょっと待って英二くん……そ、そこはダメだよう」

亜沙美は二重の瞳に惑いを滲ませて、同い年の少年に懇願した。

「でも気持ちいいでしょ」

小さな陰核を、英二の人差し指が弄くり続ける。決して力は込めず、先端を薄く擦る感じだった。

「ダメだって言ってるのに、くふん」

甘えるように泣き声を漏らし、少女は丸みを帯びた腰つきを震わせる。肩の隠れる長さのミディアムヘアが、さらさらとゆれた。

「ねえ、さっき取ったわたしのパンティ、返して」

亜沙美は小声で訴えた。つい先程、少年に白のショーツを無理やり奪い取られたばかりだった。ミニスカートの内側は、大切な部分がすべて剝き出しになっていた。

「だって濡れて汚れちゃうよ。亜沙美は感じやすいんだから。この前は、おねしょを漏らしたみたいになったの忘れたの？　スカートに染みを作る訳にいかないから、ノーパンで電車に乗って帰ったんだよね」

「おねしょって……そんな言い方しないでよう」

下着無しで帰宅した日を思い出し、少女の美貌は汗ばんだ。

「ノーパン女子高生なんて大胆だよね。誰かに気づかれるんじゃないかって、ドキドキしたって亜沙美は言ってたけど。ふふ、今度、僕とノーパンデートしようか」

「そんなのいや。あん、英二くん、いじめないで」

細眉をたわめ、亜沙美は流し目を後ろに送った。

（せっかくの勉強会なのに、意地悪なこと言って。エッチなこと優先なんだもの）

亜沙美は、制服姿の英二を肘で押し返した。英二から性的な愛撫を受けるのは、初めてではない。塾の自習室や図書館で、人目を避けながら何度も身体に悪戯をされた。

「僕のことは構わなくていいから、宿題を続けなよ。全国模試の成績が僕と同じになったら、止めてあげるからさ」

英二は亜沙美の肘をかわして、背後へと回り込んだ。抵抗を封じるように、細い肢体を背中から抱いた。

「ん、で、でも、こんなの集中できないよ」

スカートのなかから手を抜いてはくれない。英二の指先が、股間をクリクリと責め続ける。少女の色白の腕や脚はほんのりピンク色に染まり、仔猫を思わせる可愛らしい瞳は、抒情的に潤んだ。

「弱音を吐いちゃだめだよ。僕と一緒の大学に行くんでしょ」

少年が耳元で囁いた。少女の顎に指が添えられる。亜沙美の顔を後ろへと向かせると、口を近づけてきた。少年と少女の唇はそっと重なり合った。

(男の子の匂いがする)

汗っぽい体臭がした。ソフトなキスをしながら、少年のがっちりとした胸と腕の筋肉が、少女の肢体をぎゅっと締め付ける。

(ああ、感じちゃうよう)

下腹の辺りのもやもやが強くなり、愛液が潤沢に溢れた。秘部に添えられた英二の指に、温かな滴が垂れ落ちるのを感じた。

「ほんとうは亜沙美を抱きたいけど……亜沙美のこと本気で好きだから。バージンを守りたいって気持ちも尊重したいんだ」

少年が口を引いて囁き、微笑んだ。亜沙美は瞬きでうなずいた。

(英二くんは、わたしのことを大切に扱ってくれているから)

今はまだ処女の清い身体でいたいという亜沙美の希望を、英二は受け入れてくれた。

（純潔を、結婚する日まで守りたいとは思わないけど。もう少し、心の準備が整うまでは……）

さすがに性交を経験するには、十六歳という年齢は早過ぎると思う。

「亜沙美を傷つけたくないけど、亜沙美を少しでも感じたいんだ。こうして指でさわる位ならいいよね？」

太ももの間に入った英二の右手は、ねっとり垂れた愛液をクリトリスに塗して、弄くり続ける。小さな感覚器はピンと尖った。さらに英二の左手が、脇から前に回って胸元をすくい上げた。発育の良いツンと尖った膨らみが、やわらかに形を変えられる。

「うん……あんっ、だけどそろそろママがお仕事から、帰って来ちゃうよ。もうやめよう」

「今日は遅くなるかもって言ってたから、まだ平気だよ」

急な仕事の打ち合わせが入り、母は学校帰りに立ち寄った英二を残して、出かけて行ったのだという。

（ママってば英二くんにお留守番を頼むなんて……しっかり者のママらしくない）

少女は小声で呟いた。それが聞こえたらしく、英二が口を亜沙美の耳元に寄せた。

「亜沙美のママは、僕を信用してくれたってことでしょ。うれしいよ。亜沙美も僕をもっと信用してよ」

亜沙美の恋心を疑うような台詞だった。

(わたしだって、信用しているよ)

亜沙美は少年に言い返す代わりに、足を自ら開いていった。指愛撫を誘う仕種に英二が気づいて、クスリと笑った。

「あッ、ん」

指が肉芽を揉み込む。薄い唇を震わせ、亜沙美は細首をガクガクとさせた。髪の毛先が、少年の頬に当たった。

「ね、亜沙美は、ママみたいにロングに伸ばさないの?」

英二が髪を掻き上げ、耳たぶを噛み耳の縁を舐める。

「英二くんは、背中まで垂れるような長い方が好きなの? だったら……」

「ううん。亜沙美はどんな髪型でも似合うと思うから。今のミディアム丈の髪型も可愛いよ」

お世辞でもうれしかった。照れの滲む表情を見られたくない。亜沙美は自分から後ろに向かって顎を差し出し、少年にキスをした。

(言ってくれれば、英二くんの好みに合わせるのに。英二くんのこと、好きなんだか

ら)

右手に握っていたシャープペンシルを放して、背中へと回した。そのまま下へとすべらせ、制服ズボンの前をさわった。硬く盛り上がっているのを感じた。

「英二くん、苦しい?　わたしの腰に当たってくる」

少女はキスを止め、撫でさすりながら尋ねた。

「うん、いつものようにしてくれる?」

少女はコクンと首を縦にした。英二に請われるままに勃起を握り、欲望液を扱きだしたことが、過去に何度かあった。

(たぶんもう十回位やってあげてる。英二くんのためなら、わたしなんだってできちゃうし、断れない。だけどお家でこんなことするのは、ママを裏切っている気がするから困るな)

少女はファスナーを引き下ろしながら、母親の牧江に申し訳なく思う。二人が真面目に勉強会をしているものと、母は信じているに違いない。英二を家に残して打ち合わせへ向かったことが、それを証明していた。少年と淫らな行為に耽ることは、母の信頼への裏切りでもあった。

(ごめんなさい、ママ)

亜沙美は胸で謝罪の言葉を唱えながら、手探りで英二の下着を引き下ろした。途端にビンッと肉刀が外へ飛び出て、手の平を打った。

（熱くなってる）

男の象徴は、灼けつくような熱気を孕んでいた。亜沙美はおずおずと逆手で指を巻き付けた。英二の男性器は手に余るサイズで、毎回その逞しさに驚いてしまう。

（そそり立って、漲ってるよ）

長大な肉棒が、生々しく息づく感覚に溜息が漏れた。

「英二くん、もしかして、また成長した？」

「自分じゃわからないけど。試験期間中も亜沙美のことばかり考えていたから、想いがそこにまで詰まっちゃったのかも」

英二は勃起に力を込めて、ピクンと跳ねさせた。手のなかで戦慄く剛棒に、亜沙美は「あんっ」と声を上げた。戸惑う少女の顔を見つめて、英二が白い歯を覗かせる。

「亜沙美だって、近頃おっぱいが大きくなってるよね」

英二の左手が動く。母ゆずりのボリュームある乳房が、少年の指のなかで弾んでいた。ブラウスとブラジャー越しであっても、指の感触ははっきりと伝わってきた。

「ん、英二くん、手つきがいやらしいよう」

「このおっぱいも、将来は亜沙美のママみたいなでかさになるのかな」

「わ、わかんないよ。あまり大きいと、男の子がじろじろ見てくるからイヤだな。今でも胸の辺りを、ジーッと見つめられることしょっちゅうあるし」

「亜沙美は美人でスタイルがいいからしょうがないよ。僕だってつい目がいくもの」

「あ、あんッ、英二くんに見られるのと、他の男の子に見られるのは違うよ」

喋りながら、つい色っぽい声が漏れてしまう。乳房と局部の同時責めは、無垢な少女には刺激的すぎた。

(ドロドロになっちゃう。やだ恥ずかしい音が)

スカートの内側からは、くちゅりくちゅりと卑猥な汁音が漏れ聞こえていた。小さな音でも、静かな室内にははっきりと響く。少女の相貌は赤色に染まって上気した。

「またビデオを流そうか」

羞恥に悶える亜沙美の顔を覗き込み、少年が告げた。愛撫の手を外して、テーブルに置いてあった自身の携帯電話に手を伸ばす。

(わたしが困ってるのに気づいて……英二くんやさしいな)

携帯電話に保存してある動画を再生して、発情の音色を消してくれるのだろう。繊細に気遣ってくれる少年に、少女の胸はときめいた。

「この前みたいなエッチな映像?」

「うん。ムードでるでしょ」

英二が含みの感じられる眼差しを、亜沙美に向けた。

(前回、図書館で見せてもらったのは、カメラを構えた男性が這いつくばった女性のお尻を抱えて、後ろから繋がるエッチな場面だった)

アダルトビデオの類を一度も見たことはない亜沙美にとって、男女が絡み合う映像を見た時の衝撃は大きかった。薄暗い部屋のベッドの上で、ネグリジェ姿の女性は後ろ手に手錠を掛けられ、身動きの取れない状態で男性に貫かれていた。

(手錠をされちゃって、無理やりっぽい感じなのに……でも、女の人はちっとも嫌がっていなかった)

むっちりとした大きなお尻を震わせて、気持ちよさそうによがり泣く様を見ていると、亜沙美の肢体は無性に火照り、愛液が滲み出て止まらなかった。

(ああいうのがSMっていうのかな。あんなの見ちゃったから、下着がびっしょり濡れちゃったんだよ。冷たく湿ったショーツを穿いて帰る訳にはいかないから……家にたどり着くまでドキドキしっ放しだった。今日はどんなのだろう)

英二の見せてくれるエロティックな映像は、未成熟な少女の好奇心を妖しく誘う。

胸が高鳴った。

「最近の携帯電話は便利だよね。画面は小さいけれど、テレビと同じことが出来るんだもの。カメラの代わりにもなるし、水に濡れても平気だし」

英二は喋りながら、液晶画面が亜沙美の正面に向くように据え置いた。動画の再生が始まる。

「んふ……あむ」

すぐに情感の滲んだ喘ぎ声が聞こえ、女性の口元がアップで映し出された。

（フェ、フェラチオだッ）

椅子に座った男性に、ひざまずいた女性が舐め奉仕をしている場面だった。口唇愛撫を受けている男性の視点で、カメラは撮られていた。女性は猛った勃起に高い鼻梁と紅い唇を擦り付かせ、ピンク色の舌をヌラヌラと絡み付かせていた。

「これを見ながら、弄り合いっこしようか」

英二の手が、再び開いた亜沙美の足の間に入った。亀裂に沿って指がやさしく上下する。

「あ、んッ」

切なく声を漏らし、亜沙美も握ったままの少年のペニスをゆるゆると擦った。

（この人、いやらしい。男性のオチン×ンをおいしそうに舐めて）

少女は手を遣いながら、食い入るようにアダルト映像を見つめる。女性はうっとりとした鼻声まで漏らして、執拗に舐め上げていた。男性の勃起が、ご馳走のようだった。粘膜同士が絡み付き、ねっとりと唾液の糸を引く。女性の舌も勃起も、いやらしくヌメ光っていた。

（きれいな人でも、こういうことするんだ）

寄った映像のため、女性の目元までは映らない。それでも通った鼻筋や、形の良い口元、尖った顎先から美人なのは充分に窺えた。

「亜沙美の呼吸、荒くなった。興奮しているのが伝わってくるよ」

（当たり前だよ。こんなの見ていたら、おかしな気分になっちゃう）

男性が排泄に使う器官だというのに、舐め奉仕する女性の仕種には、嫌悪の情がまったく見られない。眺めているだけで、亜沙美の口のなかにツバが溢れた。

「ねえ、このおしゃぶりしている人、この前と同じ女の人？」

肩や胸元に掛かる黒髪の感じ、肌の白さ、女性の雰囲気から、手錠を掛けられバックスタイルで犯されていた女性と同一に思えた。

「そうだよ。後ろから突かれてよがり泣いていた、おっぱいとお尻の大きな人。亜沙美がこの人を気に入ったみたいだから、続きを持ってきたんだ」

英二がふふっと愉快げに笑い、少女の陰核をキュッと摘んだ。

「あ、あんッ、強いよ、英二くん」

乱暴とも思える指の刺激が、昂った肉体には心地よく染みた。快感の波が腰に鋭く走る。

（どうしよう、イッちゃいそう）

少女の肌は燃え立つ。こみ上げる愉悦に、思考能力を奪われていくのを感じた。携帯電話から聞こえるピチャピチャという派手な舐め音が、少女の股ぐらからこぼれる指愛撫の音を消してくれるのが救いだった。ほっそりとした腰をくねらせ、亜沙美は英二の勃起をきつく握った。

（あっ、おっぱいも丸出しだ）

女性のブラウスは前がはだけ、乳房が丸出しだった。巨乳と形容したくなるゆたかな膨らみをゆらしながら、角度を変えて丹念に舌を遣っていた。

（そう言えばこのフェラチオしている女性、ママに似ているかも。おっぱいだって大きいし）

体つきや胸のボリューム、喘ぎ声の声質がどことなく似ているように感じた。

（まさかね。ママの訳がない。絶対に有り得ないよ）

淑やかで可憐な母は、亜沙美の自慢の存在だった。カメラの前で、こういった淫らな痴態を晒す人ではない。しかし母にそっくりな女性だと思っただけで、映像はより生々しく感じられた。

（ママもパパを相手に、こんな風なことをしたのかな……あ、すごい。あんな太いモノを呑み込んじゃうんだ）

女性が舐め回すのを止め、急に丸く口を開けた。男性のペニスは、英二と同じ位野太い。それを伸び広がった紅い唇が、すっぽり咥え込んだ。ゆっくりと沈んでいく。美貌は男性の股間に完全に被さり、画面には黒髪が映った。

（呑んじゃった。苦しくないのかな）

股間に埋まった頭が、リズミカルに上下していた。口を遣って肉棒を扱いているのがわかる。合間合間にうっとりと漏れる喉声が、艶めかしかった。亜沙美はゴクンとツバを呑み込んだ。

「この女の人って、すごくエッチだね」

ぽつりと呟いた。女性が自ら望んで口唇愛撫を施しているのが、画面から伝わってくる。

「淫乱だよね。フェラチオが大好きみたいだし。亜沙美も、こんな風にしてみたくなった？」

少年が問い掛ける。

（うん、なんて言えないよう）

恥じらいが返事を躊躇わせる。少女は曖昧に顎をゆらした。そして身体の向きを、横向きに変えた。

「手が使いにくいから」

亜沙美は言い訳するように呟いた。英二の顔を見つめながら、逆手から持ち替えて、逸物を擦った。

（英二くんもトロトロのお汁をだしてる）

ペニスはヌルヌルとした手触りに変化していた。チラと下を見る。興奮を示す透明な液が尿道口から溢れて、少女の細指と勃起をテラテラに濡れ光らせていた。

（女の人は、これをおいしそうに舐めてた）

「ツバを足して」

英二が亜沙美に要求する。亜沙美はうなずいた。口のなかに唾液を溜めて、位置を合わせた。紅唇を開いて、上から唾液をツーッと垂らした。陰茎の上にポトリと落ちると、指をすべらせて棹全体に粘液をまんべんなく塗す。英二に教えられた手扱きの方法だった。

「気持ちいい？　英二くん」

「うん。指の力加減がいい感じだよ。興奮汁もいっぱい出ちゃう」

英二が口元を歪ませ、ハアハアと喘ぐ。

(感じてくれている英二くんて、可愛いな)

少女の手に、勃起を委ねている無防備な状況がそうさせるのだろう。潤んだ目つきや表情から、年相応の幼さを感じた。亜沙美は英二の唇に、チュッとキスをした。

「でちゃう時は教えてね。いつも通りにするから」

亜沙美は囁きながら、テーブルの上の手を伸ばせば届く位置にティッシュボックスがあることを、横目でさりげなく確認する。

「ティッシュより、今日は亜沙美の口のなかがいいな。亜沙美が僕の精液呑んだの、何回だっけ？」

「に、二回だよ」

亜沙美は含羞の声音で答えた。

図書館で手淫をした時は、周囲に他の利用者がいたため、ティッシュを取り出して精液を受け止められない状況だった。亜沙美は英二に請われるまま、机の下に頭を沈め込み、男性器の先端に唇を被せて噴き出るザーメンを口で受け止めた。

「最後に呑んだのいつ？」

「図書館の一番奥の席で……二週間ちょっと前だよ」

答えながら青臭い精液の独特な味が、亜沙美の舌の上にふわっと甦った。口内に唾液が一気に溢れた。

「ねえ、英二くん……ティッシュじゃダメなの？」

「だめだよ」

英二が口づけをしてくる。舌を差し出し、少女の口腔に潜り込ませてくる。亜沙美も口元を緩めて応じた。

(あ、つばだ)

英二が唾液を流し入れてくる。温かな液を、亜沙美は舌の上で味わってからコクリと呑んだ。少年の舌と自分の舌を絡ませ合い、股間ではペニスを擦った。中身を絞り出すように指を上下させた。

(今日は、英二くんのミルクを呑んであげてもいいかも)

少女の心は、濃厚なキスで傾く。少年の欲望を、ちゃんと自分の身体で受けとめてあげたかった。

英二の指が、秘唇をやさしく弄くってくる。亀裂に指先を浅く差し込み、秘穴の周辺を撫でた。花弁が口を開けていくのが自分でもわかった。甘蜜が溢れ、子宮がジンジンと疼いた。少年が手を遣いやすいように、亜沙美はさらに膝を開いた。

（なんだったら、こっちに入れちゃってもいいのに……。ああ、わたし処女なのにオチン×ンを欲しがるなんて……エッチな子になっちゃってる）

下腹の辺りの煮え立つ感覚は、強くなっていく一方だった。少女の肉体は、迸る劣情を持て余す。

（わたし、はしたない……でも、アソコの奥が切ない感じなんだもの）

指でもよかった。うずうずと火照る膣穴に、ズブリと突っ込んでもらいたかった。

ぐぽぐぽと卑猥な音が横から聞こえていた。英二とディープキスを交わしながら、亜沙美は横目で携帯の液晶画面をチラチラと見る。紅い唇は、太いペニスをおいしそうに出し入れしていた。口元で泡立った唾液が棹を伝うと、下へこぼさぬよう巧みに啜り込む。

（わたしも、フェラチオしてみたい）

口唇愛撫への興味が、こみ上げる性欲と結びつく。

「亜沙美もしゃぶりたくなった？」

英二がキスを止めて、問い掛けた。

（なんて言えばいいの？）

むらむらとした欲求を、そのまま口に出すことは、羞恥心が許さない。それに少年に軽蔑されるのではという、年頃の少女らしい脅えもあった。

「亜沙美は僕の精液の味、好き？」

返事をしない亜沙美を見て、英二が質問を変えた。

（一度目はおいしくないって思ったけれど、二度目は……）

亜沙美は黙って手淫を続けた。人差し指と親指で、ヌメった亀頭の表面を撫で回した。亜沙美の股間では、英二の指が充血した陰核を指腹で捏ね回してきた。

「あ、ん、英二くん」

亜沙美は媚びたような喘ぎをこぼして、英二の名を口にした。

「わからないなら、もう一回呑んで確かめるといいよ。亜沙美、しゃぶって」

英二の口調はやさしいが、命令だった。決心のつかなかった少女にとって、少年の端的な要求は、タイミング良く背中を押されたに等しい。

（しょうがないよね。男の子は、ださないと収まりがつかないって言うし）

亜沙美は腰を引いた。上体を屈め込み、低く這う格好になって胡座をかいた少年の股間に相貌を沈めた。

(英二くんのオチン×ン、やっぱりおっきいよう)

長大な陰茎は、カウパー氏腺液と亜沙美の垂らした唾液で、ヌルヌルにかがやいていた。亜沙美は鼻梁を近づけた。牡の臭気を吸い込む。勃起から放たれるこもった香を嗅ぐと、胸が熱くなった。

(ビデオの女性の真似をすればいいんだよね)

顔の前に垂れ落ちるミディアムヘアを掻き上げながら、亜沙美はピンク色の舌を伸ばした。

2 けなげなフェラチオ

舌先が切っ先にふれた。亜沙美の口のなかに、英二の味が広がった。

(ちょっとしょっぱい)

不快さや、気色悪さは感じなかった。性的な行為をしているという昂りの方が大きい。亜沙美は繰り返し舐め上げた。

「僕のチ×ポを、亜沙美がペロペロ舐めてくれるなんてね。亜沙美の学校の男子生徒に、見せてやりたいよ。亜沙美は学年で、女子の一番人気なんでしょ」

英二が上から、亜沙美の可憐な舌遣いを覗き込んでいた。美貌は羞恥で赤らむ。

「だめ。わたしがこんなことするの、英二くんだけだもの」

「じゃあ、亜沙美のママに報告しようか。大事な一人娘は、勉強もせずに男子生徒のチ×ポをおいしそうにしゃぶってますよって」

「い、意地悪言わないで」

哀願の声を漏らしながら、棹腹をソフトクリームを舐めるように、下から上に舌を這わせた。ペニスが震える。両手を添え、肉棒を支えた。

「亜沙美もこのビデオの女の人みたいに、おっぱいがもっとエロくなるようマッサージしてあげるね」

英二が手を胸元に潜らせ、ブラウスのボタンを外し始めた。

「いたずら、しないでっ。あんッ」

はだけた隙間に英二が素早く手を入れ、ブラジャーの上から膨らみを揉んできた。

亜沙美は唇を引いて、喘いだ。

「亜沙美のママ位、でっかくなるよう揉んであげる。亜沙美は口を休んだら、だめだよ」

英二が強めに乳房を絞ってきた。少女はこぼれそうになる嗚咽を堪えて、紅唇を硬直に絡み付かせた。少年にフェラチオを強要されているような状況が、官能を高めた。

「ぱくって咥えて、亜沙美」

英二が命じる。少女は素直に従った。小さな唇を、亀頭の上で開いた。

(わたしのおくちに入るかな……だいじょうぶ、入るよ)

尿道口からは、カウパー氏腺液が滲んで、玉を作っていた。舌先ですくい取り、チュルッと吸い取った。そのまま丸く開いた紅唇を、被せていく。相貌ごと下へすべらせ、亀頭を呑んでいった。先端部が口のなかに入っただけで、顎が外れそうだった。

(英二くんの、おっきいよ。でもこれだけじゃあ気持ちよくないんだよね)

亜沙美は視線を横に向け、携帯電話の映像を確認した。女性は頬をへこませ、カポカポと卑猥な音を立てて、肉棒全体を吸っていた。

(あんな風に、大胆におくちのなかに入れないと)

亜沙美はそこからさらに唇を沈めた。棹部分も口腔に納めていく。

「んうっ」

切っ先が喉に近づくと、吐き気がこみ上げた。亜沙美は一旦口を止めて、呼吸を整えた。

(半分しか咥えてないのに、英二くんのオチン×ンでおくちがいっぱいになってる)

そのまま舌を口内で蠢かせた。棹腹を包み込むように舌腹を巻き付かせ、舌先で亀頭の括れや、裏筋の部分をくすぐった。英二は腰を震わせ、口から漏らした吐息で亜沙美の髪をゆらす。

(英二くん、わたしのおくちで感じてくれてる)

温かな液が先端からトロンと溢れて、亜沙美の口中に吐き出される。敏感な反応がうれしかった。カウパー氏腺液を呑み下しながら、亜沙美は舌遣いを速めた。

「ああ……いいね。亜沙美の舌の動き、たまらないよ。本格的にしゃぶるのは初めてなのに、ちゃんと男のツボを心得てる」

(だって、いつも指で擦ってあげたもの。むやみに強い刺激を与えてもだめってわかってるよ)

少年が望むように上手に擦ってあげられず、一時間や二時間、扱き続けたこともあった。どの部位に責めを加えると、ペニスが悦ぶかもだいたい理解できるようになっていた。舌先を尿道口にあてがい、小穴に差し入れるように細かくそよがせた。

「ううっ、そう、おしっこの出る穴を舌でほじくられると、男は切ないんだ。ああッ、フェラは亜沙美の方が、この女の人より素質あるかも」

乳房を揉み立てながら、少年が感嘆の息を吐いた。

(英二くん、悦んでくれてる。もっともっと気持ちよくなって欲しい)

亜沙美はさらに深く男性器を頬張った。

「んッ、んぐ」

喉に切っ先が当たるとえずきそうになる。それでも亜沙美は必死に我慢して、口唇性交を続けた。陰毛が鼻をさわさわと撫でる。棹の付け根まで唇は到達し、口腔に余裕は一切ない。若い雄々しさが、少女の小さな口のなかを埋め尽くしていた。

「亜沙美のしゃぶり顔、すごくエッチだよ」

英二が頭を倒し込んで、横から覗き込んでいた。垂れ下がる亜沙美の髪を掻き上げて、口元の辺りに視線を集中させていた。

(やだ、咥え顔を英二くんがじっくりと観察している。恥ずかしいよう)

肉幹を付け根付近まで呑み込んだことで、卑猥な顔立ちへと変貌しているのがわかるだけに、亜沙美は狼狽える。汗が噴き出た。

「僕も亜沙美にサービスしてあげないとね」

英二がブラジャーの隙間から手を差し入れ、カップをずらすと直接膨らみを握ってきた。しこった胸肉を指でほぐされ、甘い性感が少女の肢体に流れた。

「んっ、んぐんッ」

「ふふ、ママのいない隙に、同級生のチ×ポを喉まで呑み込んで。亜沙美は真面目な優等生だって、周囲は思ってるのにね」

少年は台詞で女心を煽ってくる。十代の少女の胸は、恥辱でカアッと灼けついた。

（わざとそんな言い方して……やさしくして欲しいのに）

乳房に指が容赦なく食い込み、ゴム鞠のように変形させられていた。肉棒を深く頬張ったまま双乳を嬲られることで、虐められているような錯覚が高まる。

（どうしよう。濡れちゃうよう）

下腹が燃え立ち、秘唇が潤むのがわかった。乱暴に扱われたいなどという被虐の願望は、一度も抱いたことがない。それでも少女の興奮は、淫らに上昇した。

「……ああっ亜沙美、もっとしゃぶって」

劣情が高まっているのは、少女を責め立てる少年も同じだった。勃起が口内でピクピクと跳ね動く。粘ついた粘液が潤沢に溢れ、口奥に広がった。亜沙美は唾液と先走り液を啜り呑むのに合わせて、口唇を根元に向かって小刻みにゆすった。空いている指はその下の陰嚢にあてがい、やわらかに揉み込んだ。

「うあっ、それいいよ。続けて。処女とは思えないよ。亜沙美は、淫乱な子だな」

少年が心地よさそうに声を喘がせる。

(淫乱なんて言って……英二くんのためにやってあげてるのに。ああ、オチン×ン、弾けそうに震えている)

英二の絶頂が近いことを、亜沙美は口腔粘膜を通して感じた。膨張を増したペニスは、口奥を圧迫した。

(苦しいけれど……英二くんが感じてくれている証拠だもん)

喉が詰まりそうな充塞感は、奉仕の悦びを少女にもたらした。亜沙美は涎を垂らしながら、付け根部分をせっせと唇で扱き、精巣をマッサージした。

「ああ、気を抜くと、出ちゃいそう」

英二が這いつくばった亜沙美の腰の方へと、手を伸ばす気配がした。ミニスカートが捲られ、桃のようなヒップが外へ現れる。

「ノーパンヒップを突き出しちゃって」

ピシャンと尻肌を軽く平手で打ってきた。

「ひんっ」

亜沙美は喉で呻いた。英二はそのまま尻の方から、亜沙美の股間に指を差し入れてきた。

（弄られちゃう……え？　そこは、だめッ）

少女は胸で狼狽の声を上げた。英二の指が狙ったのは、はしたなく濡れた女性器ではなく、排泄の小穴だった。窄まりの皺を、指が躊躇いなく揉みほぐす。

（またそんな場所を弄って……汚れた場所なのに）

「ん、んく」

ペニスを咥えたまま、亜沙美は止めてと肩をゆすって訴えた。身体のなかで最も不潔な箇所を、好いた相手にさわられる羞恥と抵抗感は大きい。肌は火照り、恥じらいの汗が全身から滲み出た。

（いつもいつも……なぜ英二くんは、お尻なんてさわってくるの？）

英二は女性器だけでなく、排泄器官の方へも隙あらば指愛撫を施してきた。亜沙美が嫌がっても聞き入れてくれず、毎回指を躊躇いなく内部にまで挿入してきた。

「オマ×コの方は、間違ってバージンを破っちゃったりしたらまずいものね。その点こっちは指を奥まで突っ込んでも安心だし、亜沙美だってこの穴を弄られるの、結構好きだよね」

肛穴をマッサージしながら、英二が笑った。

（違うよう。好きじゃない。そこは汚れとか、匂いとか気になるの。わたしは絶対にふれて欲しくないのに。……だいじょうぶかな。なかも外も、一応、きれいにはしてあるはずだけど）

母の買い置きのイチジク浣腸をこっそり使い、腸内の洗浄はしてあった。英二の指が必要以上に汚れることは無い筈だった。それでも浅ましい匂いは、完全には消えないだろう。居た堪らなさで亜沙美は呻く。

突然、尻穴の表面にヌルッとした液が垂らされたのを感じた。

「ひゃんッ」

冷たさに驚き、亜沙美は背筋を震わせた。肉棒を咥えたまま上目遣いに英二を見た。シャンプー容器のような透明ボトルを、英二が見せる。

「今日はローションを用意してきたから」

（ローションてなに？　嫌って言ってるのに、英二くんはどんどんエスカレートしていっちゃう……ああんッ）

英二は粘ついた液を塗して、表面を捏ね回してきた。たとえ排泄の小穴でも、やさしく揉み込まれれば、妖しい快感が生じることは、繰り返し指刺激を味わうことでわかってきた。それがローション液のねっとりとした感触でより甘美さを増していた。

ふふ」
「お尻を弄くられた時の亜沙美の悶え声は、こっちの動画の女とそっくりだね……ふ
口の隙間から奏でられる少女の喘ぎは、情感を滲ませていく。
「うッ、んうッ」

少年は含み笑いを漏らし、尻穴を弄くる。

（だ、だって、しょうがないじゃない。そんな場所をさわられたら、誰だっておかしな声がでちゃうよ）

恥じらいに突き動かされるように、亜沙美は棹の根元部分を指で擦りながら、口唇を激しく上下にすべらせた。排泄の窄まりを責められることで一層淫らな情欲が盛り上がり、嘔吐感さえ気にならなくなってくる。

（ア、アソコまでさわるの？）

英二の別の指が、女性器の方へ這ってくるのを感じ、亜沙美は腰をピクッとさせた。ローション液が、閉じ合わさった陰唇に塗り付けられる。くすぐったさに似た快美が走り、丸いヒップはゆれ動いた。

（どうしよう。両方なんて……）

快楽がジリジリとせり上がってくる感覚だった。さらには媚肉の表面に、英二は何

かをぺたりと貼り付けてきた。

（なっ、なにをしたの？）

亜沙美は、焦った顔で英二を見た。肉棒を吐き出そうにも、英二の肘が頭を押さえる形になっていた。

「他にも色々持ってきたんだ。これはコードレスのローターだよ。粘着テープでクリトリスに貼ってあげたからね」

不安の目をする少女に、英二が告げる。英二の説明通り、ちょうど陰核の位置に硬い異物の当たる感触があった。亜沙美は自分の手を股間に差し入れて、確かめようとした。だがその前に英二が手首を掴んで阻んだ。

「勝手に取ったらダメだよ。外していいのは僕がイッてから。亜沙美と僕の約束」

英二は亜沙美の小指と自身の小指を絡めて、指切りをした。

（英二くん、なにを言ってるの。そんなゲームみたいに）

少年の口にした取引条件に、少女は目を見開く。いきなりだった。貼り付けられたローターがブーンと異音を放って、バイブレーションを始めた。電流を流されたように、ヒップは跳ね上がった。

（んううッ、これだめえッ）

小刻みな震えが、敏感な肉芽をブルブルと刺激していた。むちっとした臀丘もゆれる。

「ローターの電源を入れてあげたよ。なかなかいいでしょ。前後の同時責めを亜沙美も愉しんで」

肛門を撫でていた英二の指が、窄まりの内側に侵入してくる。塗布された粘液の潤滑で指は易々と潜り込み、そのまま奥へと進んできた。

「んっ、んぐ」

亜沙美は喉声を発して、表情を切なく歪ませた。

「亜沙美もフェラを続けて。休んでいたら、いつまで経っても終わらないよ」

少女の肉体を責めるのに合わせて、英二は肘で頭を押し込んできた。呻きをこぼす美貌は、男の股間にグイと沈められ、唇いっぱいに肉棹が突き刺さる。

(こんなのひどいよう。英二くんのミルクを絞り取るまで、このままだなんて……英二くん本気なの?)

少年が仕掛けたのは、淫らな競争だった。射精が済むまで、無機質な器具で肉芽を虐められ、恥ずかしい排泄の穴は英二に指で存分に悪戯されることになる。不穏な性感は高まり、紅い恍惚が一気に亜沙美の眼前に迫ってきた。

「ほら、亜沙美、頑張って」

尻穴のなかを指で掻き混ぜながら、英二が愉快そうに笑っていた。亜沙美には少年の顔を見る余裕も無い。予想を超えた玩弄から早く逃れようと、懸命に唇を窄めて勃起の出し入れを速めた。

（英二くん、早くイッて。お願い）

細指で硬直の付け根をきつめに擦り立てる。口のなかで舌をペロペロと亀頭に擦りつけた。

（はやく……はやくだして、じゃないとわたし……）

絶え間のないローターの振動が、こういった器具を体験したことのない少女には、堪えた。苦しい呼吸のなかで陰核を嬲られ、排泄の穴を指で存分にまさぐられる。呆気なく限界が訪れた。

（ああ、イクッ……イクうッ）

這った肢体が引き攣った。ペニスを深く呑んだまま、少女は背筋を反らして双丘をぷるるんっと震わせる。

「亜沙美、イッてるね。お尻の穴、ぎゅうって締まってるよ。亜沙美が感じてるのが良くわかる」

英二の指が鮮烈なアクメを引き立たせるように、裏穴に圧迫を掛けてくる。

(いやだッ、子宮が押されてるよう)

英二は下腹の内側に、指をグッと押し込んできた。亜沙美の視界を染める絶頂の赤が、爛れたきらめきを帯びた。昂揚が狂熱へと変わって沸騰する。

「ひッ、ひぐうッ」

激しいアクメの痙攣が、ほっそりとした肢体を襲った。ガクガクと四肢を震わせ、亜沙美はくぐもったよがり声を迸らせた。肌には汗粒が垂れ、ノースリーブブラウスには大きな染みが作られる。

(ああッ……そんなッ……だめッ、ローターが延々と)

オルガスムスに浸っている間も、淫具は蠢きを止めない。全身に広がった官能の波が、掻き乱される。少女の腰は苦しげにヒクつき、胸元では乳房を弾ませた。鼻腔から乱れた息を抜き、肉茎を頬張る口元からは、だらしなく涎が垂れる。

(こんなの我慢できないよう)

快楽と羞恥、苦悶と情欲が密接に絡み合った恍惚の時間は、英二が吐精せぬ限り終わりを迎えないことに、亜沙美はようやく気づいた。そっと右手を下腹の方へと回した。

「約束したのにこっそり取るなんて、亜沙美はそんな子じゃないよね」

英二が、牽制するように告げた。

（さっきの指切りが約束なの。わたしはそんなつもりじゃないのに。ひどいよ英二くん、なんでこんな風にいじめるの？）

理不尽と感じても、英二との誓いを破りたくはなかった。機嫌を損ねたくもない。亜沙美は右手を引き戻して、肉茎の付け根に添えた。

（お願いだよ、はやくミルクをだしてッ）

指を絡ませ、扱き立てる。唾液をたっぷり溜めて口唇をヌメヌメとすべらせ、口全体で擦り上げた。その間も、粘着テープで固定された球体の淫具は、延々と肉芽を責め苛む。亜沙美の下半身はヒクヒクと持ち上がった。

「ああ、亜沙美、激しいね。僕ももっとサービスしてあげるね」

英二が新たにローションを肛門に垂らし落とす。指の隙間から直腸内部に吸い込ませ、内部をグチュグチュと抉り立てた。先程のように、手前の女性器にまで指の圧迫を与えて、ジンと響かせる。膝立ちになった少女の太ももがゆれた。

（あ、ああ、またッ……イッちゃう）

一度一線を越えた肉体は、快楽の歯止めが利かない。細腰は痺れる熱を孕み、下半身はぶるぶると震えた。官能はどこまでも上昇していく。

（止められないよう……ああ、イッちゃうッ、わたし、ダメになっちゃうッ……イ、イクッ）

「うぐ、ふぐうッ」

一気に波が崩れた。艶を帯びた唸りをこぼして、亜沙美は肢体を痙攣させた。

「亜沙美、またなんだ。イキまくりだね」

少年の声が遠くの方で聞こえた。数分と間を置かずに、連続のアクメへと昇り詰めていた。頭は朦朧とし、肺は酸素を求める。太い肉茎を頬張っていては、呼吸をすることさえ困難だった。

（こんなこと繰り返していたら、わたしの身体がおかしくなっちゃうよう）

亜沙美は己の肉体を叱咤し、唇を勃起に擦り付け、吸い立てた。

（ローターが、ずっと動き続けているんだもの。気が変になりそう）

意思を持たない機械には、加減も容赦もない。英二を早くイカせて、器具を取り外さぬ限り、繰り返し絶頂へと追い込まれることになる。懸命になるしかなかった。

「亜沙美、そろそろでるよ。呑みたい？」

少年が声を荒げて告げる。肉茎もピンと張り詰めていた。

（呑ませて。英二くんのミルク、早く亜沙美に呑ませてッ）

喉元から喘ぎを放ち、少女は首振りの動作を速めた。唇は可能な限り絞り込み、肉茎を締め上げる。鼻梁から漏れる呼気は荒い。短距離走を走った後のように、亜沙美の胸の鼓動は速まっていた。

「亜沙美、いくよッ」

英二の手が頭の上に置かれる。もっと付け根までしゃぶれと言わんばかりに、股間に向かって押し込んだ。摩擦を強制するように上下させる。

（英二くん、わたしのおくちを道具みたいに使ってる）

吐き気を催して、少女は呻いた。それでも英二の手は、少女の頭を身勝手に操る。呼吸を奪われた苦悶と切なさが、肉体に渦巻く愉悦の波にとけ込んで被虐悦を生んだ。

（我慢できない。またわたし……ああ、ローターが痺れちゃうの。あううッ、お尻でイッちゃう）

亜沙美の内で、苦しさが快感に転化する。陰核のジンジンとした疼きが腰を駆け巡り、英二の指を呑み込んだ尻穴が灼けるように熱く感じられた瞬間、三度目の至福が少女の身体をふわりと包み込んだ。

「うぐぐッ」

凄艶な唸りを発して、十代の少女は全身を強張らせた。尻穴も挿入された指をキリキリと緊縮する。意識が真っ白に灼き切れるようだった。

「呑んで、亜沙美ッ」

英二が叫び、亜沙美の頭を深い位置まで沈め込んだ。ぶるぶると勃起が戦慄き、口唇を押し広げる。次の刹那、熱い樹液が口内いっぱいに溢れ出た。

(英二くんのミルクッ)

律動に合わせて噴き出る精液が、少女の喉に当たった。全身をアクメでヒクつかせながらも、亜沙美は少年の射精感を高めるため、懸命に根元を指で擦った。

「ああ、亜沙美ッ、こぼすなよ。全部呑んで」

英二が声をかすれさせて、飲精を命じる。排泄器官に突き刺さった指は、少女をいたぶるように、円を描いた。

「んッ、んふッ」

女の切ない嗚咽が、室内に響いた。

(いっぱいでてくるよう)

大量の生殖液が口のなかに吐き出され、唇から溢れそうになる。亜沙美は喉を鳴らしてゼリー状の液を呑み下し、精液混じりの唾液をこぼさぬようにジュルッと音を立てて吸い込んだ。空気にふれて、青臭い香が広がる。その匂いを嗅ぐと、媚肉の火照りは余計に増した。

（わたし、発情しちゃってる）

処女の秘穴から、だらしなく蜜が垂れた。亜沙美は鼻を鳴らし、樹液を噴き出すペニスを夢中になって吸い立てた。

「いいよ、亜沙美、そのまま吸い出して」

英二はこもった息を吐き出す。頭に置かれた手は、亜沙美の髪を引き絞っていた。

（英二くんのミルク呑みながら、イッちゃった）

倒錯の陶酔は、肉体を包み込んだまま引いてはくれない。媚肉もジュクジュクとした潤みを増す。腰に伸びた英二の手の平は、尻たぶをいやらしく揉み込む。四つん這いの少女は、太ももを擦り合わせて情欲を誤魔化した。

しばらくしてローターの電源が切れた。

（英二くん、ようやく止めてくれた）

亜沙美はホッと鼻から息を抜いた。射精も徐々に収まっていく。亜沙美は舌の上に残った精液を味わい、舌先をそよがせ続けた。チロチロと漏れる残液を、丹念に吸い取った。

「もっといっぱい呑みたかった？　いつまでもチ×ポに吸いついちゃって」

英二が少女の頭をやさしく撫でる。肛孔に填っていた指は、余韻を与えるようにゆるゆると捏ね回していた。切ない愉悦が排泄の穴を疼かせる。亜沙美は、もじもじとした仕種でヒップをゆらめかした。

（吸いつくって……そんなあからさまな言い方しなくてもいいのに。だって英二くんのコレ、おいしいんだもの）

繰り返しの絶頂を体験した今、少年へ向ける愛欲の思いは一層強くなっていた。英二の逞しい分身を、もっと舐めていたいと思う。

「亜沙美、ローターが気に入ったでしょ」

（気に入ってなんかいないよ……でもわたし、短時間で三回も）

連続アクメに達した姿を、少年に晒した。急に恥ずかしさに襲われ、亜沙美はクスンと鼻を啜った。英二がようやく肛孔から指を引き抜いた。亜沙美も逸物から唇を引き上げ、這った肢体を起こした。

3 断れない少女

亜沙美はピンク色の唇を指で拭ってから、潤んだ瞳で英二を見つめた。

「英二くん、イキ過ぎちゃうから……その道具はもう使わないで。お願い」

「まだ唇の端に、白いのが付いてるよ」

少年の指摘に、亜沙美の顔は真っ赤に染まった。舌を伸ばして唇の周囲を舐めてから、手の甲でゴシゴシと口元を擦った。

「取れたよ。呑んでくれてありがとう、亜沙美」

英二がキスをする。亜沙美は目を閉じた。舌が伸びて、唇の隙間を舐めてきた。

(フェラチオして、ごっくんしたばかりなのに……精液がこびりついていたおくちなのに)

英二に気兼ねしつつも、熱烈なキスをしてくれるのが少女にはうれしい。亜沙美は口を開けて相手の舌を受け入れ、身をすり寄せていった。やわらかに舌を巻き付け合いながら、ノースリーブのブラウスを脱いだ。

(匂いを嗅がれると恥ずかしいし)

英二の右手を手探りで摑み取り、脱いだブラウスでくるみ込んだ。愛撫に使われていた英二の指に生地を巻き付け、入念に拭いた。拭き終わった頃に、英二がキスの口を引いた。亜沙美はそっと目を開けた。

「指、ありがとう」

少女の思いをくみ取ったように英二が微笑みを向ける。

「だって汚れたでしょ？　匂いとか……」

「亜沙美の匂いだもの、僕は平気だよ。亜沙美のこと好きなんだ。大事にする。嫌がることはしないから」

英二が背中に手を回して肢体を抱く。安堵感が少女の胸を包み込んだ。

（そんなこと言って……嘘吐き。さっきまであれほど強引だったのに）

亜沙美も英二の背中に手をやり、ぎゅっとしがみついた。男女の視線が甘く絡み合う。

「精液の味、平気だった？」

「平気だよ。英二くんのミルク、おいしいって思った。……ちょっとだけだけど」

亜沙美は照れたように、一言付け加えた。

「もう慣れたんだ。ローターだってじきに慣れるよ。味わってみると結構気持ちよかったでしょ。好きな子が感じてくれると、うれしいんだ。いっぱいいっぱいイカせてあげたくなる」

（英二くんの気持ちはわかるけれど）

少女にとっても同じだった。手で精液を絞り取ってあげた時や、口唇愛撫で絶頂へと導けた時には、心の満たされる悦びを感じた。

「で、でもね英二くん、いっぱいイクと女の子は、すごく苦しいんだよ。……ねえ、このくっついているの、もう外していい？」

小さなプラスチックの器具は、肉芽の上に粘着テープで貼り付けられたままだった。英二は白い歯を覗かせると、素早く亜沙美のブラジャーのホックをプツッと外した。胸元にブラジャーが垂れ下がる。そのまま英二が摑み取って、女体から剝ぎ取った。亜沙美は、ミニスカートのみを腰に巻いた裸身にされてしまう。

「ちょ、ちょっと、英二くんっ」

少女は慌てて胸元を、手で覆い隠した。

「もっと亜沙美の乱れた姿が見たい。亜沙美の汗にまみれた可愛い顔、切ない息遣い、必死な喘ぎ声……亜沙美だって満足し切っていないでしょ。僕もなんだ」

英二が熱っぽく語りながら、裸になった少女の肩を摑んだ。そのままスウッと後方に倒し込んで、絨毯の敷かれた床に仰向けに寝かせた。

（押し倒されちゃった。英二くん、手慣れてるよう）

乳房を隠したまま、亜沙美はぼうっとした瞳で英二を見上げた。

「膝の裏を持って、足を広げて」

少女の顔を上から覗き込んで、英二が命じた。

「足を広げるって……で、できないよっ。そんな恥ずかしいポーズ」

亜沙美は上ずった声で言い返した。秘部を完全に露出する破廉恥な姿勢を、好いた相手の前で取れる訳がない。

（嫌がることはしないって言ったばかりなのに）

突然、英二が亜沙美の手首を摑んだ。バンザイをさせるように頭の上に持ち上げると、露わになった乳房には目もくれず、右の腋の下に唇を被せて舐めてきた。

「えっ？　あ、やだッ。そんなところッ」

少女の含羞の悲鳴が、室内に迸った。

「亜沙美の汗の味がする……匂いも、んう」

「よして英二くん、そこ舐めちゃ、だめ……嗅がないでッ」

今日は汗をいっぱいかいている。鼻をつく臭気がたちこめていると自分でもわかっているだけに、亜沙美は懸命に抵抗した。両腕を掲げた姿勢から、左右に身を捩った。

英二は構わず手首を押さえ込んだまま、亜沙美の腋の下をペロペロと舐め回し続けた。

「亜沙美の腋の下って、ストロベリーの香がする」

英二がチュッチュッと腋窩にキスをしながら呟いた。却って羞恥を煽られる台詞だった。亜沙美はかぶりを振る。

「そ、そんな訳、ないでしょ、もう、よしてッ」

英二が右の腋の下から口を離した。ホッとしたのも束の間、今度は左の腋の下に狙いを変え、汚れを拭い取るように窪みを舐めしゃぶってきた。

「あん、もうやだっ……英二くん、言われた通りにするから、そんな場所、舐めちゃダメッ」

英二がパッと顔を上げた。手首を摑んでいた手も放す。

(ひどいよ。英二くん、わたしを従わせるために……)

少女は目元に涙を滲ませ、恋人を睨み付けた。

「亜沙美はきちんと手入れをしてるんだね。剃り跡も感じなかったよ」

唾液で濡れた腋の下を眺めて、英二が冷静な声で告げた。亜沙美は急いで腕を降ろして、腋を隠した。美貌は紅潮する。

「意地悪だし……無理やりだよ、英二くん」

「もう一回、舐めようか？」

英二は頬を緩めると、少女を促すように指先で乳房の先端をピンッと弾いた。

「あんッ……します。すればいいんでしょ」

亜沙美は先程よりもキッと視線を鋭くした。だが英二はそんな亜沙美を薄笑いで受け流して、足を摑んできた。持ち上げて膝を曲げさせる。

「はい、亜沙美。膝の裏を摑んで」

(どうしてこんなことに……恥ずかしくってたまらないよう)

亜沙美は膝裏に自身の手を差し入れた。足を持ち上げて左右に開こうとするが、なかなか踏ん切りは付かない。英二は亜沙美の姿を見下ろしながら、制服のシャツを脱ぎ始めた。上半身裸になると、腰から制服ズボンと下着も引き下ろした。

(脱いじゃってるし。なにをするつもりなのよう)

「亜沙美、手伝おうか？」

全裸になった少年が、やさしく告げる。

(オチン×ン、もうあんなにしちゃって)

つい先程射精したはずの勃起は、少年の股間で鋭く衝き上がっていた。亜沙美はゴクリとツバを呑んだ。

「恥ずかしいだろうけど、我慢して。好きな相手のことをなるべく知りたいんだ。亜沙美のきれいな身体をこの目に焼き付けたい。お願い、亜沙美」

(そんな言い方、卑怯だよ)

甘い台詞に、心が突き動かされる。亜沙美は手に力を込めて膝を抱え込み、同時に両脚を横に広げていった。

「あ、んうッ」

こみ上げる恥辱は著しい。悲鳴のような嗚咽が自然に漏れた。亜沙美の両脚はカエルの足のように開かれ、女の秘唇はぱっくりと露わになった。室内の空気が鼠蹊部を撫でる。

「きれいだよ。亜沙美の処女オマ×コ」

英二の視線は、脚の付け根に注がれていた。居た堪らない感情が胸を灼くのに合わせて、股の辺りがジンと熱くなるのを感じた。

(ど、どうしよう。濡れちゃうよう)

女性器が潤むのがわかる。英二の指がすっと伸びるのが見えた。亜沙美はビクッとするが、英二のふれてきたのは尻穴だった。

「あ、あんッ、なんで?」

「どうしたの。どこかさわって欲しい場所あった？」

英二がはぐらかすように笑い、窄まりに指を浅く差し入れて、マッサージを施してきた。亜沙美は返事も出来ずに、顔を横に逸らした。わずかな指の動きで、持ち上がった下肢がヒクついた。

（ああ、こんなにスムーズになっちゃってる）

英二の指がズブズブと沈みこんでくる。ローションが潤沢にこびりついているとはいえ、そのなめらかな挿入の心地に、少女の唇からは吐息が漏れた。

（すっかりお尻の穴、ほぐされちゃってる。身体が弛んじゃってるよう）

連続のアクメで全身の筋肉に、力が入らない状態だった。英二は指の付け根まで差し込むと、今度はゆっくりと引き抜いていった。亜沙美の背筋に電気が走る。

「ふふ、抜く時はキュッと来るね。うれしそうに指を締め上げて。ちょっと前までは強張ってて、ちっとも入っていかなかったのにね。亜沙美も自分でわかるでしょ。お尻で感じる身体に変わったのが」

英二の指は出し入れの動きに変わった。深く差し込み、抜ける寸前まで引き戻すことを繰り返した。

「あううっ、そんなに擦らないで……いや、あ、あんッ」

亜沙美は鼻に掛かった呻き声を発した。少年の言葉通りだった。気色悪さも、忌避感も薄れ、いつの間にか生じるのは、切なく焦れったいアナル性感の快美だった。

「いっぱい溢れさせちゃって。亜沙美はお尻を弄られて、こんなにオマ×コ濡らしちゃう女の子なんだよ」

英二の目が女園に向けられていた。処女の恥肉からは愛蜜がトロトロと溢れ、ピンク色の粘膜は照り光っていることだろう。少女の美貌は、恥ずかしさで真っ赤に上気する。

(英二くんが、いけないんだよ。いっぱい弄くるから……わたしの身体、こんないやらしくなっちゃったんだよう)

「オマ×コ汁、こぼれちゃうね」

英二が呟き、頭を低くした。亜沙美の下半身に顔を被せてきた。

制止の言葉は、温かな感触が這いずるのを感じて、色っぽい喘ぎに変わった。

「あ、待って……あ、あんッ」

(英二くんが舐めてくれてるっ)

少年の口が、女唇の上にぴったりふれ合っていた。花弁の中央を舌先が舐め上げる。

膝裏に手をあてがったまま、少女は裸身を戦慄かせた。指で弄られたことはあっても、クンニリングスを受ける経験は初めてだった。

（恥ずかしいけど、うれしいよう……）

舌が蠢く度に女心は昂揚し、身のとろける快感が肉体に広がった。連続アクメで疲れていた身体に、再び情欲の火が赤々と灯る。亜沙美は喉を晒して、頭をゆすった。紅唇からは艶っぽい啜り泣きが漏れた。

「亜沙美のよがり声は可愛いね。もっとすごいのが聞きたいな」

秘唇を舐めながら、英二が告げた。亜沙美は首を持ち上げて、英二の顔を見た。英二が亜沙美に向かって、左手をかざして見せた。

（なにかを持ってる。スイッチ？）

手に握られているのは、小さなプラスチック状のケースだった。それがローターのコントローラーだと亜沙美が気づいた瞬間、英二は電源を入れた。激しい振動が、少女の過敏な突起を襲った。

「だ、だめぇッ、ローター止めてッ」

亜沙美は裸足の爪先を折り込んで、叫んだ。刺激から身を守ろうと膝を自分の身体に引きつけて、首をぎゅっと縮めた。

「そのままの姿勢を崩しちゃだめだよ。イカせてあげるからね」

英二の舌遣いが激しくなった。薄い花弁を咥えて舐めしゃぶり、膣穴の入り口に唇をあてがって、ジュルジュルと音を立てて淫汁を呑み啜った。舌先を薄く差し込み、蜜口を舐め回す。

「ふッ、あううッ……おかしくなるッ、いやあ、英二くん、助けてッ」

少女は切羽詰まった嬌声を唇から吐きこぼした。

（英二くん、お尻の穴も一緒に弄くってる）

クンニリングスを施しながら、排泄の穴のなかを指がズブズブと出入りをしていた。やわらかな口唇愛撫の快感を、妖しい抽送の感覚がドス黒く塗り替える。

「一回イケば、楽になるよ。ほら、イイ声で歌いな」

英二が口を引き上げて、告げた。すぐさま女肉にむしゃぶりつき、追い込むように粘膜を舌で弾き上げる。同時に粘着テープの上からローターを指で押さえ付け、振動がより肉芽に響くようにした。

「あぐッ、そ、そんな……あ、ああンッ」

三箇所を同時に責められていた。少女の肉体は、ドロドロとした悦楽の果てへと急速に駆け上がる。染み入るような快さとつらさ、英二の眼前で何度も恥を掻いてしまう情けなさと切なさ――、乱れる感情を抱えて、亜沙美は四度目のアクメへと昇り詰めた。

「イクッ、イクうッ」

足を広げたM字開脚の姿勢を維持したまま、情感の滲んだよがり声を少女は放った。

(わたしばかり……何度も)

髪をざわめかせ、太ももをぶるぶると震わせて、ほっそりした肢体はこみ上げるエクスタシーの波に翻弄される。英二がローターのバイブレーションを切るまで、発作の痙攣は続いた。

「オマ×コまで、ヒクヒクしてるよ。お尻の方まで垂らしちゃって、股間全体が粘っこい汁にまみれてトロトロだ。亜沙美はエッチでしょうがないな」

英二が垂れこぼれる愛液を、音を立ててズズッと吸い取った。少年に後始末をさせる申し訳なさと、身の置き場のない羞恥が少女の心を苛んだ。

「いっぱい溢れさせちゃって、ごめんなさい。……ねえ、もうお尻を虐めないで」

亜沙美は涙声を発して、唇を噛んだ。肛穴には指が突き刺さったままだった。ねっとりと掻き混ぜられると、下半身が震えた。アクメの余韻に浸りながら、少女はむせび泣いた。

「謝らなくてもいいよ。亜沙美のオマ×コ汁おいしいし」

愛液をたっぷり舐め吸ってから、英二が腸管から指を抜き取った。身体を起こす。腰を前に進めて、亜沙美の下半身にのし掛かってきた。少年の股間の勃起が、亜沙美のぼやけた瞳に映った。偉容は反り返っていた。

「い、入れちゃうの？　わたし今日は、安全な日じゃないよ」

亜沙美はかすれ声で問い掛けた。このまま犯されてしまいそうだった。

「そんなに恐がらなくてもいいのに。亜沙美の処女を大事にしたいって言ったのは、嘘じゃないから」

濡れたピンク色の花弁に、そそり立つ剛棒が近づいた。清楚な亀裂に沿って、肉幹を縦に押し付けてきた。

「あ、あんッ」

少女は喘いだ。英二が腰をゆっくりと動かし、棹裏を擦り付けてくる。ヌメった体液が粘膜同士の摩擦を、甘美にした。くちゅっくちゅっと淫靡な音が漏れる。

（英二くんのおしると、わたしのエッチなおしるが混じり合ってる。表面を擦っているだけなのに……気持ちいい）

英二は男の雄渾さを誇示するように、陰唇をズルズルと削った。透明な液が糸を引き、繊毛を濡らして泡立つ。充血した亀頭が、亜沙美の顔に向かって突き進み、離れる。ピストン運動を見ているだけで、亜沙美の呼吸は乱れ、喉の辺りがヒリヒリとした。

(英二くんのオチン×ン、アソコに欲しい……)

男性経験が皆無の少女であっても、むらむらとした情欲が湧き上がった。摩擦の快楽に物欲しさを誘われてしまう。

(でもゴムもないんだもの。求める訳にはいかない。高校一年生で妊娠なんてしちゃったら、大変なことになる)

生理周期から考えると、最も危ない時期に当たる筈だった。

「ねえ、あの女の人みたいに、後ろの穴でやってみようか」

英二が勃起を押し付けたまま告げた。

(後ろの穴?)

疑問の目をする亜沙美に対し、英二がテーブルの方へ顎をしゃくってみせた。亜沙美は顔を横に回す。テーブルの上の携帯電話が目に映った。

口唇奉仕の場面から、映像は変わっていた。女性が、男性に向かって双臀を差し出す姿勢だった。女性は後ろ手にされ、手首には手錠が掛けられていた。

(この前みたいに、バックの形で交わってる)

女のゆたかなヒップを抱えて、男性がズンズンと突き入れていた。女体は黒のガーターベルトに、太もも丈のセパレートストッキングで、彩られていた。娼婦のようだと亜沙美は思う。

(手錠を付けているのは以前と同じだけど、なにか変だな。……あっ、繋がっている場所が違うんだっ)

異変に気づいて、亜沙美は胸で叫んだ。雄々しいペニスが刺さっているのは、排泄に使う場所だった。太い肉茎で穿たれ、小さな窄まりは無惨に伸び広がっていた。

(ア……アナルセックスしてるんだ。後ろの穴ってそういう意味……。でも、お尻に入っているのに、この人が気持ちよさそうなのが伝わってくる)

フェラチオの時と違って、音声はなかった。だが女性の仕種からは苦痛や、嫌悪は感じられない。自ら激しい抽送を求めるように、豊腰を突きだしていた。肉棒を後穴に咥え込むと、括れたウエストをくねらせ、ボリュームのあるヒップを妖しく蠢かす。

「お尻なら、妊娠しないよ。亜沙美、避妊の道具なんて持ってないでしょ」

英二が顔を近づけて囁いた。

「ゴムのこと？　持ってない」

亜沙美は首を振る。処女の少女が、あらかじめ避妊製品を買い置きしておくなど無理だった。

「で、でも、お尻なんて……英二くんの……汚くなっちゃうよ」

「平気だよ。亜沙美は、いつもこっちをきれいにしているの知っているよ」

「あん……だ、だって英二くん、お尻の方までいつもイタズラしてくるんだもの。嫌だって言っているのに」

「今じゃ、よくってたまらないでしょ」

英二が腰を引いた。肉唇の上から離れたペニスが、裏穴にあてがわれた。亜沙美は胸を波打たせた。

（英二くんとアナルセックス……）

亜沙美はゆれる眼差しで、英二を見上げた。

「亜沙美と一つになりたいんだ。いいよね？　亜沙美が僕のものだって実感したいんだ」

少女に抵抗の言葉を言わせない強い語調だった。そしてやさしい笑みをフッと作ると、熱情の眼差しで見つめる。少女の裸身はぽうっと赤らんだ。

「だ、だけど――」

否定の言葉は途中で力を失った。亜沙美はテーブルにチラと目をやり、肛姦の映像をもう一度見た。大きなお尻に向かってペニスが打ち込まれていた。黒髪を乱して、女性は快さそうに肢体を悶えさせていた。

（こんな風に、わたしも……）

発情し切った今の身体なら、きっと同じように感じる予感がある。少女はかすかに顎をゆらして首肯した。

「い、痛くしないでね」

亜沙美は震え声で告げ、膝裏を摑んだ姿勢から、足をより上体に引きつけた。尻が浮き、股間は上向きになった。英二は白い歯をこぼすと、目でうなずきを返した。

4 お尻の絶頂

英二がローションのボトルを取りだすのが見えた。自身のペニスに垂らし落とす。

（あんな太いモノがほんとうに入るの？）

キスとフェラチオ、手扱きを英二に教え込まれた。そして今、排泄の穴で繋がろうとしている。脅えと期待感で亜沙美の胸がヒリ付いた。十代の瑞々しい肉体は滝のような汗で濡れ光り、艶やかな色香をムンムンと放って、逞しい肉棒の嵌入を待つ。

「いくよ。亜沙美はそのまま足を持ってて」

丸まった女体に英二が声を掛ける。窄まりに圧迫を感じた。ジリジリと先端が潜ってくる。

(は、入ってくるよう)

緊張感で、肢体が強張ってしまう。

「亜沙美、息を吐いて」

「は、はい」

英二の言葉に、亜沙美は苦悶混じりの呼気を吐き出した。ローションの潤滑があっても、勃起の野太さはいかんともし難い。指とは桁違いの拡張感に、小穴は襲われていた。

(英二くん、ミルクをだしたばかりなのに太くて硬いよ。裂けちゃうッ)

メリメリという音が聞こえるようだった。少女は口呼吸を繰り返して、胸を喘がせた。

(だいじょうぶだよ。あの女の人だって、英二くんと同じ位大きいモノを受け入れてたんだもの)

亜沙美は横を見る。つぶらな瞳に携帯画面のアダルト映像が映る。テーブルに這った女性は、後ろ手に拘束された肢体を捩っていた。一瞬、犯している男性の方を振り返る。乱れた長い髪の向こうに白い顔が垣間見えた。

（えっ、ママ……）

女性が実の母、牧江に見えた。肛姦の痛苦を一時忘れ、亜沙美は息を呑んだ。

（……ち、違う。絶対にママじゃない。ママがこんなイヤらしい姿を見せる訳がないもの）

自身の抱いた想像を、亜沙美は即座に否定した。

（髪が長くて、体つきも似ているから勘違いしただけ。ママはあんなエッチな感じの下着を付けたりしない）

黒のガーターベルトと光沢ストッキングのような派手な取り合わせの下着を、母が身に付けた姿を一度も目にしたことはない。浮ついた行動とは無縁の、淑やかでやさしい母だった。それでも嫌な予感は、少女の頭から完全に去ってはくれない。

「ね、ねえ、英二くん、この女の人——あ、あんッ」

英二に確認しようと問い掛けた時、ペニスの先端がズルリと関門を通り抜けた。

（入っちゃった……）

「まだ先っちょの部分だけだけど、一番太いのがここだから。どう、苦しいかな？」

「へ、平気だよ」

相貌を痛苦で歪めながらも、亜沙美は強がった。

(我慢しないと。つらそうな素振りを見せると、英二くんが愉しめなくなっちゃうもの)

「じゃあ、残りを入れるね」

肉柱が埋め込まれる。腹部の張り裂けそうな膨張感に襲われ、亜沙美は手で摑んでいる自身の足をギュッと握り締めた。

「あ、ああっ、お腹のなかに突き刺さってくるっ」

ズルズルと塡ってくる肉塊は、牡そのものだった。弛み無く、横に逸れることがない。女体を征服するように、内奥深くぶっすりと突き刺さってくる。心をかすめた母のことも記憶のなかから押し出され、亜沙美は忙しなく首を振り立てて髪を乱した。冷や汗が全身の肌から噴き出た。

「全部塡ったよ。僕と亜沙美、繫がってる」

「ひ、ひとつになったの?」

英二が相貌を縦にする。

「よかった」

うれしさを告げる少女の声は、か細く震えた。指で抉られるのとは、根本的に異なっていた。肛姦の結合はひたすら重苦しく、おぞましい。腸管を埋め尽くされると、吐き気に似た感覚が、腰の裏辺りからせり上がってきた。

(抜いて、英二くん)

許しの言葉が喉元まででかかっていた。少女の肉体は、きつい拡張感に今にも音を上げそうだった。亜沙美はこもった充塞感を少しでも薄れさせようと、短く息を吐き出した。

「さっきはなにを言おうとしたの？　亜沙美もビデオに撮って欲しいとか」

英二がテーブルに向かって手を伸ばすのが見えた。自身の携帯電話を手に取ると映像を止め、持ち直して少女の肢体に向かってかざしてきた。

「う、写さないで」

携帯のレンズを見つめて、亜沙美はかぶりを振った。

「ようやく一つになったんだもの。記念に残そう。亜沙美の裸、きれいだよ」

少年は褒め言葉を紡いで、携帯電話を操作する。シャッター音が鳴り、肛門性交を受けるM字開脚の裸身が記録された。

「あ、いやっ、恥ずかしいよ」

亜沙美は忌避の呻きをこぼすが、英二は意に介さず、結合部にもレンズを向けてきた。

(英二くんのが、お尻の穴に突き刺さっているところも撮ってる)

撮られてはならない姿だった。少女の胸は締め付けられる。

「お尻の穴、ピンて伸びてるね。すごいね。あんな小さな窄まりが、ここまで柔軟に広がるんだ。真面目な優等生だと思ってる亜沙美の高校のクラスメートに、このエッチな姿を見せてあげたいな」

英二が腰をゆすった。腸管を野太い肉茎が削って後退していく。不安を誘われる摩擦の感覚だった。

「どう? 引き出す時は、トイレを使った時の感じと似ているでしょ」

少年の言葉通り、排泄時と酷似した性感が腸粘膜に広がる。

「んう……英二くん、ゆ、ゆっくりお願い」

「わかってる。切れたりしたら大変だものね。でもローションをたっぷり馴染ませてあるから、平気だよ。どう、アナルセックスの感想は」

英二は亜沙美の顔にレンズを近づけた。動画を撮っているのか、シャッター音は鳴らない。亜沙美は黙って顔を左右に振った。入り口まで引き戻された肉茎が、再び奥へと戻ってくる。ローションの効果で、肉茎はなめらかにすべっていた。

「はうッ、んく」

「可愛い声だしちゃって。この子は桐原亜沙美ちゃん。十六歳の高校一年生。今、生まれて初めてのアナルセックス中です」

英二が解説の台詞を入れていた。カメラを引いて、アナル性交に悶える少女の全身像を映していた。

「や、やめて、英二くん。普通に抱いてよう」

少女は哀願した。だが英二は聞き入れてはくれない。レンズは再び、男女の接合部へと戻った。

「ご覧の通り、男のチ×ポがぶっすり亜沙美ちゃんのお尻の穴に入ってます。太いのが好きなのは血筋かな。若いだけあって、締まり具合は抜群です。この先、こっちの穴は僕専用の射精穴として使う予定になってます。ね、亜沙美」

(射精穴って……わたしの身体をそんな風に思ってるの？)

少年の言葉に、少女の自尊心は傷つけられる。同時に不穏な興奮も生じた。

「亜沙美、お尻の穴がピクピクしてるよ。撮影されてドキドキした？」

女体の変化を、繋がった英二も感じ取る。

「ち、違うの……ああ、お願い、もう撮らないで英二くん、あ、あっ……んうっ」

英二が腰遣いを速めた。肉棒が排泄器官のなかをズルズルと出し入れされる。

「こっちを見て亜沙美。アナルセックスで感じる顔を見せて」

英二に言われるまま、亜沙美は涙でぼやけた瞳を携帯電話のレンズの方へ向けた。

(あの女の人みたいに犯されながら、撮影されてる)

アナル官能の妖しい抽送感に、羞恥の情が混ざり込むと、女体はジンと昂った。倒錯の昂揚を、少女ははっきりと意識する。射精のための道具扱いも、英二が相手ならば嫌ではなかった。

「亜沙美は僕の彼女だよね」

「そ、そうだよ。だからこうして、つらいのや恥ずかしいの我慢してるのに。英二くん、やさしく接して……あ、ああッ」

出し入れの度に、英二の肉茎は硬度を高め、ググッと膨らむ。雄々しい勃起で摩擦を受け、亜沙美の腸管は灼けつくような熱を孕んだ。

「やさしくしてるのに。亜沙美の好きなやり方だってちゃんと知ってるよ」

英二が携帯電話を左手に持ち替えた。空いた右手で拾い上げたのは、床に転がっていたリモコンのコントローラーだった。

「なんでローターを貼り付けたままにしたか、わかるよね？」

英二の台詞を聞いた少女の身体はゾワッと昂った。

「や、やめて。しないで……許してッ」

少女の上ずった声が、室内に響いた。肉棒を深々と呑み込んだまま、ローターのバイブレーションが復活をした。ビーンと高周波の音が鳴り、陰核は痺れに襲われる。

「だ、だめぇッ」

振動が一気に痛苦を押し退ける。汗に濡れた裸身は、再び淫欲の渦に巻き込まれた。

「たまらないでしょ。亜沙美のきれいな美人顔が、エッチなエロ顔になってるよ。こういう牝の表情を映像で残しておきたかったんだ」

「いやあッ、撮らないでッ」

劣情に呑まれただらしない相を、携帯電話のレンズが映していた。英二は硬直で肛門を抉り込み、二箇所責めで少女を追い立てた。鮮烈な快楽の味が、十代の肉体に刻まれる。亜沙美は細首を戦慄かせ、凄艶な声を放った。

「ゆ、許して英二くん……イクッ、イッちゃうようッ」

「いいよ。イキな。生まれて初めてお尻の穴にチ×ポを咥え込んだっていうのに、オマ×コをキラキラ光らせちゃう女の子なんだもの。こうして抜き差ししてやると、亜沙美のオマ×コから、蜂蜜みたいな汁がトロトロ溢れてくる。亜沙美は実は淫乱な子だったんだよ」

英二が笑っていた。亜沙美は顔を横にして、嘲笑から逃れた。

「ち、違うっ。そんな風に言わないで」

（わたし、そんなはしたない子じゃないッ）

胸で否定しても、理性をゆさぶる狂熱は高まっていく一方だった。女体は喘ぐ。

「自分を偽らなくてもいい。最高のアナルセックスを味わわせて、亜沙美を天国気分にしてあげるから。ほら、亜沙美もビデオの女みたいにヒイヒイ泣きな」

肉茎が打ち込まれる。重厚な肛姦の衝撃と、陰核に受けるローターの振動が、少女の性感を際限なく燃え上がらせた。

「ああッ、だめ、亜沙美、また恥を掻いちゃうよう……イクッ、亜沙美イクのッ」

少女は叫び、アナルアクメの恍惚に呑み込まれた。汗に包まれた肢体は、ビクビクッと痙攣した。

「くッ、食い千切ろうとしてくる、ああッ」

英二は眉間に皺を浮かべ、絶頂の絞り込みを耐えていた。

亜沙美は口呼吸で必死に酸素を取り込んだ。両手は膝裏から抜け落ち、足を抱えた姿勢も維持できなくなる。足の裏が絨毯の上にトンと落ち、股を開いた仰向けの裸体は、苦しそうに息を喘がせた。

「ゆ、許して。わたし、もうだめ」

ローターのバイブレーションが、オルガスムスの波を掻き乱していた。亜沙美は息も絶え絶えに哀願をした。刺激が止まらない以上、官能の波は女体を翻弄し続ける。

「女の身体には限界なんかないよ。まだたったの五回じゃない。足を下ろしたら、キラキラオマ×コが見えなくなるのに。手を勝手に離しちゃって、悪い子だ」

「ごめんなさい。英二くんの言うことちゃんと聞くから、ローターを止めて。ね、お願いします。亜沙美、イキ過ぎて壊れちゃう」

少女は切々と訴えた。英二は携帯電話を下ろすと、亜沙美の切ない表情をしばらく観察するように眺めていたが、ふっとやさしい笑みを作った。

「そうだね。亜沙美は自分からローターを取り外そうとしなかったものね。僕の愛にもう充分に応えてくれたから」

英二は携帯を横に放り、ローターのコントローラーを操作する。すぐにバイブレーションは収まった。亜沙美は嘆息した。今まで経験したことがないほどの倦怠感が、肉体に重くのし掛かってくる。

（わたし、お尻でイッちゃった。携帯で撮影されていたのに）

他人事のように亜沙美はぼんやり思う。うまく頭も働いてくれない。爛れたような熱気が、細身の肢体に取り憑いたままだった。

「よく我慢したね亜沙美。褒めてあげる」

英二は粘着テープを剝がしてローターを股間から取り去ると、横たわった少女の身体を、両腕で強く抱いた。

「英二くんっ」

亜沙美も手を伸ばして、少年に抱きついた。少年の唇が被さってくる。二人はキスを交わした。激しい責めの後は一転、甘い抱擁の時間だった。唾液が流し込まれ、やわらかな舌が口内をまさぐった。亜沙美は唾液を呑みながら、舌を絡ませていった。

「亜沙美、好きだよ。一生離さない」

濃厚な口づけを施しながら、英二は合間合間に口を引いて、愛を囁く。逞しい腕、がっちりとした体つきが、少女の裸身をきつく締め付けた。乳房が少年の胸板に擦り付く。汗ばんだ肌の温もりが伝わり、亜沙美の胸に安心感と、幸福感が湧き上がった。

（英二くん、わたしも好きだよう）

亜沙美は足を英二の腰に絡めていった。ぴったりと密着すると、少年と一体になったかのような錯覚さえ生じた。

「アナルセックスもつらかったでしょ。ありがとう亜沙美」

キスを止めて英二が告げる。女体を抱き締めたまま腰を遣い、肛穴を突いてきた。

（ああ、英二くん、まだイッてないから……温かな液が漏れてる）

まだ少年は達していない。引き締まった肉茎に、火照った腸粘膜を削られる。カウパー氏腺液が滲み出ているのだろう、ペニスから吐き出されたトロトロの粘液が、腸管に漏れ出すのを感じた。

（ローションも溜まっているから……ヌルヌルのオチン×ン、気持ちいいよう）

出し入れの度に、亜沙美の腰は震えた。いつの間にか擦過の痛みよりも、粘膜摩擦の快美が勝っていた。連続アクメで昂揚した女体に、肛門抽送が心地よく染み入る。

「試験も終わったし、夏には海へ行こうね。亜沙美の大胆な水着姿が、見たい。前にプレゼントした水着、着てくれるよね？」

「さ、三角ビキニの方？」

「そっちじゃなくてもう一着の方」

「あ、あれは、無理だよう」

つきあい始めの頃、英二に贈り物として水着を買ってもらったことがあった。一着は今風のフリルスカート付きの三角ビキニだったが、もう一着は胸を隠すカップが極端に小さく、ボトムに至ってはバックラインが一本の細紐になった大胆なデザインのものだった。

「せっかく買ってもらった水着だけど、あれはわたしには派手すぎるよ。ビキニショーツなんて、後ろの生地がお尻に食い込むデザインだもの」

「セクシーで似合うと思うよ。亜沙美があれを着た姿を僕は見たいんだ」

徐々に抜き差しの速度が上がった。ペニスの嵌入に反応して、肛穴はきゅっきゅっと食い締めてしまう。

「ああッ、激しいよう」

「いい絞り具合だよ。亜沙美が感じてるのわかる。乳首だってこんなに勃たせちゃって。コリコリになってる」

英二は腰を繰りながら、亜沙美の胸元に手を差し込んできた。充血した乳頭を指先で弾く。少女は絨毯の上で、身をくねらせた。英二は指で二つの乳頭を摘むと、上に引っ張り上げて、左右にゆらしてきた。

「あんッ、そんな乱暴な弄り方しないで」

「ふふ、わかってる。感じ過ぎちゃうんだよね。亜沙美はおっぱいも敏感な性感帯なんだし」

乳首虐めの後は、乳房をむんずと掴む。英二の手は、少女の膨らみをグイグイと揉み込んできた。

「おっぱいはぷるぷるのたぷたぷで、プリンみたい。でもやわらかいだけじゃないいんだよね。この指を押し返す弾力は、やっぱり十代の女の子って感じがする」

「ああッ、英二くん、やさしくして」

オモチャで遊ぶように、乳房を弄んでいた。粗雑な手つきが、刺激に揉まれた肢体には却って甘美に響く。亜沙美は鼻を鳴らし、英二の背に爪を立ててしがみついた。

「亜沙美は僕の言うことだけを聞けばいい。僕は亜沙美のことをこんなに愛しているんだから」

英二が顔を寄せ、耳元で囁く。

（いつもの英二くんじゃない。恐いよ……恐いのに）

やさしかった少年の見せる荒々しさ、その裏に垣間見える歪んだ支配欲と独占欲を感じ取り、少女は本能的な脅えを抱いた。

（だけど、頼もしいのは別に悪いことじゃないよね。英二くんはわたしを檻に閉じこめようって訳じゃないいんだから）

しかし今の疲れ切った心と身体には、ストレートで強引な愛の台詞が心地よく染み込む。

「英二くん、好き」

亜沙美の訴えに、少年は強く抱き、すぐさま濃厚なキスで応えてくれる。唾液を行き来させ、クチュクチュと卑猥な音を立てた。

「全身、汗びっしょりだね。充血しているのは、乳首だけじゃない。クリトリスも」

英二が秘園に手を伸ばしてきた。陰核にさわってくる。

「あんッ、だめ、弄らないで」

亜沙美は肢体を戦慄かせた。英二が亜沙美の身体を放し、上体を起こした。ミニスカートのみを身につけた少女の裸体を、上から見下ろす。

「包皮が剝けて、ぴょこんって顔をだしちゃってるね」

薄い飾り毛の下では、腫れ上がったようになった赤い突起が顔を覗かせていた。さんざん淫具で嬲られ、刺激を過度に受け続けた感覚器は、さわらずともジンジンとする。

「亜沙美、自分で弄くって見せて」

英二の要求に、少女は目元を歪め、首を左右に振った。

（無理。そんなのできないッ）

「亜沙美は僕の女だよ。忘れてないよね。この身体は誰のもの？」

逆らうことを少年は許さない。激しい肉棒の抽送で、女体に鞭を加えてきた。

「あ、あうッ……え、英二くんのものです」

少女は上ずった声で答えた。右手を下に伸ばした。甘いムードの恋愛気分は、いつの間にか少女が少年に仕える主従の関係に変化していた。

（ああ、わたし、なにやっているの。英二くんに言われるままに破廉恥な真似を……こんなのほんとうに英二くんの奴隷じゃない）

「んっ、あああッ、英二くん、これでいいのよね。わ、わたし、あんッ」

指で突起をクニクニと弄くり、慰めてみせる。自分で肉芽を擦る状況が、純真な少女の理性を狂おしくゆさぶった。

「亜沙美はそんな風にオナニーするんだね。続けて。亜沙美の可愛いオナ顔を見ながら、イキたい」

英二は自慰を行う少女をジッと見つめながら、腰を振って肛口に抜き差しを加えた。

（こんなの普通じゃない。好きな人にこんな浅ましい姿を晒して）

肛姦を受けながら自慰に耽る倒錯感、その仕種を観察される羞恥が、少女の劣情を喚起した。

「英二くん、軽蔑しないでね」

亜沙美は哀願した。愛欲にまみれて、官能は盛り上がる。身の置き場のない恥ずかしさを愉しむように、少女の指遣いは粘っこくなった。

「亜沙美、締めて。お腹のなかにドロドロのザーメン、ぶちまけてあげる」

「あんっ、ああッ……はい。下さい、英二くんのミルク」

亜沙美は残った力を振り絞って、括約筋に力を込めた。尻穴の疼痛が少女の美貌を歪ませる。

「英二くん、つらいよ」

肉交で疲弊した括約筋に痛みが走る。だが英二は容赦をしない。ズブズブと貫き、擦過の熱を帯びた裏穴を穿った。

「亜沙美、ずっと一緒だよ。一生離さない。結婚しようね」

英二が身体を前に倒して、亜沙美の唇に口を重ねてくる。

(結婚しようって……ずっと一緒だって)

逞しい肉棒が鞭ならば、身をとろけさせる甘い台詞とキスは、飴だった。少女は己の舌と少年の舌を、積極的に巻き付け合った。苦しさが遠のく。亜沙美は喉元から色っぽく喘ぎ声を漏らして、英二の与える唾液を嚥下した。

「もっとクリトリス弄って」

英二がキスをしながら囁いた。身体が密着している。亜沙美の指遣いが英二に伝わるのだろう。亜沙美は言われた通りに陰核をきつく捏ね回した。苦痛すれすれの性感は、女体の芯に染み渡った。

「あ、あんッ、ねえ英二くん、イッちゃうよう」

キスを続ける余裕もなかった。口の端から唾液を垂らしながら、少女は訴えた。

「遠慮無くいっぱいイケばいいんだよ。亜沙美は僕の牝奴隷なんだから」

「牝……どれい」

日常では使われない〝奴隷〟の語感が、少女の胸にずしりと迫った。英二が亜沙美の足を摑んだ。頭の方へ両脚を持ち上げて、女体を二つ折りにする。挿入の角度が変わり、結合は深くなった。

「あ、あんうぅッ、そんな奥までッ」

信じられない位置まで、肉茎の先端が届いていた。肺に溜まった空気が、埋没してくる勃起で押し出されるようだった。

「いずれ亜沙美のバージンだって僕がもらう。僕の赤ちゃんを亜沙美は産むんだよ」

グッグッと女体をたわめながら、英二は貫いた。熱情の台詞が少女の心を浮揚させ、雄々しい充塞は子宮を圧迫して下腹を熱く滾らせた。

（わたしが英二くんの赤ちゃんを……）

自信に満ちた眼差しで、英二は亜沙美を見据えていた。歪んだ愛情に、絡め取られていくのを感じた。遠くない将来、きっと英二の言う通りになるだろうという予感がした。

「あぁッ、わたし……英二くん、イク、亜沙美、イッちゃうよう」

息をするのも困難な状態だった。それでも激しい肛姦を受けて、性官能は急上昇する。英二は肉棹で、肛穴を捏ねくった。亜沙美のピンク色のヒダ肉からは、透明な愛液がたらたらと垂れこぼれた。

「亜沙美ッ、イケッ」

「イク、亜沙美、お尻でイキますッ」

少女は絶頂の声を響かせた。英二は排泄の穴を犯し抜く。荒々しさで、充満する辛苦は一気に消し飛び、少女の意識は高く舞い上がった。

「ああ、ああんッ」

オルガスムスに達した肢体はビクビクと痙攣し、胸元では乳房が跳ねゆれた。

「亜沙美のお腹のなかに、流し込んでやるッ、ううあッ」

雄叫びと共にペニスが跳ね、精が弾けた。ドクンドクンと牡の生殖液が腹のなかで溢れ返る。樹液に直腸を灼かれて、少女の声は裏返った。

「あんッ、英二くんのミルク、お尻のなかに噴き出してるようッ」

美少女は声を震わせ、妖艶に泣き啜った。精液を浴びたことで、絶頂が一段と高まる。

「亜沙美のアナルアクメの顔、いやらしくてたまらないよ」

英二は律動に合わせて延々と打ち込み、射精の快楽を貪ってきた。さらにクリトリスを弄くる少女の指が止まったのを見て、代わりに手を差し入れてグリグリと嬲り立てる。

「えいじくん、あうう、ゆるしてッ……ひあッ、だめえッ、おかしくなっちゃう、あう……んく」

快感が渦をなして女体を責め苛む。二重の瞳は焦点を失い、ポロポロとこぼれる涙は長い睫毛を濡らした。鼻腔は酸素を取り込もうと広がる。紅唇はだらしなく開き、下唇から涎を垂らした。あどけない相貌は性の悦びにどっぷりと沈み、淫らに艶を帯びて花開く。

「その崩れきった牝のよがり声、ママそっくりだね。そら、亜沙美、もっとイケッ」

英二は女をとことん責め犯す。真上に近い角度から叩き込まれる肉棒が、沸き返る性官能を四方に搔き乱した。燃え上がった女体は、熱病に浮かされたように震えが止まらない。

「あう、う……死ぬ、死んじゃうッ」

ドス黒い穴が口を開けて待っていた。少年への隷属を選んだ少女は、快感のその先にある漆黒に身を委ねた。

「亜沙美、最高だったよ」

長い射精が終わる。たっぷりと欲望液を流し込んだ少年が、勃起を後穴から引き抜いた。亜沙美に反応はない。少女の意識は、恍惚のさなかで途切れていた。

ぽっかり口を開けた肛肉から中出しの白い樹液がドロリと垂れ、糸を引いた。

第五章　僕の牝【母娘凌辱風呂】

1　エプロンファック

桐原牧江はキッチンに立っていた。夕食後の皿洗いの最中だった。奥山英二が横に並んで立ち、牧江を手伝っていた。正面のダイニングルームでは、娘の亜沙美がテーブルに一人腰掛け、ココアを飲みながらテレビを眺めていた。

「夕食、おいしくなかった？　パスタ。得意なんだけどな」

英二がエプロン姿の牧江を、舐めるような目で見る。

「おいしかったわ。助かりました。ありがとう」

牧江は抑揚の乏しい声で礼を述べた。今夜の夕食を用意したのは英二だった。疲れ切った身体では、食事の準備をする余力もなかった。

(酷い醜態を晒してしまった)

椅子に身体を括り付けられて、書斎に放置されていた時間は定かではない。英二が書斎に戻ってきた時、牧江は意識を無くして失禁までしていた。その後始末をしたのも英二だった。

「半分残した癖に。タマゴたっぷりのカルボナーラ。牧江がたっぷり精力付けないといけないと思って、メニューを考えたんだよ」

「量が多かったのよ。んッ」

英二が急に牧江の双臀を撫でてきた。牧江の相に焦りが浮かぶ。テーブルに座る娘の方をチラと窺った。対面型のキッチンのため、向かいのダイニングルームから下半身は死角になる。

(だからといって、こんな痴漢行為を甘受する謂われはないわ)

娘が首をこちらへ回したらと思うと、脅えが募った。母の強張った表情を見れば、娘はきっと不審なものを感じ取ることだろう。

「英二くんは座って楽にしてて。お客さまなのに、夕食の支度をして下さったんですもの。後始末はわたし一人でしますから」

牧江は半歩下がって、英二の手から逃れた。だが足がふらついた。素早く英二が腰に手を回して、牧江の身体を横から支えた。

「危ないな。牧江こそ座って休んでいたら。目だってトロンとしているよ。まだ色惚けの状態かな」

英二が右耳に口を近づけ、小声で囁いた。牧江は長い髪をアップに纏めていた。英二の吐息で耳元をくすぐられ、相貌がピクンとする。

（おかしな道具でずっと嬲られ続けたんですもの、仕方がないじゃない。ああ、全身がだるくて仕方がない。頭はもやがかかったようで、ものを考える余裕も無い）

重い疲労感と五感を鈍くする陶酔の余韻が、肉体に取り憑いたままだった。三人での夕食中も、ずっとふわふわと宙に浮いているような心地が絶えなかった。

「僕は料理をするのは好きだから、夕食の準備はちっとも苦じゃないけど、さすがにアレはね。牧江みたいな優雅な奥さまでも、垂れ流しするなんて驚いたよ……あっちの後始末の方が大変だった。牧江は僕に言うことあるんじゃない？」

英二の台詞で、自らの情けない姿がフラッシュバックした。牧江の美貌はカアッと紅潮した。

「ご、ごめんなさい。お部屋のお掃除をしてくれて……英二くんには、とても感謝をしています」

牧江は狼狽えた声で、謝意を口にした。原因を作ったのは英二だというのに、頭を下げて礼を言わねばならない口惜しさと情けなさで、柳眉がたわむ。

「お漏らしした牧江の身体を拭いてあげた男って、僕位のものでしょ」

女の身体を抱いたまま、英二が尻肉をぎゅっと掴んできた。牧江は肢体を捩った。

「英二くん、だけよ。娘に気づかれるわ。離れて」

英二の胸を右肘で押し返すが、十代の膂力はびくともしない。

「ドロドロのマン汁とおしっこにまみれた股間を、口できれいにさせられる羽目になるとは思わなかった」

英二の言葉で、未亡人の赤い顔はさらに色づいた。

「あ、あれはあなたが、自分から進んで……わたしは口できれいにしろなんて一言も言ってはいないわ」

英二は濡れたタオルで女の内ももを拭きながら、牧江の秘肉にクンニリングスを施してきた。椅子に縛られたままの牧江には、為す術もなかった。

(小水の付いたわたしの身体を、躊躇いなく舐め回してくるんですもの……あれでまた、気を遣ってしまった)

ねちっこいクンニリングスで女体は音を上げ、牧江は二度三度とアクメの声を書斎に響かせた。失神手前まで追い詰められて、牧江が涙を流して許しを請う状態になった時、英二はようやく手錠を外して身体を解放してくれた。

「だったらお礼の気持ちを態度で表して欲しいな。僕は、このムチムチの脚が見えるようなミニを穿けって言ったよね。勝手にロングスカートに穿き変えちゃって」

英二がスカート越しに太ももを撫でてくる。エプロンの下は半袖ニットに、脛まで隠れるロングスカートだった。

「自宅でミニなんて穿いたことが無いのよ。娘が不審に思うわ」

「一人娘を大事に思う気持ちはわかるけど、年下の愛人にもやさしくしてよ。牧江のエロい身体、少し位露出して僕の目を愉しませてくれてもいいんじゃない？」

英二がスカートの裾を捲り上げてきた。ストッキングは穿いていない。艶めかしい脚線美が現れる。

「んっ、だめよ」

ひそめた声で懇願した。手を避けるように腰をゆらし立てながら、牧江はダイニングルームの方を再度確認した。娘はぼんやりとした眼差しでテレビニュースを見ていた。母と少年の諍いに気づいた様子はない。牧江はほっと息を吐いた。

「英二くん、お願い。もう離れて下さい。亜沙美が変に思うわ」

懇願しても、英二は女体に巻き付けた腕をほどこうとはしない。それどころか、スカートをさらに大胆にたくし上げて、内側に手を潜り込ませてきた。

(ああ、娘の前で堂々とスカートのなかに手を入れてくるなんて……)

英二の右手が前から、左手は尻の方から差し込まれて、牧江の下半身をまさぐってくる。全身の疲労感が色濃い牧江には、英二を振り払うだけの力はなかった。キッチンシンクの端に両手を付いて、身を支えるのが精一杯だった。

「でも、パンティをTバックにしたのは褒めてあげる。いいよね。イタズラしやすくて」

下着は、英二好みの黒のTバックパンティを穿いていた。少年は剥き出しの尻肉を左手で摑み、揉んできた。

「昼と違って光沢のある生地だね。十代の女の子みたいな派手な紐パンで過ごすのって、牧江みたいな年齢だととっても恥ずかしいんでしょ」

「そういう気持ちがわかっていて、こんな下着を強要するなんて……あなたはわたしの嫌がることばかり……ああ、よして、く、食い込ませないで」

英二がショーツのバックラインの端を持って、きゅっと引っ張り上げてきた。女肉や肛穴の窄まりと、パンティの生地が擦れ合う。

「ふふ、ついやっちゃうんだよね。このムチムチのデカ尻に細い紐が食い込んだ所って、男にはたまらないからさ」

英二は下着をクイクイと繰り返し引き上げて、摩擦刺激を加えてきた。右手はふっくらと盛りあがった恥丘を撫でつけてくる。牧江の息遣いが乱れた。

（なぜ自宅でこんな辱めを受けなければならないの）

牧江は喉元で嗚咽をこぼしながら、美貌を繊細にゆらめかした。ショーツの上から英二の指が二度三度と、敏感な肉芽を圧してくる。ピリッとした快美の電流が、豊腰に広がった。

「ここがクリトリスだよね。ふふ、勃ってきた。パンティの上からでもコリコリしてるのがよくわかるよ」

指でさわられれば充血するのは、どうにもならない身体の仕組みだった。牧江はむっちりとした豊腰を切なく振り立て、紅唇から溜息をついた。

「深刻そうな顔をしちゃって。でも、こういうのが好きなんでしょ。エッチな声を必死に我慢しながら、股間をまさぐられてさ。牧江はマゾだものね」

少年の揶揄に、牧江は言い返すことが出来なかった。逃げ場を失い、ジリジリと責め立てられる感覚が、女体に不穏な興奮を呼び込んでくるのは事実だった。甘蜜が溢れ、秘肉は火照っていく。

（英二くんに見抜かれている。……わたしは最低だわ。嫌な予感を抱きながらなにも手を講じず、脅されているからと言い訳をして高校生のオモチャになっている）

牧江は自身を責める。娘の存在が行動を縛っているとはいえ、英二の好き勝手をさせているのは、己の選択した道でもあった。

（大人なんですもの。こんな状況に陥る前に、もっとうまく出来た筈）

牧江の瞳に、英二の薄笑いが映る。左手は尻肉を強く揉み込む。陰核を弄くっていた指は、足の付け根の奥へと這い進ませてきた。

（その先は……ああ、逃げ出したいのに。今更英二くんとの関係を、娘に気づかれる訳には……）

悪辣な少年の嬲りに耐えてきたことが水泡に帰してしまうかと思うと、強く撥ね付けることも出来ない。警鐘を鳴らす理性を抑え込み、牧江は英二の為すがままに身を委ねた。敏感な粘膜部分を、英二の指がゆっくりと擦った。

「んうッ」

女の喉がクンと持ち上がった。

「やっぱり牧江のパンティ、グチョグチョだね」

牧江の横顔を覗き込む少年の双眸が、優越を湛えていた。未亡人は英二の視線から逃れるように、左へと顔を背けた。だが首筋や胸元の白い肌は真っ赤になる。

（ああっ、英二くんに濡れていることを知られてしまった）

黒のTバック下着は、自身の分泌した愛液でぐっしょり湿っていた。

「滲んだ牝汁でぐっしょりだね。いつからこの状態？　もしかして夕ご飯中も、こんなドロドロにしてたのかな」

英二は指を股布に突き立て、薄い生地ごと肉ヒダをグチュグチュと混ぜ込んできた。耐えきれずに、未亡人の紅唇から甘い嗚咽が漏れる。ジンと痺れる心地が、どうしようもなく甘美でたまらなかった。ぶり返した性官能が意識を侵食し、肉体の熱を高める。未亡人はエプロンの下で、ゆたかな胸元を喘がせた。

「こんな状態なのに、澄ました顔して夕ご飯を食べていたんだ」

女の羞恥を、少年は小声で煽ってくる。耳元に垂れるほつれ毛が、英二の吐息でゆらされた。肌が震え、膝がぐらつく。英二の指がTバックショーツの、クロッチ部分をつまんで横にずらした。

「あっ、だめ」

思わず声が漏れ、牧江は慌てて口元を手で押さえつけた。

（亜沙美に聞かれた？）

娘に動きはない。娘の見るテレビの音、そして蛇口から流れ出る水の音が、男女のやり取りの声と、物音を消してくれるのが救いだった。だが同時に、牧江は一抹の不安も抱いた。

（今夜の亜沙美はやけにおとなしすぎる。いつも元気なあの子なのに。おかげで助かっているのは事実だけれど……もしかしてあの子も英二くんに、なにかよからぬことをされたのでは）

「亜沙美が気になる？」

牧江の視線を辿って、英二が問い掛ける。秘園に侵入してきた指に遠慮はない。濃密な繊毛に指を絡ませて陰唇を割り拡げ、膣口を狙ってきた。

「う、あうんっ、よして、英二くん」

「やさしいママの素行を、亜沙美は疑ってはいないみたいだよ。実はママが陰でこっそり高校生の新鮮ザーメン液を絞り取っているなんて、想像もしていないだろうね」

（酷い物言い。まるでわたしから、英二くんを誘ったかのように）

だがなにも知らない第三者であれば、少年を慰みものにするために、年上の女から誘ったのだと考えるのが普通だろう。二回りの年の差は年上の優位ではなく、牧江の不利をもたらしていた。

(社会的責任を負わない未成年の立場が、武器になると知っていて……だから英二くんは、どこまでも非道に振る舞える)

牧江が今も抜き差しならない状態に陥っているのは、少年が高い知能を悪巧みに利用した結果だった。

「すごいね、内ももまでべっとりだもの。ここまで濡れるものなんだ。だから今日はこんな色の濃い厚手のスカートを穿いていた訳か」

英二が白い歯をこぼして指摘する。牧江は視線を逸らしてうなだれた。股の間からは、クチュッと卑猥な汁音が鳴っていた。

(自分の身体なのに、どうにもならない……。ああ、両方を一緒にッ)

英二は尻たぶの間にも、左手の指を差し込んできた。羞恥の窄まりを探り当て、指先で擦ってきた。前後から挟み込む格好で、媚肉をくすぐり尻穴を弄くる。牧江は嗚咽を放った。

「ふふ、どっちの穴もヌルヌルだね。お尻の穴は僕のザーメンが垂れ流しで、オマ×コの方はあったかいメス汁まみれで」

(だって英二くんは、中出しの液を拭き取る時間を、与えてくれなかったじゃない)

隠逸の穴は、英二の流し込んだ精液とローションの混じった液でヌル付いていた。アナル性交後の精液がじわじわ逆流する不快感を、牧江はジッと耐えながら過ごすしかなかった。

「あッ、ン、イタズラしないで」

英二が二つの穴に指先を差し入れ、回し込んできた。クチュクチュという卑猥な汁音が、倍の音量になって奏でられた。牧江の豊腰は指遣いに釣られて、悩ましくゆれ動いた。

(勝手に反応してしまう。おかしな道具を使って、延々と責め続けられたから……)

愛液で濡れた蜜口は、夕食中も濡れっ放しだった。

書斎の椅子に縛りつけられて放置された間、何度アクメに達して失神したかわからない。覚醒しても乳房と股間に貼り付けられたローターの振動で、再度オルガスムスに追い込まれて意識を失うことの繰り返しだった。身体の芯まで発情させられた肉体からは、昂りが容易に去ってはくれない。

(とどめに、クンニリングスまでされて……好きでもない相手でも、条件反射で発情してしまう情けない女にされてしまった)

「指にトロトロのマン汁が絡まってくる。花弁は吸いついてくるし」

粘膜が物欲しげにヒクついているのは、牧江にも自覚できた。ローターでいたぶられ続けた粘膜は英二の指を悦び、愛液をこぼして吸着の蠢きを見せる。甘酸っぱい独特の匂いさえも立ち昇り、牧江は含羞の吐息を切なく漏らした。

「長いスカートが邪魔だね。脱ごうか」

英二が愛撫の手を休めて、牧江のスカートのホックを素早く外した。ファスナーも引き下ろされて、ロングスカートがスルリとすべって足元に落ちる。Ｔバックのショーツを穿いた、むっちりと肉付きの良い下半身が晒された。

「娘がそこにいるのよ。これ以上は……お願い、英二くん」

牧江は表情を歪ませて、訴えた。キッチンは腰より高さがある。ダイニングルームにいる娘からは死角になるとはいえ、日常とはかけ離れた扇情的な姿態でキッチンに立つ脅えは拭えない。

「上半身はエプロンで、下半身は光沢素材の黒のＴバック。ふふ、まんまポルノ雑誌のグラビアだ」

ジーという金属音が聞こえた。牧江は右隣に視線を落とした。英二が制服ズボンの前を開いていた。すぐに強張ったペニスがビンッと現れ出た。

「そ、そんなモノださないで」

英二が右から身を寄せてくる。やわらかな女の尻肌に突き刺すように、硬直を擦り付けてきた。露出した勃起は上向きに反り返り、ヌメった液を柔肌に垂れこぼした。

（ああ、英二くん、興奮している）

ねっとり糸を引く透明粘液が、少年の昂りを女に伝えた。

「牧江の考えていることわかるよ。今は亜沙美より、硬いチ×ポでしょ」

「そ、そんな訳ないでしょ」

「だったら今夜の亜沙美が、食卓でなにを話していたか覚えてる？」

「そ、それは……」

言い返す牧江の声は弱々しくしぼんだ。娘がどんな様子だったか、食事中どんな会話を交わしたのか、まったく覚えてはいない。

「しょうがないでしょ。あなたに、くたくたになるまで虐め抜かれたからよ」

英二は余裕の笑みを返すと、牧江の手を掴んだ。手を引いて、己の肉棹を牧江の手に握らせた。

（脈打ってる。こんな太いモノで身体を掻き回されたなんて……しかも両方の穴を）

牧江の紅唇から熱っぽい溜息がこぼれた。ピンと衝き上がった偉容に、女性器はおろか、排泄の穴まで犯された。窄まりを押し広げられた時の衝撃を思い出して、牧江の双臀にキュッと力がこもった。

「ほら、もうこんなに硬くなってるんだよ。若いチ×ポは素敵でしょ。今日のためにたっぷり溜めてあるって言ったの忘れてないよね。一発や二発で終わると思われちゃ困るな。まだまだし足りないんだ」

英二は耳元でゆっくりと囁く。摑んでいる牧江の指を跳ね返すように、肉棹の充血をクンと高めてみせた。

(すごい。まだ硬くなるの)

女の喉はゴクッと音を鳴らした。指に感じるのは、弾けるような十代のエネルギーだった。英二が再び手を、牧江の股間にまさぐり入れてきた。指先を膣口に浅く差し込んで、ソフトにくすぐってくる。

「牧江はこっちにもザーメンが欲しいんでしょ。ローターだけで満足できる筈がないよね。あれは結局機械だから、牧江が握っているモノとは感覚が違うしね」

英二の囁きはより耳元に近くなり、声音は穏やかでやさしいものになる。

「未亡人なんだもの。遠慮することはないよ。今までの分も愉しまなきゃ」

指は少しずつ少しずつ奥へと潜ってきた。ジリジリとした侵入に飢餓感が煽られる。狭穴を埋め尽くす、ズンとした剛直が欲しかった。

（指だけでは、物足りなく感じるなんて）

女唇の疼きが酷かった。器具や口唇愛撫では、何度達しても満たされない部分がある。熟れた肉体が真に望むのは、逞しい肉茎を差し込まれての激しい抽送だった。

「牧江、好きだよ。本気で好きだから強引に迫って、無茶なことをしちゃうんだ。苦しませせちゃってごめんね」

心の隙間に潜り込むように、英二が甘い言葉を紡ぐ。

（いけないわ。英二くんの策略に乗っては。愛情の裏返しの訳がない。偽りの台詞を、臆面もなく口に出来る子よ……）

英二の悪辣な企みで、性行為を強いられたことを忘れた訳ではない。女心を惑わす手管だと充分にわきまえていても、牧江の胸は高鳴り、呼気は乱れた。

2　ザーメン化粧

女の蜜肉は熱く潤んで、肉体は指の挿入を欲しがる。だがそれを英二に気取られてはならないと、牧江は思う。英二の指が蜜肉から離れた。肉芽を捏ね回す。充血を促されて、感覚器はぷっくりと肥大した。快感で目が眩みそうになる。

（焦らしているの）

ジクジクとした下腹の疼きは、大きくなる一方だった。警戒する女心を嘲笑うように、愛液が分泌されて膣口から溢れ出る。滴がポタッと足元に落ちていった。

（この状況でどんな体面を保とうというの……滑稽だわ）

「ふふ、牧江ったら床にマン汁垂らしちゃって。牧江だって悪いんだよ。いつもはしたなく濡らして僕を誘ってさ。まんざらじゃないんだって男なら思っちゃう。肌からは、牝の匂いをプンプンさせて」

書斎の時と同じように、英二は牧江の首筋の匂いを嗅いできた。

「嗅がないで……」

牧江は、弱々しく訴えた。

（わたしが男を欲しがっている？　欲求不満が身体から滲んでいた？　知らぬ内に、英二くんの気を引くような仕種をしてしまったのかも）

性的な欲求が皆無だったと牧江自身、言うつもりはない。

（それにしたって、こんな高校生の子供に好き勝手される状況は望んでいなかったわ。……ああ、自分のことさえよくわからなくなっていく）

牧江は嘆く。そんな己の非を疑うような思考も、性奴隷として英二に馴致された結果なのかもしれなかった。

「今夜は可愛がってあげるよ。この欲しがりなエロボディだって、満足させてあげるね。牧江が一生忘れられない夜を贈ってあげるつもりだからさ」

(忘れられない夜……この子は、まだなにかを企んでいる)

英二が下半身から指を抜き取って、牧江の背後へと回った。尻肉を摑んで上向きにさせる。バックから貫こうとしていた。

(そんな、この場で挿入するつもり?)

緊迫感が走る。牧江は振り返って、信じられないというように英二を見た。

「ちょっとだけ嵌めてみようか」

英二は頰を緩めて告げると、Tバックの細い股布をひょいと横にずらした。秘唇に亀頭が押し付けられる。

「よして下さい……今はしないで」

「へえ、〝今は〟ってことは後ならオーケーなんだ。なら今夜は僕が泊まっていいんだね」

「そ、それは……」

言葉尻を捉えられた女は、前を向いて押し黙った。

「今夜が楽しくなりそうだね」

英二は執拗にペニスの先端を、女陰に擦り付けてくる。

（ヌチュヌチュいってる）

互いの粘液が混じり合っていた。女の亀裂は挿入を請うようにはしたなく濡れて、滴を垂れこぼす。牧江の身体が、隆々とした男を欲していることは誤魔化せない。

（犯そうと思えば出来るのに……）

英二はいつまでも入り口をくすぐるだけで、挿入してこなかった。肉柱が埋め込まれた時の、ズンとした衝撃を女はどうしても想像してしまう。牧江は欲求を振り払うように首を振った。双眸に娘の横顔が映る。元気で明るく、人を疑うことを知らないやさしい娘だった。

（ぐらついてどうするの。亜沙美のために、わたしがしっかりしないと。ズルズルと英二くんを拒めずにいたから、ここまでのさばらせてしまったんですもの）

牧江は背後に手を伸ばした。英二の腕を掴んで、鋭い眼差しで拒否を伝える。一歩も引かない覚悟だった。

「その生意気そうな目。たまらないな。やっぱり一回突っ込んであげないと」

英二は角度を合わせるように、牧江の腰をグイと高くした。

「あ、待ってっ、英二くん——ううっ」

ズブリと差し込まれる。歓喜の波が押し寄せ、目の前の情景が一気にピンク色に染まった。

(イッた……こんな酷い状況でも気を遣るなんて)

昇り行く日の光が、陰に差し込むようだった。決意も覚悟も頭のなかから掻き消され、身体の内にはとろけるようなオルガスムスの陶酔がたちこめる。熟れたボディはヒクッヒクッと戦慄いた。

「ママ?」

娘が顔をキッチンの側に向けた。眉をひそめる。

(娘が異変に気づいたっ)

「あ、あ、あの……」

牧江は言葉を失って、呆然と娘を見返した。

前屈みになった姿勢は、洗い物をしていると言えば、言い訳できる。だが重なるようにして、英二が背中に立っていることの説明はつかない。冷や水を浴びせ掛けられたように、オルガスムスの波が引く。足元は震え、心は恐怖におののいた。

「……ママの顔、赤いよ。二人は、汚れた食器を片付けているんだよね」

なにか他のことをしているのではと、娘の不審そうな表情は問い掛けていた。どう言い繕えば、この危機から逃れられるかと牧江は必死に頭を巡らせた。

「食器は棚に納いましたよ、おばさん。こっちは終わりました？」

英二が牧江の肩越しに流しのなかを覗き込んだ。背後に密着していたのは、皿洗いが済んだか確認するためだと、娘に思わせるための演技だった。

「え、ええ。終わったわ。あ、ありがとう」

牧江も英二に合わせた。

「へえ、もう海開きなんだね」

英二が間を置かずに娘の気を逸らす話題を持ち出す。テレビからは、子供たちのはしゃぐ声が聞こえていた。娘の視線はテレビの方へと向き直った。

「うん、そうみたい。ちょっと寒そうかな」

「海のなかは案外あたたかく感じるんだよ。ま、こういうのはイベントだから」

英二が喋りながら、ゆっくりと腰を遣ってくる。脂の乗った丸い双臀は、快楽に打ち震えた。

（だめよ。娘が見ているのに……ああっ、すごい、掻きむしられている）

恍惚が舞い戻り、肉体は沸き立つ。エラの反った亀頭が圧迫感を維持したまま、粘膜を擦っていた。指は豊満な尻肉を鷲掴みにしていた。その食い込む握力さえも心地よかった。牧江は背を反らして、クイと双臀を差し出した。

「このオマ×コのとろけ具合。熟れた身体は、硬いチ×ポがうれしいって言ってる。娘の前でヤラレるのがたまらないんだろ。突っ込んだだけで気を遣るなんて、とんでもない淫乱ママだね」

英二が耳たぶを噛み、囁いた。

(わたしが気を遣ったこと、勘づかれている)

牧江は黙ってキッチンシンクの縁をぎゅっと摑んだ。女体はずっと少年の雄々しい凌辱を待ち望んでいた。

「これ以上やると、さすがに亜沙美に気づかれちゃうね」

四回抜き差しを行って、英二は勃起をヌプリと引き抜いた。牧江の肩から、力が抜ける。

「おばさん、まだ手伝うことあります？」

英二は牧江の隣に立ち、抑えていた声量を元に戻して尋ねた。カウンターの下では牧江の双臀に手を伸ばし、下着のバック紐をずらして肛穴に指を差し込んできた。

(今度はお尻を……ああ、深いわ)

ザーメン液とローション液の残滓が、挿入をなめらかにした。女穴に勃起を差し入れた時と違い、指を遠慮無くズブズブと抜き差ししてくる。

「いえ、もういいわ……んッ」

牧江の声が変調した。窄まりに填る指が、二本に増えていた。

「遠慮せずに、なんでもしますよ。電球の交換とか、お風呂場の掃除でも、なんでも……ね」

重ねた二本指をググッと沈めてくる。英二の肉塊で押し広げられた肛穴は、牧江の想像以上にほぐされて、弛んでいた。

(こんな簡単に入るなんて……ああっ、またイッてしまいそう)

膣肉に受けた抽送の快楽が、肛孔に乗り移って持続していた。英二の言う通り、娘の眼前で嬲られている背徳感は、女体に妖しい興奮をもたらす。

「電球はだいじょうぶ。お風呂場の掃除も済ませてあるから……んっ」

牧江は必死に受け答えする。浅ましい声が今にも漏れてしまいそうだった。

(なんとか止めさせないと)

「そ、そうだ英二くん、お先にお風呂へどうぞ」

指嬲りから逃れるため、牧江は英二に入浴を勧めた。

「お風呂って……もうこんな時間だよ。英二くん、これ以上遅くなってもだいじょうぶなの？」

娘が驚きの声を放つ。

「いいんだ。おばさんが今夜は泊まっていけって。ね？」

背徳の愉悦に呑まれていく牧江の顔を、英二が覗き込む。カウンターの下では牧江の右手を取り、再び勃起を握らせた。

（わたしの愛液が滴ってる）

鋼のように引き締まった肉棒は、温かな甘蜜でべっとりと濡れていた。自身の内に入っていた剛直を、牧江は撫で回した。

「ええ、そうなの。もう遅いから英二くんにはこのまま泊まっていってもらおうと思って」

「そうなんだ。そうだよね。夜も遅いし、それがいいよね」

亜沙美がうなずく。

（ごめんなさい。ママ、あなたを裏切ってる……ああ、このエラの張り方、こんなの女だったら誰だって……）

硬い感触を確かめる手の動きは、扱き立てる手つきへと変化した。指をきつく握り込んでクイクイと擦った。英二の口元が開く。吸いつくような目つきで牧江の瞳を見つめ、腸内を突き回す指遣いをより大胆にした。

（ああ、英二くんの指がお尻の穴のなかで円を描いている。虐められているのに……イッちゃいそう）

家族の前で少年の勃起を扱き、同時に肛穴を責められる不道徳感、緊張感が劣情を盛り立てる。腋の下や背中に昂揚の汗がどっと滲んだ。

「じゃあ先にお風呂、入らせてもらおうかな。ねえ、そういえばここのバスタブって色んなスイッチが付いていたけど」

「この前、教えたのに。うちはジェットバスなんだよ。英二くん、使ってみなかったの」

「うん。なんか怖くて」

「怖くなんかないよう。気持ちいいよう。泡が肌をマッサージしてくれる感じで」

「へえ。そうなんだ」

英二は娘と会話をしながら、肛虐の指嬲りを止めようとはしない。牧江は我慢できずに豊腰をゆらめかして、少年の指を絞り込んだ。

（ああ、たまらない）

括約筋を締めれば、ペニスを呑んだ時と似た焦れったい心地が、もたらされる。身の崩れるような至福が、女体の底から湧き上がった。

(自分から締め付けて愉しむなんて、浅ましい真似をしてはいけないのに)

だが自制がきかない。肉づきのよい太ももをブルブルと震わせて、牧江は英二の指を繰り返し食い締めた。

「しょうがないなあ。お風呂場へ行って、もう一回説明するね」

「亜沙美が一緒に入って、使い方教えてよ」

「え?」

娘が戸惑った声を上げる。肛悦にぽうっと酔い痴れていた牧江も、ハッとした。

(一緒に? 英二くんどういうつもりなの)

「水着なら問題ないでしょ」

「え、で、でも……じゃあ、マ、ママがいいって言ったら」

娘は躊躇いがちに答えると、牧江の方を窺うように見た。

「どうかなおばさん? いいよね。水着を着ていれば学校のプールと一緒だし、ちょうど僕もスポーツジム用の水着を持っているから。そうだ。おばさんも一緒に入ろうよ。三人で楽しくさ」

英二が牧江の側に身体の向きを変えた。同時に新たな指が、女の股の間に差し込まれる。

(あぁっ)

指が挿入されたのは、発情の蜜を滴らせる膣口だった。英二が両穴を掻き回してくる。膣肉は歓喜の蠕動を起こし、尻穴は灼けるように熱くなる。牧江は左手でエプロンの端を強く握り込み、右手は逞しい勃起を包み込んでぎゅっと締め上げた。

(ああ、英二くんの指がなかで擦れ合ってる。なにも考えられないッ……イクわ)

爛れるような歓喜が、背筋を駆け上がる。

「そ、そうね。水着なら……良いと思うわ」

了承の台詞を吐いた次の瞬間、退廃感に満ちた二穴アクメの恍惚が迸った。ドロドロとした波に、意識はさらわれる。

「んっ……んう」

牧江は俯いて、淫らな絶頂顔を隠した。唇を噛んで嬌声を押し殺す。痙攣する肢体は、咥え込んだ二本の指をきりきりと絞り込んだ。

(うう、だめになっちゃう)

牧江はボリュームのあるヒップを、ヒクヒクと引き攣らせた。英二の勃起を摑んだ右手が、ゆれる上体を支える。

「じゃあ、亜沙美、着替えてきなよ」

英二に促されて、娘が小声でうんと返事をした。テーブルの席から立ち上がって、ダイニングルームから出て行く気配がした。

牧江のエクスタシーの痙攣が収まるのを待って、英二が媚肉と肛門から指を抜き取った。牧江もペニスから指を放した。溜息が漏れた。

「自分一人で愉しんじゃって……悪いママだね」

英二が牧江の身体に手を伸ばす。エプロンの腰紐をほどき、取り去った。肩を摑んで、キッチンの床にひざまずかせた。

「食後のデザートを、あげようね」

女の涙目は、少年を見上げる。股間では逞しく反り返った肉刀が、透明な液を滴らせていた。

「よして、これ以上苦しめないで」

「娘の前でアクメするような母親には、こういう扱いの方が相応しいと思うけど」

英二が指を牧江の唇の内に突っ込んできた。顔をしかめながらも、牧江は自身の体液が付いた指を舐めしゃぶった。

「ザーメン液で汚れた身体を洗いもせず、何食わぬ顔で娘と食卓を囲んでいた癖に。今更嫌だって？　笑わせる」

指がきれいになると、英二は紅唇から抜き取った。牧江は汚れた唾液をゴクッと呑み込んだ。英二が牧江の髪を掴んで引っ張った。まとめ髪は崩され、少年の股間に美貌は押し付けられた。

「こっちもきれいにしてよ」

英二が命令する。観念するしかなかった。女は口を開け、ピンク色の舌を伸ばして肉棹を舐め上げた。垂れるカウパー氏腺液を、這わせた舌でやわらかに拭い取る。

「牧江はそろそろ認めなよ。こういうプレイに燃える質だって」

奉仕する女を見下ろして、英二が勝ち誇ったように嗤った。

「こ、声を抑えて下さい。ちゃんと致しますから。あの子に聞こえてしまったら……ね、英二くん」

仁王立ちする英二の腰に、牧江は腕を巻き付かせた。恭順を態度で表し、猛ったペニスの先端に紅唇を被せていった。

「ああっ、いいな……。牧江の口はとろけるようだ。よく考えて行動した方が良いよ。牧江はこの先も娘と笑顔で暮らしていきたいんだろ」

英二は摑んだ髪を前後にゆすって、牧江に口腔性交を強制した。

「んぐ……んむ」

牧江は顎を弛緩させ、歯が当たらぬように心がける。唇を絞り込んで、棹腹を扱いた。分泌されたトロトロの粘液が、口のなかにこぼれる。

「おいしいだろ。さっきだって牧江は会話しながら、頭のなかでコレのことばかり考えてたのわかってるよ」

英二は勃起の先端を、牧江の喉にゴリゴリと圧し付けてくる。牧江は口奥で苦しげに唸った。プライドを傷つける台詞と容赦のない口腔抽送が、年上の女を昂らせた。英二に気づかれぬよう、丸いヒップをゆすって足の踵で火照った蜜肉を刺激した。

「んッ」

英二が突然髪を後ろに引っ張り、剛棒を吐き出させた。

「牧江がフェラすると、デカおっぱいがたぷたぷゆれるんだよね」

英二は牧江の半袖ニットに手を伸ばす。裾を摑んで引き上げた。

「あっ」

ニットは肩の位置まで捲り返され、ノーブラの乳房が外にこぼれでた。牧江は胸を押さえた。

「恥ずかしがってないで、そのおっきな胸で挟んでよ。パイズリ、いい年なんだから牧江にだってわかるでしょ」

硬いペニスが女の頬をビンタした。牧江は恥辱を呑み込み、身を寄せていった。

(高校生相手に、ここまで堕ちて……)

牧江は腰を浮かせて、肉棹の高さに胸元を持って行く。唾液で濡れ光った勃起を、双乳の谷間に挟み込んだ。両手で左右から寄せ上げる。大ぶりな乳房は、雄渾な肉刀を余裕でくるみ込んだ。

「ふかふかだ。このデカおっぱいはチ×ポを挟むためにあるって感じだよね」

英二の揶揄が牧江の胸を締め付けた。牧江は目を伏せた。すかさず英二が、細顎を指先で持ち上げる。

「下を向いちゃだめだよ。こっちを見ながらやりな。見つめ合った方がムードがでるだろ」

目線を合わせて牝奉仕する方が、より女のプライドを損なわせる。それがわかっていての指示だった。

「あ、あなたはどこまで卑劣漢なの」

牧江は少年の顔を仰ぎ見ながら、身を縦にゆすって、猛った肉棒を胸丘で擦り立てた。牧江の唾液と、少年のこぼす興奮汁が潤滑液となる。ズリュッズリュッと剛直はすべった。

「わかってないな。卑劣漢っていうのは……そうだな、牧江は自分が妊娠するのと、亜沙美が妊娠するの、どっちがいい？」

牧江の身体はピタッと止まった。凍り付く牧江を見て英二が笑い、双乳に手を伸ばした。

「安心しなよ。約束は守ってる。亜沙美はまだ清い身体のままだから。乳首をこんなに勃起させちゃって。牧江、ここも弄くりなよ」

ピンピンと乳頭を指先で弾いた。牧江は仕方なく、赤い先端を己の指で摘んだ。双乳を中央に向かって圧迫しながら、二つの乳頭を同時に揉みほぐした。

「あ、ああンッ、亜沙美には手を出さないで。あの子はわたしの大事な……んッ」

牧江は長い黒髪をゆらし、紅唇から喘ぎを放った。己の指であっても、敏感な性感帯を捏ね回せば官能は盛り上がる。加えて胸の谷間で生々しく息づくペニスが、淫らな気持ちを加速させた。

「亜沙美にこの光景を見せてあげたいな。淫乱ママの本性を目にしたら、なんて言うだろうね？」

女が内に秘めるマゾ性の昂りを、英二はわかっていた。巧みな言葉嬲りで被虐を煽ってくる。牧江は呼気を乱し、瞳を潤ませた。

「ここまでしているのよ。英二くん、お願いよう、亜沙美にだけは……ああんッ」

牧江の身をゆする動きは大きくなる。左右の乳房を擦り合わせるように揉み立て、乳首は捏ねくるような指遣いで卑猥に愛撫してみせる。肉丘にぴっちり包み込まれた勃起は、トロトロと透明汁を吐き出した。牡の匂いが立ち昇る。亀頭が胸の間から衝き上がった瞬間、牧江は首を倒して唇から舌を伸ばした。チロリチロリと先端を舐め回した。

「ああ、そろそろでそうだ。フィニッシュは、やっぱりこのエロい唇で」

英二が喘ぎを放ち、腰を引いた。牧江の黒髪を摑んで、己の股間に押し付けると、脈打つ肉柱を無造作に唇に突き入れてきた。

「うっ、んふッ」

牧江は抵抗することなく、男性器を呑み込んだ。英二が牧江の頭を押さえつけて、腰を振り立てる。喉の詰まるイラマチオに、苦悶の呻きを放つ。相貌は紅潮し、耳の先まで朱色を帯びた。長い睫毛の下からは、涙がぼろぼろとこぼれた。

（苦しいのに……こんな惨めな扱いをされて、悔しいのに）

ニットもたくし上げられ、腰にはＴバック下着一枚しか身に付けていない。裸同然でひざまずき、高校生の少年に唇を犯されていた。

（つらくて悲しくても、わたしの身体は燃え上がってしまう）

股の付け根で花唇は潤み、Ｔバックの布地はじっとりと濡れた。未亡人は嗚咽をこぼして自ら頭を前後にゆすった。マゾヒスティックな興奮だけではない。口腔粘膜であっても、雄々しさを直接身体で感じたら、女は昂ってしまう。

「いいぞ牧江、ああ……牧江もオマ×コ弄くって愉しんでいいよ」

英二が告げる。年上の女が被虐の興奮に包まれていることを、調教主である少年は把握していた。牧江は左手を太ももの間に差し込んだ。Ｔバック下着の股布を横にずらして、熱く滾った女の亀裂を指先で弄くった。

「ん、んむッ……あむ」

辛抱が出来なかった。牧江は指遣いに合わせて、情感を滲ませた喉声を放つ。右手は跳ねゆれる乳房を摑んで、荒々しく揉み立てた。凝った乳首も痛い位に弾き上げる。英二の肉柱が口内で膨張を増した。精液の溢れる前兆を感じて、牧江の全身が熱くなる。

「ああ、でる……牧江、そのきれいな牝顔にぶっ掛けてあげる」

英二はいきなり紅唇から抜き取った。

「あんッ」

牧江は美貌を前に伸ばして、ペニスを追い掛けた。

「そのまま顔をこっち向けて。ああッ、イクッ」

肉茎は女の鼻先で大きく跳ねた。白い飛沫が飛び出すのを牧江は見た。熱い粘液が面貌に降り掛かる。

「ああンッ、熱いッ」

牧江は上ずった声をこぼした。右手を伸ばした。戦慄く肉棹を摑む。

「そのまま扱いて、牧江ッ、ああッ」

英二が唸りをこぼす。牧江は言われるままに勃起の根元に指を絡め、シコシコと擦った。

(お顔に、ミルクを浴びるなんて)

初めての経験だった。牧江は唇を開いたまま、顎を持ちあげ、自らの容貌を陰茎に向かって差し出した。射精の勢いは凄まじい。熱い粘液は口のなかにも飛び込み、鼻腔を塞いだ。呼吸さえ困難になる放出量に、牧江の身体が震えた。

「牧江の大好きなザーメン、たっぷりぶっかけてあげるね」

英二が牧江の手に自分の手を重ねてきた。狙いを付けて、まんべんなく美貌を汚してくる。

（ああ、的にされてる。イッちゃう）

欲望の玩具とされることに、未亡人はうっとりとした。噴き出した精液からは、むせ返る栗の花の芳香が広がり、女体は退廃と倒錯の心地へと誘われた。

もっと浴びせ掛けて欲しいというように、肉棹を握った右手は英二の手と一緒になって激しく扱き立てた。左手は己の股間を弄くる。指で鉤を作って滾った女壺に深く嵌め込んだ。

「あっ、イクッ……あんッ」

女の艶めいた絶頂の声がキッチンに響いた。肢体は引き攣り、剝き出しの豊乳が波打つ。

「牧江の牝顔、きれいだよ。ザーメン化粧が映えるね」

英二の声が聞こえた。エクスタシーに浸りながら、牧江は上目遣いで見上げた。鼻や頰にへばりついた樹液が、顎に向かって垂れていく。

（写真……ドロドロの顔を、撮られてる）

英二は携帯電話を手にしていた。粘度の高い白濁液で、額や鼻梁、頰、黒髪、牧江の美貌は余さず精液で汚された。その顔に英二はレンズを向けて撮影をしていた。

「牧江には、太いチ×ポとザーメンがよく似合うよ」

精液の滴る勃起が、牧江の顔に押しつけられた。鈴口がごりごりと擦り付けられ、白い樹液がペニスの棹腹で引き伸ばされた。

(ビクンビクンしてる。英二くんの匂いでいっぱい)

牧江は美貌を突き出したまま、英二の好きにさせる。温かなぬかるみの底に沈んだ心地だった。美貌を伝ったザーメンシャワーの滴は、乳房の谷間に糸を引いてポタポタと垂れた。

(英二くんのミルクを顔に掛けられて、達するなんて)

息をする度に、新鮮な牡の臭気が鼻腔を埋め尽くす。未亡人のふっくらとした唇から陶酔の吐息が漏れ、自然と舌が伸びた。

「ん……あふん」

肉棹に紅唇を這わせた。空気にふれて、匂いのきつくなった精液を舐め取る。完全には放精が終わっていない。舌がふれるとペニスは過敏に震えた。

(ああ、この濃密な匂いと味……一度覚えたら、忘れられる訳がない)

青臭い香を嗅ぎながら、こってりとした精液を呑み下す。子宮がジンとした。

（英二くんは量がとても多いから、なかに注いでもらった時、気持ちよかった）

中出しセックスの恍惚を思い出しながら、未亡人は鼻を鳴らしてしゃぶりついた逞しい肉棒に奉仕できる悦びが、身体から滲み出る。テラテラに光った唇で愛おしそうに亀頭を舐め回すと、上からカシャッと音が鳴った。

「いいね。しゃぶり牝に相応しい一枚がとれたよ」

精液にまみれた顔で口唇奉仕に耽る年上の女を、英二は笑みを湛えて眺めていた。

「吸い出して」

英二は牧江の頭を固く押さえつけ、その口奥に向かって肉柱を深く埋没させた。息んで尿道に残った精子を、牧江の口のなかに絞り出した。

「んむ……んぐッ」

作法は一度教え込まれている。英二の吐き出すすべてを、牧江は嚥下しなければならなかった。肉棹の根元を唇で扱き、吸い出す。粘ついた精液は、喉に引っ掛かって呑みづらい。それでも牧江は夢中になって啜り呑んだ。

「ああ、牧江、上手になったね」

射精の恍惚が完全に抜けていない英二は、くすぐったそうに腰を震わせる。やさしく女の頭を撫でる仕種に、牧江の胸が甘く疼いた。

(悦んでくれている)

「あんっ、んむ」

喘ぎ声に情感を込めて、牧江は丁寧に舐め奉仕をした。乳房から落ちた滴が、股間に差し入れた左手にまで垂れ流れてきた。下腹を伝うザーメン液を指でそっとすくい取り、股の付け根に手を戻した。クリトリスに塗りつける。

(痺れる……たまらないわ)

破廉恥な行為が、女の理性を淫らに灼く。牧江は英二の精をローション液代わりにして、肉芽を擦った。ヌメった触感と倒錯の悦びが、女芯に響いた。

(わたしのアソコが英二くんを欲しがってる。受胎期だから……ああ、熱いミルクを、たっぷり子宮に流し込んで欲しい)

若い子種を、三十六歳の肉体が求めていた。牧江は鼻梁から切なく息を漏らした。濡れ光った赤い唇は一滴でも逃すまいと、ジュルルッと音を立てて吸い立てた。

(ああ、またイッちゃいそう……)

牧江はザーメン液で滴る指を、膣口に突っ込んだ。熟れた肢体は丸みのある腰つきを、ビクッビクッと痙攣させる。括れたウエストをうねらせながら、未亡人は英二の逞しい男性器をしゃぶり続けた。

3　こんなママを見ないで

寝室で水着に着替えた牧江は、浴室のドアを開けた。すりガラスの向こうからは、若い男女の楽しげな声が聞こえた。英二と亜沙美は先にバスルームに入っていた。

(こんな扇情的なウェア……三十六歳の女が着るような水着じゃないわ。お尻は、Tバックになっているし)

牧江は脱衣室の鏡に映る己の水着姿を眺めて、美貌を曇らせた。身に付けたのは、英二が手渡してきたビキニ水着だった。生地の表面はギラギラとした光沢シルバーにかがやき、ビキニブラは乳房の先端部をかろうじて隠すだけの面積しかない。ビキニショーツは股間に食い込むデザインで、サイドは紐になっていた。

(おまけにブラにもパンツにも、裏地が付いていていない)

胸の先端では、乳首の形の突起が作られていた。股の付け根には女性器のこんもりとした丘が、生々しく浮かび上がっている。

(英二くんは、なぜこんな水着を持っているの。水着で一緒に入浴することを見越して、あらかじめ用意していたということ?)

三人での入浴も、英二の企み通りだとしたら、この先良くない出来事が待っているに違いなかった。

憂鬱を相貌に滲ませて、牧江はすりガラスの戸を開けた。英二と亜沙美はジェットバスに浸かりながら、ビーチボールを投げ合っていた。洗い場にはイカダ型のビニールボートも敷いてあった。湯煙のなかに、夏の海の雰囲気が作られていた。

「ママ、すごい。おっぱいがこぼれ落ちそう」

母の登場で遊びの手が、止まる。ボールを手に持ったまま、亜沙美が感嘆の声を漏らした。

(亜沙美……違うのよ。こんな大胆なビキニを、わたしが好きこのんで着た訳じゃないの)

娘の視線が痛かった。艶やかに成熟した肢体を包むのは、年齢に不相応なセクシー過ぎる水着だった。母親らしからぬ姿を晒す己を、牧江は恥じる。

「フェロモンむんむんだね」

英二が湯船から振り返って告げた。バスタブの縁に手を伸ばして何かを掴む。

(また携帯電話だわ。お風呂場にまで持ち込んで……)

「回って見せてよ」

携帯電話のレンズを牧江に向けて、英二が要求する。

（娘が見ているのに）

だが年下の少年に牧江は逆らえない。その場で、くるりと一回転してみせた。シャッター音が連続で鳴る。

「わあっ、ママ、Tバックなのッ」

娘の驚きの声が、牧江の羞恥を煽った。居た堪らなかった。

「あ、あの……わたしはお風呂に入るの、後でいいわ。二人で――」

牧江は恥ずかしさに耐えられず踵を返そうとするが、英二の睨め付く眼差しに気づいて我に返った。

（英二くんと亜沙美を、こんな場所で二人きりにしてはいけない）

「いいから、一緒に入ろうよ。気持ちいいよジャグジーは」

英二が浴槽から手を伸ばして、牧江の手首を摑んだ。

「ま、待って、わたしはまだ身体を洗ってないわ」

「今日は海にいるんだと思って。海に入る前に、わざわざ身体を洗ったりしないでしょ」

英二が強引に引っ張る。牧江は足からザブンと湯船のなかに飛び込んだ。

「ママ、お湯が飛んだよう」

「ご、ごめんなさい」

牧江は謝り、娘を見た。

(亜沙美も、ビキニだわ)

娘の着ている蛍光ピンクのビキニトップも、生地が極端に小さかった。乳房をブラで覆いきれず、双乳の下側の丸みが大きくはみ出ていた。

(きっとこれも英二くんが……)

牧江は憂いの目で亜沙美を見た。うぶな娘が選んで買ったにしては、冒険的過ぎた。

「ママ、そんなビキニを持ってたんだ。胸の谷間がくっきりだよ」

牧江がなにか言う前に、亜沙美の方が水着の感想を口にする。大ぶりの膨らみが露わになった牧江の胸元を、チラチラと眺める。

「え、ええ、ずいぶん昔に買って……一度も着る機会がなくて納っておいたのよ」

英二にもらったとは言えない。牧江は嘘をつくしかなかった。

「僕はその水着、牧江さんによく似合ってると思うよ」

英二が微笑んで告げた。いつものようにおばさんでなく、牧江と名前で呼んでくる。

「あ、ありがとう英二くん」

小声で礼を言った時だった。湯のなかで伸びてきた誰かの手が、牧江の太ももにさわってきた。牧江は右隣の亜沙美を見、次いで正面の英二を見た。ジャグジーの噴き出る泡で、どちらの手か確認は出来ない。

（だ、誰が）

足にふれた手は内ももへススッとすべり込んで、そのまま脚の付け根へと這い進んだ。

（亜沙美じゃない。こんな際どい位置まで指を這わせてくるのは、英二くんしか）

それ以上の侵入を食い止めようと、牧江は両手で英二の手首をぎゅっと摑んだ。

「あ、あの、英二くん――」

「ジャグジーって泡に包まれて気持ちいいね。身体の力が抜けていくよ」

英二は牧江の声に被せて喋り、台詞を遮った。押さえつける牧江の力を跳ね返して、指が股間まで辿り着いた。ビキニの上からすっすっと敏感な箇所を撫でる。

（あっ、だ、だめ……）

キッチンでの官能の余韻が、肉ヒダにはたっぷり残っている。弱くくすぐられただけでも女の腰は甘く痺れて、両腕から力が抜けた。

「こんな広いバスルームは初めてだよ。うちよりゆったりしてるもの。イカダのビニールボートも用意したから。夏の気分がでるでしょ」

指はさらに差し込まれた。股布を横にずらすと粘膜に直接指先がふれた。クリトリスを捏ねてくる。牧江の美貌は歪み、柔肌は一気に上気した。

「わたしは英二くんを止めたんだよ。やり過ぎだってママに怒られるかと思ったし」

「平気だって言ったろ。牧江さんだってそんな派手な水着でノリノリなんだもの。大人だって遊びたいし、海にも行きたいんだよ。ねえ牧江さん、夏にはみんなで海へ出かけませんか？」

「え、ええ……」

股間をクニクニと弄くられながらも、牧江はなんとか相づちを打った。

（ああ、英二くんよして。亜沙美が横にいるのに）

英二の指愛撫はエスカレートする。クリトリスから離れた指は、陰唇を掻き分けて蜜穴に潜り込んできた。緊張感が、感覚を鋭敏にさせる。浅い挿入を受けただけで、とろける愉悦が豊腰を包み込んだ。

（このままでは……また弄ばれるだけ）

なんとかしなければと思うが、色で鈍った頭には英二のイタズラを避ける妙案を考えつく余裕もない。指が膣口で蠢く。牧江は「ひっ」と喉で呻いた。

「ママ？」

怪訝そうに問い掛ける娘の声が聞こえた。牧江の頬が赤らむ。押し黙って目を伏せた。今度は湯のなかで右手が摑まれた。前へと引っ張られる。辿り着いた先には、そそり立つ硬い感触があった。

(英二くん、水着を下ろしてる)

気泡で湯面の下が見えないことを利用して、英二は勃起を露出させていた。

(娘がいるのに、握らせるつもりなの？　そんな恐ろしい真似させないで。わたしには無理よ)

牧江は猛った硬直を指で弾き返して、拒否を伝えた。許して欲しいと、英二に哀願の目を向けた。

「そうだ、夕食のデザートの味、牧江さんどうでした」

「え、デザートなんてあったの？」

「あったよ。ねえ、牧江さん」

英二が含みの感じられる視線を投げ掛けて、牧江に確認を取る。牧江の表情は凍った。

(今し方、キッチンでフェラチオをしたなんて暴露されたら……ああ、逆らえない)

娘に真相をバラされたらという脅えは、牧江の意思をくじく。牧江は湯のなかで、ペニスをやわらかに握り込んだ。指をすべらせて、扱き立てる。英二は満足そうに微笑み、娘へと視線を転じた。

「亜沙美は、お腹いっぱいで要らないって言ったじゃない」

「そ、そうだっけ。わたしぼうっとしちゃってて」

「勉強のし過ぎだよ。またビーチボールで遊ぶ?」

「ラリーが何回続くか、もう一回やって、みよう……か、ん」

亜沙美の台詞は途中で弱々しくなった。不審なものを感じ、牧江が右隣を見ようとした時、いきなり英二の指が女壺にヌプリと差し込まれた。

「んあッ」

牧江は喘いだ。指は中程まですべり込む。肢体は快感に打ち震え、愛液を含んだ膣穴は、呑み込んだ指をうれしげに締め付けた。

「牧江さんもやろうよ」

「あ……いいえ。わ、わたしは結構よ」

意識が霞む。牧江は英二の分身を擦った。幾分やわらかさを残していた男性器は、摩擦の刺激を受けて、手のなかで雄々しく膨らんでいく。

(ついさっき射精をしたのに、もうこんなに硬くしてくれる)

娘が隣にいる状況だというのに、女の本能は悦びを感じてしまう。粘っこく指をすべらせた。英二の指も、媚肉を遠慮無く掻き回してくる。ジャグジーのなかで年の離れた男女は、互いの性器をねっとりと弄り合った。

「あ、あんッ」

亜沙美の色っぽい哭き声が聞こえた。牧江は流し目で確認する。娘の俯いた顔は真っ赤だった。口元を噛み締め、漏れ出る声を我慢していた。

(まさか英二くん、わたしと同じように、亜沙美にまでちょっかいを？)

母と娘の身体を同時にイタズラするような非道も、今の英二ならやりかねなかった。

(止めなければ、あっ、手が……)

英二の勃起を握る牧江の手に、別の指がさわってきた。と同時に娘が「えっ」と小声を発するのを牧江は聞いた。反射的に牧江は肉柱から指を放して、手を引き戻した。

(やわらかい指……亜沙美が、英二くんのモノを摑もうとしていたの)

恐々と娘の顔を見る。亜沙美もハッとした表情で牧江の方を見ていた。母と娘は、どちらも言葉を発しない。無言の時間は、永遠に感じられた。

「ねえ、誰か背中を流してくれるかな」

英二が湯船から立ち上がった。牧江の股間を愛撫していた英二の指は、いつの間にか抜き取られていた。水着姿の裸身は洗い場へと移動する。

（どうあろうと、わたしが娘を守るのよ。母親ですもの）

「わ、わたしが……英二くんは、亜沙美の勉強を見てくれたのでしょう。お礼にわたしが英二くんの身体を洗いますわ」

牧江は捲れたビキニショーツを湯のなかで素早く直し、英二の後を追い掛けて湯船から出た。英二は洗い場に敷かれたビニールボートの上に、腰を降ろした。牧江はその背後に膝をついた。

「先にマッサージがいいな。僕も首の辺りが凝っちゃってさ」

英二から手渡されたのはボディーソープではなく、マッサージオイルの小瓶だった。断る理由はない。牧江は手にオイルを取り、英二の肌になすりつけて肩や背中、首筋を撫で回した。

（がっちりしている。高校生だけど……男性なんだわ）

肩幅の広さ、筋肉質の背中に、牧江のなかの女がジンと反応する。牧江はむっちりとした太ももを擦り合わせて、蜜肉の火照りを誤魔化した。

（そんな場合ではないのに……すっかり色に溺れてしまっている）

性奴隷扱いされ、半日間、英二から凌辱を受け続けた。常識も理性も、性愛の泥濘のなかでとかされ、肉体は疼きっぱなしだった。

「亜沙美もおいでよ。僕が亜沙美をマッサージしてあげるよ」

英二が湯船に浸かったままの亜沙美を呼んだ。

「え……う、うん」

亜沙美は困ったような目で母の顔を見る。

（わたしと英二くんの間に、なにかあると勘づいたに違いない。さすがにこの状況では……）

破廉恥なビキニ姿になり、年頃の少年と一緒に入浴する時点でおかしい。その上、湯のなかでは男性器をこっそり握り締めていた。ただならぬものを感じ取るのが普通だった。

「ほら遠慮せずに」

英二が強い口調で、なおも促す。躊躇っている風の亜沙美だったが、何度も請われると湯船から立ち上がった。英二の前へと歩いていく。

（あッ、亜沙美もTバックなの）

蛍光ピンクのビキニショーツは、牧江と同じ紐状のバックラインになっていた。桃のようなヒップが剝き出しだった。

（やっぱり英二くんは、娘にも手を出したんだわ）

牧江の胸に芽生えていた疑念は、確信に変わる。娘の身に付ける扇情的なビキニ水着も、英二が選んだものに違いなかった。

（二人きりにさせるのではなかった。勉強の時間に娘にもいやらしいことを……悪だくみの得意な英二くんに、純真なあの子が敵う訳がない）

「今日亜沙美は、いっぱい勉強したものね。肩が凝ったでしょ」

牧江は首を伸ばして、前の様子を窺った。英二がオイルを付けた手で、亜沙美の首や肩を揉みほぐしていた。オイルの皮膜が作られ、十代のきめ細かな肌はキラキラと光っていく。

「牧江さん、手が止まってるけど、身体の下の方もお願いできるかな」

「あ、は、はい」

英二に請われ、牧江は慌てて手を下にすべらせた。

「もう少し前だよ」

（前って……まさか）

牧江はおずおずと脇腹に手をやった。

「もうちょっと前だよ。僕も勉強に打ち込んで、身体が凝ってるんだ。手でやさしく揉みほぐしてくれるかな」

脇をさわっていた牧江の手を、英二が摑んだ。股間にぐいっと押し付ける。

(やっぱり……娘がいるのに、わたしに淫らな真似を)

英二の水着は引き下げられていた。牧江の指にふれたのは猛ったペニスだった。指を肉棹に絡めたまま、牧江は逡巡する。

「あんッ……英二くん」

娘の嬌声が前から聞こえた。牧江は再度前を覗き込む。英二の手も、娘の身体の脇から前へと回されていた。英二の腕が動くと、娘は盛んに身じろぎする。

(どこをさわっているの)

「英二くんやだ……ねえ、やめて、ママに気づかれちゃうよう」

娘はか細い声で、英二に訴えていた。

「英二くん、お願い。娘を傷つけないで」

牧江はたまらず、英二の耳元に口を近づけて懇願した。

「手元がおろそかになってるよ。それが人にものを頼む態度かな?」

英二が冷たく告げる。牧江は切なく溜息をつき、右手をすべらせた。少年の残酷さはわかっている。機嫌を損ねない為には、従う他なかった。根元から先端にかけてヌルリヌルリと屹立を扱いた。

「まずはオイルをもっと足しなよ。手抜きをしといて、僕に願い事はないんじゃない。牧江はもっと上手にマッサージ出来るはずだよね」

英二は既に〝牧江〟と呼び捨てにしていた。牧江はすぐにオイルの小瓶を手に取った。勃起の上で傾け、たっぷりと先端に垂らし落とした。手の平で包み込んで、垂れたオイルを引き伸ばす。英二は心地よさそうに息を吐いた。

「ああ、その調子。オイルが良い具合だね」

牧江はシコシコと擦りつつ、左手は英二の穿いている水着をさらに引き下ろして、陰嚢まで露出させた。股の下に潜らせて、やわらかに精巣を揉みほぐした。同時に英二の身体に口愛撫を行う。背中や首の裏からキスを始め、首筋を舐め、耳の縁や耳たぶを甘噛みした。

「英二くん。わたし、ちゃんとしますから。だから娘は……約束してくれたじゃない。ね？」

慈悲を請うように囁きながら、亀頭の裏筋を指先でソフトになぞり上げた。耳の横や顎下に、繰り返しキスをする。英二は胸を波打たせて、勃起をギンと充血させた。

「最初からそうやればいいのに」

英二が後ろを振り返った。

「口を吸ってあげる」

「ま、待って。娘が――」

途中まで言いかけ、牧江はそこで諦めた。英二の口元に紅唇を差し出した。男女の唇が重なり合う。口を開け、舌を預けた。英二が唾液を絡めて、牧江の舌を吸い立てた。

（亜沙美の前で堂々とキスまで……）

「あっ、だめ、そんな場所、弄らないで、英二くんッ」

口づけに耽る牧江の耳に、娘の発する哀切な声が響く。

（亜沙美、なんとか助けてあげるから。今は我慢して）

英二が唾液を流し込んでくる。牧江はそれを嚥下しながら、己の乳房を英二の背中にぎゅっと押し付けた。双乳を左右にゆすって背肌をマッサージした。

（ああ、感じてしまう）

オイルでヌルヌルと擦れると、愉悦が走る。豊乳は熱く火照り、乳頭は尖った。牧江は左手を引き戻して、ビキニブラをずらし上げた。新たなオイルを英二の背中と自分の胸に塗りつけて、ヌメった触感を上昇させる。

(乳首が硬く勃っていること、英二くんも感じてくれている筈)

娘を救おうと、牧江は自ら恥辱の媚態を晒す。重なり合った口元では、英二の口に舌を進んでまさぐり入れて、絡ませた。むちっとした太ももで英二の腰を挟みつけ、下腹と股間を擦り付けた。少年の引き締まった胸に左手をあてがって、撫で回した。指先で乳首をそっと擦って刺激する。

(こんなはしたない真似さえ、出来てしまうなんて)

英二の背中側で牧江は鼻梁から悩ましく息を抜き、前では亜沙美が恥ずかしそうに哭き声を上げる。

(母と娘が、一人の男の子に支配されて嬲り者になっている)

胸が悲しく締め付けられた。唾液の糸を引かせて牧江は、紅唇を離した。

「英二くん、オモチャにするならわたしだけを……亜沙美の代わりに、なんでも致しますから」

双乳で英二の背中をくすぐりながら、牧江は懇願した。

「なんでもするんだ」

英二が白い歯を覗かせて、目を細めた。牧江はうなずく。右手の指で肉棹の根元をきつく擦りながら、左手の手の平で亀頭を揉み込んだ。

「わたしがお世話をしますから」

愛しげに男性自身を撫で回す。ビクンビクンと勃起が両手のなかで震えた。

英二がボートの脇に向かって手を伸ばす。下側から何かを取り出すと、前を振り返った。

「え、英二くん、なにするの。よしてッ」

浴室内に娘の悲鳴が響いた。牧江は身を乗り出して、娘を見た。亜沙美は両腕を後ろ手にされて、手錠を掛けられていた。

(あれは革の手錠)

牧江を何度も拘束した、見覚えのある革手錠だった。

「ちょっとそのまま待ってて亜沙美。むらむらしちゃったからさ、一回牧江に相手してもらってすっきりするよ」

振り返った英二が、牧江の肢体を摑んでビニールボートの上に押し倒した。牧江を見下ろしながら、穿いている水着を脱ぎ下ろす。

(娘の眼前で、犯される)

腰で隆々と反り返る勃起を見て、牧江は相貌を悲しく歪めた。英二が牧江のビキニショーツのサイド紐をほどく。生地はペロリとはだけ、下に落ちた。

「牧江のオマ×コで、また愉しませてもらうね」

英二が腰を沈めてくる。開いた股の間に、雄々しい肉塊が突き刺さろうとしていた。抗いたい衝動を懸命に我慢し、牧江は自ら脚を左右に開いていった。

4 孕まされて……

牧江は哀願の眼差しで、覆い被さってきた英二を見上げた。可能なら、娘の前で凌辱を受けたくはない。

「な、なにをしているの。やめて、英二くん、ママ……」

娘の上ずった声が聞こえた。英二はそれを無視してズブリと切っ先を押し込んでくる。陰唇を指で割り広げる必要もなかった。濡れた蜜肉は、やわらかに開いて高校生の勃起を呑み込んだ。埋まってくる肉塊の頑強さに、牧江は目眩がした。

「あっ……あぁッ、奥まできてる」

喉からこぼれる女の声が、しっとりと潤う。英二の腰が恥骨に当たって嵌入が止まった。

(わたしの身体、すっかり英二くんに犯されることに慣れてしまってる)

呆気ない挿入だった。牧江は両手を英二の首に回し、のし掛かってきた少年に抱きついた。書斎で尻穴の処女を散らされ、器具で長時間の責めを受けた後、キッチンでは精液まで顔に浴びせ掛けられた。年下の少年に仕え、性処理の道具とされることへの忌避感は薄れていく一方だった。

「英二くん、ママ……ねえ、いったいどういうことなの？」

亜沙美の震え声が響いた。恋人と実の母親が交わる場面を、信じられない思いで見つめているのだろう、娘の顔を見て確認するだけの勇気が牧江にはなかった。

「ごめんね亜沙美。実は僕、おばさんに誘われてさ」

英二が喋りながら腰を遣い、熟れた女体を貫く。空気の入ったボートの上で、抱き合った裸身がゆれた。

「あ、んッ、激しい」

牧江は背筋を引き攣らせ、黒髪を乱す。恥ずかしい姿を晒してはいけないと思っていても、反応が抑えられなかった。肉柱は悠々と最奥まで到達し、子宮を押し上げてくる。英二の男性器でなければ得られない充塞と快楽だった。

「牧江のオマ×コのとろけ具合、最高だね。チ×ポにヒダがうれしそうに絡んでくるよ」

英二が牧江の耳に口を近づけ、淫らな反応を嘲笑う。美貌は紅潮し、嗚咽を放った。

「意地悪言わないで、早く済ませて……あっ、いや、そんなにしないで」

英二が肩を摑み、グッグッと衝き上げてきた。牧江の喘ぎ声はさらに高くなる。

(娘が見ているのに)

粗野な抱き方がたまらなかった。女の内を埋め尽くす牡の猛々しさが、母であろうとする女の理性を侵す。

「え、英二くん、止めてッ、ママに乱暴しないで」

亜沙美が泣いていた。お腹を痛めて産んだ一人娘の泣き声は、牧江の胸を切り裂くように傷つける。

「でも亜沙美のママは、激しいのが好みなんだよ。高校生のザーメンを浴びるのが大好きでさ。未亡人だから、溜まっているのはしょうがないけど」

「う、嘘よ、嘘ばかり言わないで」

牧江が言い返すと、英二は浴槽の縁に置いてあった自身の携帯電話をつかみ取った。牧江に抽送を行いながら、ボタンを操作する。

『イクッ、お尻でイッちゃうッ』

流れ出たのは、牧江の発するあられもないよがり声だった。

『出すぞ、牧江。ケツで呑めッ』

『あ、英二くん、あううッ……お尻が灼けちゃうッ、ああ、あんッ』

生々しい性交の嬌声が続いた。

「いやっ、やめてッ、娘に変なものを聞かせないで」

牧江は呻き、自身の手を伸ばして英二の手から携帯電話を叩き落とした。

「ママ……英二くんと交際していたの？」

娘の声が一変していた。低く抑揚のない喋り方で、牧江に問い掛ける。慌てふためく行動が、娘の猜疑を招いたのだと気づいた時には遅かった。

「あ、亜沙美違うのよ。英二くんの出任せを信じないで」

牧江は娘に向かって告げた。だが亜沙美は表情を強張らせたまま、母の言を否定するように頭を左右に動かした。

「亜沙美だって子供じゃないんだ。もうわかっているよ。牧江がちっとも嫌がってないって」

開いた脚の付け根に、英二が腰を叩きつける。左右の太ももがゆれ動き、上向きになった豊乳も前後に波打った。牧江は懸命に口元を噛み縛って、甘い嗚咽を押し殺した。

「必死に我慢しちゃって。亜沙美に淫乱ママの本性を見せてあげなよ」

英二が亜沙美の腕を摑んで、身体を引き寄せた。ピンクのビキニを着た娘が、牧江の視界に現れる。後ろ手にされた少女は前屈みになって、犯される母の顔を見下ろした。

「ママ、嘘だよね。ママはわたしの彼氏に、色目を使うようなことしないよね」

「この前の嵐の夜に、ネグリジェ姿の亜沙美のママに誘惑されて、断り切れなかったんだ。やらせてあげるからって、僕を夫婦の寝室に連れ込んで……そうだよね牧江」

英二が母の顔がよく見えるように、額や頰にかかる髪を避けた。娘の悲しげな顔と、牧江は向き合わざるを得ない。

「亜沙美、ママがそんな人間じゃないってあなたはよく知っている筈……あうッ」

英二が子宮を圧するように深く突き入れ、抉り込んだ。痺れが走る。

（牝の声がでてしまう）

「ママ……」

娘は涙を浮かべて、母と恋人の交わりを見つめていた。己の言葉が説得力を失いつつあるのは、震える娘の表情でわかった。

亜沙美の処女を守る代わりに、身を投げ出したのだと言いたかった。だが英二の逞しい肉塊が、理性的な台詞を奪う。忙しない息遣いは、はしたない牝のよがり声に変わった。

「いやあ、ああンッ」

（亜沙美、ごめんなさい。英二くん、そんなに奥まで入れないでッ）

娘への謝罪、英二への懇願、愉悦と恥辱のなかで牧江の声は掻き消えた。

「若くて太いチ×ポ、好きだって言えよ牧江。そらっ、もっと哭けッ」

英二は嵩にかかって責め立てる。ビキニブラを剝ぎ取って、ゆたかな双乳を両手ですくい揉み、絞り込む。紅唇からは喜悦の声が漏れた。強い刺激が身体の芯に響く。

「亜沙美のママ、可愛い声で哭くだろ」

英二が薄笑いを浮かべていた。ドロドロとした感情が胸の内で渦巻く。

「ママは、英二くんのことが好きなの？」

「好きだよね。牧江は僕の虜なんでしょ」

「す、好きじゃないわ」

かろうじて牧江は言い返した。

「好きでもない相手に抱かれて、そんなだらしない顔になるんだ。亜沙美にだってよく見えるだろ。涎垂らして、アンアン言ってるママ」

英二が牧江の顎に手をあてがって横に傾けた。亜沙美の視線に晒す。居た堪らない感情が、女体を鮮烈に灼いた。

(こんなママを見ないで、亜沙美)

牧江の心の声が届いたのか、亜沙美はスッと顔を背けた。

「高校生のチ×ポによがり狂うママなんか、見ていられないってさ」

英二が相貌を近づけてきた。顎を摑んだまま、唇に口を重ねてくる。

(娘に見せつけて)

ヒリヒリと心が痛んだ。母と少年のキスシーンを亜沙美が見れば、よりショックを受けるに違いなかった。英二の舌が口のなかに潜り込んでくる。故意にヌチャヌチャと音を立ててディープキスを施し、さらには腰を振って女壺を衝き上げてきた。

「ん……んくむ……あぐ」

牧江は唸った。濃厚な口づけと雄々しい抽送で責められ、未亡人の身体は燃え盛る。

(亜沙美、英二くんに逆らえない愚かなママを許して)

母と娘の絆が、ズタズタに引き裂かれていた。娘の信頼を失ってしまう脅えのなかでも、官能は容赦なく女体に絡み付く。肉欲に堕ちていく自分を牧江は意識した。

絶頂の頂が見えた頃、英二が口を引いた。牧江は口中に溜まった唾液をゴクッと呑み下し、酸素を求めて息を荒げた。

「今夜の牧江のオマ×コ、抜群だよ。大事な大事な一人娘が間近で見てるのが、たまらないんだろ」

「酷い子……ああ、あなたは人でなしよ」

罵る牧江を英二は余裕の笑みで見つめ、やさしい仕種で汗の滲んだ頬を撫でる。

「人でなしの僕に牧江は夢中なんだよね。いつも僕にしがみついて、射精をせがんで……今夜は牧江を妊娠させるよ」

英二の腰遣いに熱がこもる。勃起も放出間際を教えるようにガチガチに充血していた。粘膜を穿たれる度に、とろけるような愉悦が迸る。女は仰け反り、細顎をさらけ出して泣き啜った。

「いや……孕ませないで。あ、あんッ」

「台詞を教えただろ。こういう場合、牧江がなんて言えばいいか」

英二が耳元で囁く。そして双眸を一瞬、横に座る亜沙美の肢体に注いだ。

一度女を孕ませてみたいと英二は語っていた。牧江が拒めば、英二は亜沙美を妊娠させにかかるだろう。

(娘を守るために……そのために英二くんの子をわたしが宿す)

どうする、と問い掛けるように英二が牧江の頬を撫で、指先で唇にふれた。

「え、英二くん、牧江を孕ませて下さい」

母は娘の前で浅ましい台詞を吐いた。全身の血が熱く巡る。地獄だった。

(亜沙美、ママを軽蔑しないで……)

英二がスパートを掛ける。悲嘆に暮れる心を裏切り、肉体は喜悦の世界へ舞い上がった。プライドを損なう恥辱や口惜しさ、娘への申し訳なさも、被虐の至福を彩る材料となった。

「亜沙美、今の聞いただろ。亜沙美のママはすぐに僕のザーメンが欲しい欲しいって言うんだ」

勝ち誇った英二の台詞に、牧江の相貌は強張り歪む。しくしくと娘が泣き声を漏らしているのが聞こえた。牧江の目元にも涙が浮かび、目尻に垂れた。

「これでわかったろ？　牧江は僕の女なんだよ」

英二が叩き込む。娘の目の前で凌辱を受け、種付けをされるマゾ悦の極致が、女を狂わせる。

「下さいッ。英二くん……熱いのたっぷり牧江に流し込んでッ」

理性を失って未亡人は叫んだ。被虐の絶頂が熟れた裸身を呑み込む。牧江は英二の背中に両手を回して、爪で背肌を掻きむしった。

「うああんッ、イクッ、わたし、イッちゃうッ……イクわッ」

圧倒的な快楽が未亡人を呑み込んだ。未亡人は絶叫する。

「牧江、ああッ、孕めッ」

英二が大きく打ち込んで吼えた。ひくつくペニスから、ドクッドクッと濃厚な樹液が迸る。

「あッ、ああッ、英二くんのミルク、当たってる。赤ちゃん出来ちゃうッ」

子を生すための女の本能が作用していた。排卵期に感じる放出感は甘美な痺れを引き起こす。牧江はブルブルと震える腕で、英二の裸身に抱きついた。痙攣が止まらなかった。

「まだでるぞ。ちゃんと妊娠しろよ牧江」

子宮に精を届かせようというように、英二は内奥にペニスを擦り付けてくる。牧江は細首をガクガクさせてうなずいた。

「孕みます。ちゃんと英二くんの赤ちゃん……お腹に宿しますから、ああッ、また、わたし――」

アクメの波が持続し、肢体を翻弄する。愛液で濡れた蜜肉に、精液が降り注ぐ度、膣洞はキュッキュッと収縮を起こした。陰茎は跳ねまわって肉ヒダを擦り、新たな精子を吐き出す。味わったことのない至福だった。

(こんなに気持ちいいなんて……天国にいるみたいに感じてしまう)

長い射精の時間は、女に生まれた幸福を三十六歳の肉体に刻み込んだ。

「ひどい顔だね。すっかり僕のザーメンの虜になっちゃって。何発も注がれちゃって、高校生に中出しされる気持ちよさを、このムチムチのボディは覚え込んじゃった」

英二が頬や首筋にキスをする。軽いキスでも、エクスタシーの波に包まれた肢体には、過剰な愛撫だった。

「え、英二くん、し、しないで」

牧江は身悶えして訴えた。乱れた呼吸は容易に戻らない。

「ふふ、僕のザーメン液を浴びる度、牧江は可愛くなっていくね。亜沙美も、ママの色っぽい顔を見てあげて」

娘が引っ張られて、牧江の目の前に顔を出す。涙に濡れた娘の顔は、牧江に救いのない現実を思い出させた。

(亜沙美……)

「二人とも黙り込んじゃって。互いの顔がわからないのかな」

英二が結合をといた。

「え？　英二くん、なにするの」

娘が声を上げた。牧江は目で英二を追い掛ける。英二が娘の肢体を抱えあげていた。

牧江の裸身の上に、腹這いの形でのせる。膝立ちになって亜沙美は牧江の腰を跨ぐが、
上体を支える腕は後ろ手に拘束されている。手錠をされた娘の身体を、下になった牧
江が抱きかかえる格好だった。

「ママ、ごめんなさい、重いでしょ」

「へ、平気よ、亜沙美」

牧江は娘を庇うように、ひしと抱きかかえる。母と娘は見つめ合った。牧江の瞳か
ら涙が溢れて止まらなかった。

「次は、亜沙美の番だよ。バージンを僕がもらってあげる」

母と娘の抱擁を見下ろしながら、英二が告げる。牧江は恐怖におののいた。

「約束が違うわッ」

「英二くん、本気なの。言ったでしょ。わたし今日は危ない日なんだよ」

母と娘の悲鳴が交錯した。

「亜沙美、危険日なの？」

牧江の問いに娘はコクンとうなずいた。

「だからいいんだよ。僕が亜沙美のこと本気だって、牧江にもわかってもらえるだろ。亜沙美のことが、孕ませたいほど好きなんだ」

英二が娘のヒップを撫で、Tバック水着を腰から引き剝がす。亜沙美が恥ずかしそうに呻いた。

「ああっ、いやッ」

「む、娘まで妊娠させようと言うの。よして下さい。英二くんが望むことは、わたしの身体で——」

「やさしい母性愛だね。だったら牧江に免じて、だす時は牧江のオマ×コを使ってあげようか」

（射精は、わたしに？）

「牧江、亜沙美のオマ×コ開いて。処女卒業を手伝ってくれたら、中出しは止めてあげるよ。このまま娘の腹のなかにたっぷり中出しされる方を選ぶか、射精だけは牧江が受け持つか、どっちがいい？」

英二が突き付けたのは、子を思う母の気持ちを踏みにじる交換条件だった。

（娘の破瓜を、母親に手伝わせるなんて）

「あなたは鬼よ……悪魔よ」

牧江は英二を睨みつけ、なじった。

「ふふ、鬼や悪魔の子を妊娠させたくなかったら、早く亜沙美のオマ×コを広げなよ。言う通りにしないと、亜沙美に種付けしちゃうよ」

英二が腰をゆすっていた。勃起を娘の秘部に擦り付けているのだと気づき、牧江は焦る。亜沙美も肢体を震わせた。

「あ、ああ……マ、ママッ」

(ああ、いったいどうしたらいいの)

考える時間はなかった。牧江は最悪を避ける選択をする。

「亜沙美、ごめんなさい」

両手を娘の腰に伸ばした。股の付け根に指を這わせ、娘の秘肉をクイッと割り開いた。亜沙美が嗚咽を放ち、ゆれる眼差しを牧江に注いだ。

「麗しい母子愛だね」

シャッター音が鳴る。英二が携帯電話を手にしていた。処女の秘肉が母の手で広げられた無惨な情景を、記録していた。

(英二くんは、どこまで残酷なの。ああ、わたしはまた愚かな道を選んだのかも知れ

ない)

「行くよ、亜沙美」

英二が携帯電話を捨てて、亜沙美の腰に手をあてがう。挿入の体勢だった。

「あ、あんッ」

切っ先が処女の花唇に突き刺さる。膣口に掛かるペニスの圧迫は、指を添えている牧江にも伝わってきた。回した腕には、娘の下半身がぎゅっと強張る様子が伝わってくる。

「亜沙美、平気?」

「ああ、ママ、入ってくるよう」

心細そうな声で亜沙美がこぼし、母を見つめる。

「つらいわよね。息を吐いて身体の力を抜くのよ」

苦しさが少しでも薄れるよう牧江はアドバイスする。そんなことしか出来ない自分が情けなく、腹立たしかった。

「あぁッ、なんでこんなことになっちゃうんだろう。英二くん、ひどいよ」

「亜沙美の純潔は、僕がいただくって言っただろ。好きだよ亜沙美。愛情が膨らみ過ぎて、亜沙美に関わるすべてを手に入れたくなるんだ」

「す、好きなら……こんな形で抱いたりしないで、んあっ」

娘の声が変化する。腰もビクンと引き攣った。

「入ったね。亜沙美はこれで僕のものだ」

英二は腰をさらに沈めてくる。亜沙美は眉間に皺を寄せ、切なげに吐息をついた。

「太いよう……亜沙美の身体、壊れちゃう」

英二の逞しさは牧江自身も経験し、よくわかっている。牧江は女性器に添えていた手を戻し、娘の頭を撫でた。

「亜沙美、頑張って……英二くん、もう気が済んだでしょ。もう終わりにしてあげて下さい」

「まだだよ。亜沙美の処女オマ×コに、僕のチ×ポの形をしっかり覚え込ませないと。そういえば牧江には報告が遅れたね。僕と亜沙美は、以前から交際していたんだよ。ほら、亜沙美もママにきちんと伝えて」

英二が腰を遣う。黒髪が抽送に合わせてゆれた。あどけない少女の顔は、痛苦に歪んでいた。

「ママ……わ、わたしは英二くんの女なの」

雄渾な出し入れの動きが、少女に告白を強要する。亜沙美は震え声で告げた。

「そう、僕たち愛し合ってるんだ」

英二が身体を倒して、亜沙美の耳元でなにかを囁いた。亜沙美はイヤイヤと首を振って抵抗を示すが、やがて牧江に向かって口を開いた。

「この水着も、英二くんがプレゼントしてくれたの。そ、それに……英二くんとはアナルセックスもしたの」

娘の言を聞き、牧江の表情が凍り付いた。

(亜沙美がアナルセックス。……わたしと同じようにされたの)

牧江は女性器も排泄の穴も、英二に蹂躙された。亜沙美も同様だと知り、牧江の胸に悲嘆がたちこめた。母と娘は、高校生の少年に穴という穴を征服されたことになる。

「いやッ、もう許して英二くんッ、ママの前で犯さないで。どんな顔して、ママの顔を見ればいいの」

肉親に抱かれながら強いられる倒錯の性交は、十代の少女には耐え難い筈だった。コケティッシュな美貌を涙で濡らして、亜沙美は訴える。

「そう言わずに、仲良くしなよ。二人だけの家族なのに」

「ああッ、そこ弄っちゃだめえッ」

娘の声が突然跳ね上がった。英二を振り返る。

「ふふ、亜沙美はこっちの穴が、大好きだものね」

娘は相貌をうなだれた。英二が腰を繰り込みながら、肛口も指で揉み込んでいるのだと牧江も気づいた。

(亜沙美、英二くんに後ろの穴を開発されたのね……)

英二が手を動かす度に、亜沙美の顎がクンと持ち上がった。眉尻が下がり、紅唇は薄く開いて戦慄く。汗が噴き出し、鼻腔から抜ける呼気は荒くなった。娘の清廉な顔立ちは、徐々に牝の風情を纏って崩れていく。

「だめ、だめだよう……英二くん、そっちまで責めないで。亜沙美、おかしくなっちゃう」

「おかしくなればいい。愛してるよ、亜沙美」

英二が亜沙美の黒髪を摑み、後ろを強引に向かせた。唇を被せ、少年と少女は口づけを交わす。

「ん、んむ」と呻きを漏らしつつ、娘も舌を遣ってキスに応じていた。娘の抱く英二への思いが透けて見え、牧江はそっと溜息をつく。

(ここまでされても……亜沙美の心は、英二くんに囚われているんだわ)

亜沙美にだけでなく、自分にも向けられる英二の〝好き〟という言葉を全否定するつもりはない。だが到底受け入れることの出来ない歪んだ愛情だった。

「亜沙美のなかに射精していいよね」

口を引いて、英二が亜沙美に囁きかける。娘は頭をゆらした。

「だめ、赤ちゃんできちゃうよう」

「亜沙美とこの先もずっと一緒なんだ。問題ないだろ」

英二は甘言を弄し、娘を説得に掛かっていた。同時に腰遣いを速めて、肉体を落としに掛かる。

「亜沙美、騙されてはだめよッ」

たまらず牧江は叫んだ。英二の微笑みが、牧江の顔に向けられる。

「嫉妬かな？　牧江は大人の女なんだから、もう少しゆったり構えて欲しいな」

「嫉妬なんか……あ、ああッ、しないで」

英二が娘の膣肉から抜き取り、牧江の媚肉に突っ込んできた。中出しの精液が残る膣道を、娘の破瓜の血を吸った剛直が擦り立てる。牧江は逃れられぬ快感に、身を打ち震わせた。十回ほど貫いて、英二の男性器は抜き取られた。

「ああ、英二くん、ま、待ってッ」

精液のたっぷり付着した肉茎が、娘の秘穴に戻っていく。それを理解して、牧江は叫んだ。だがその前に抱きかかえる娘の身体が、ぶるっと震えた。

「ママ、入っちゃった。亜沙美、赤ちゃんができちゃうよう」

「英二くん、すぐに抜いて。お願い」

牧江は涙を湛えて懇願する。だが英二は勃起を外すどころか、腰遣いを速めて亜沙美を追い立てた。

「あう、お尻の指、動かさないで……ああ、両方いじめられてるようッ、すごいッ」

両穴責めを受け、亜沙美の美貌がきゅっと切なく歪む。

「亜沙美、我慢しなくていいんだよ。いつものように牝っぽく哭けばいい。気持ちいいだろ。亜沙美、牧江とキスしてご覧」

英二の指示を受け、娘が相貌を沈ませてくる。

「ママ、ごめんなさい」

脂汗の滲んだ美貌が、母に謝る。牧江は避けずに、紅唇でやわらかに受け止めた。

「ふふ、美人母娘のキスシーンは絵になるね。結婚してからも、こうして三人仲良く、毎日お風呂に入ろうね。……ずっと離さないよ、牧江、亜沙美」

英二は、交互に差し入れる。母と娘は禁断のキスを交わしながら、英二の肉交を受け続けた。

（娘と一緒に犯されて、それでも昂ってしまうなんて）

逞しい肉塊に貫かれる度、牧江は娘の肢体を抱き締めて背徳の愉悦に啜り泣いた。マゾの火が燃え盛っていた。膣肉は英二を激しく食い締め、絞りあげる。娘への申し訳なさ、後悔を忘れるためにも、倒錯の陶酔に浸り込むしかなかった。

「イクぞ亜沙美ッ」

「ああ、でてるッ、英二くんの子供、孕んじゃう、ああ、亜沙美、イクッ」

娘が顎を跳ね上げて叫んだ。隷属と引き替えの絶頂へ、亜沙美は凄艶に昇り詰める。

「牧江にも僕の子を産んでもらわないとね」

次に英二の肉塊は、牧江を貫いた。

「あうッ、英二くんッ……わたしも……イクわッ」

吐精の発作は止まってはいない。熱い樹液が流れ込み、エクスタシーのきらめきが女体に降り注ぐ。ぷんと鼻をつく精液の香が、辺りに漂っていた。救いのない悲しみと悦びの果てに、牧江は避けられない妊娠を思う。

女たちはぴったり抱き合ったまま、出口の見えない恍惚の世界をいつまでも漂った。

ロングエピローグ

1　夫婦のように

内側から押し広げられるおぞましい感覚が、覚醒を促した。

桐原牧江は浅い眠りから目覚めた。レースのカーテンの向こうで眩しくかがやく太陽が、瞳を刺激した。

(ようやく朝になってくれた……)

わずかな安堵を感じると同時に、女の紅唇からは苦しげな嗚咽が漏れた。

横向きに寝る牧江の裸身を、奥山英二が背後から抱き締めていた。英二の引き締まった胸が背肌に当たり、腰は牧江の双臀に重なっていた。

(就寝中、一度も離してもらえなかった。ずっと嵌めっ放しだなんて異常だわ)

一番の問題は、英二の男性器が女の臀裂の狭間に差し込まれ、アヌスに深々と突き刺さっていることだった。未亡人は尻穴を押し広げる男子高校生の勃起の太さを噛み締め、眉間に皺を作った。硬さを保った肉柱に排泄孔を貫かれた状態で、牧江は眠りにつかねばならなかった。

(是非もない。逃げられないように、縄で縛られているんですもの)

牧江が勝手に結合を解かぬよう、裸の上半身には縄掛けを受けて後ろ手に縛られていた。形崩れのない豊乳は幾重にも回された麻縄で、上下から挟み込むように括り出されていた。

(娘と同じ年の男の子に、罪人同然の扱いを受けて……。こんな生活がいつまで続くの)

英二が桐原家に出入りするようになって、二ヶ月が経つ。

高校一年生とは思えぬ悪辣なやり口で、英二は三十六歳の未亡人を脅迫し、一人娘をたぶらかして母娘を支配下に置いた。今では週に三回は泊まって、母と娘二人の身体を嬲り、責め立てる。

(……そうだ、亜沙美は？)

牧江は首を持ちあげて、かつては夫婦の寝室だった広いベッドルームを見渡した。

隣で寝ていたはずの、一人娘の姿はなかった。

(先に起きたのね。今朝はあの子が朝食の当番だから)

自分とは違い、娘は縄で縛られてはいないはずだった。床を離れて食事の用意をしに行ったのだろうと、牧江は見当を付ける。そして声を出さずに寂しく笑った。

(こんな状況で、家事の分担を守ることになんの意味が……平和だった日常なんてとっくに崩壊しているのに)

英二は一つのベッドに牧江と亜沙美を並べ、二人を一緒に犯すことを好んだ。母の前で娘を抱き、娘の前で母を抱くむごい真似さえ茶飯事だった。

(昨夜もそうだった。亜沙美とどっちがいっぱいイクか競争をさせられて)

自宅のなかが、母娘の調教場になっていた。母と娘の絆は引き裂かれ、穏やかだったしあわせは、英二のもたらす性愛の深みに沈み込んだ。

「牧江、起きたの?」

身じろぎする牧江の気配で、背後の英二が目を覚ました。絞り出された女の胸肉を摑むと、さっそく揉みあやし始めた。

「あんっ、英二くん、弄らないで」

牧江は頭を振り、白いシーツに垂れた黒髪をゆらした。縄で絞り出され、パンと張り詰めた乳房に、英二の指刺激は染みた。

「青空が見えるね。気持ちのよい朝だ。おはようのキスをしようか」

牧江の容貌が歪んだ。英二の奴隷に堕とされてから、爽やかな気分で朝日を眺めたことはなかった。苦しみと悲しみ、そして後悔が常につきまとっている。

「ほら、どうしたの。キスだよ」

英二が肩越しに顔を近づけて、未亡人をせき立てる。乳房を揉む手つきが、荒々しくなった。牧江は仕方なく首を回して、年下の少年に紅唇を差し出した。

「おはよう、牧江」

大人の女を呼び捨てにし、英二が唇を重ねてくる。やさしい笑みの浮かんだ端正な顔立ちには、悪意は微塵も感じられない。

（でも虫も殺さぬ笑顔の裏には、残酷な欲望をたっぷりと忍ばせている）

溜息を吐き出す間もなく、英二の口が牧江の唇を塞いだ。当然のように舌を差し入れてくる。牧江も口元を緩めて応じた。トロンとした唾液が流し込まれる。温かな体液を、牧江は呑み啜った。

（英二くんの唾液を呑むことが、当たり前になって。……夫とこんなキスをすることは一度もなかったのに）

重なり合う口元から、牧江は嘆きの呻きをこぼした。英二の指先が、牧江の乳房の先端を弾いてきた。牧江は眉間に皺を作り、唇を外した。

「強くさわらないで英二くん」

牧江は懇願した。牧江の乳首には、黄金色にかがやくリングが垂れ下がっていた。乳頭を貫くように通されたピアスだった。

「これ、牧江によく似合ってるよ。乳首の先で光っているピアスを見るだけで、むらむらする」

英二が指をリングに引っ掛け、乳頭を伸ばす。牧江は喘いだ。

「よして。千切れそうで恐いの」

ピアス穴の傷は一ヶ月程で治った。だがホールを通された最初の数日は、痛みで夜も眠れないほどだった。リングをさわられるとその時の痛苦を思い出し、身体が強張る。

「牧江はここを弄ると、締め付けてきてくれるから……あぁッ、これだよ」

英二が快さそうに息を吐く。女体の緊張は双臀にも作用する。括約筋は、英二の勃起をキリキリと食い締めていた。

「牧江だってピアスを嵌めるの、乗り気だったじゃない。実は気に入っているんでしよ」

牧江は黙ってかぶりを振った。

（わたしが断ったら、代わりに亜沙美にピアスを付けると脅迫した癖に）

娘の身体を傷つけられたくない一心で、母は誤魔化しようのない奴隷の証を受け入れざるを得なかった。

「あっ、いやそんなに太くしないで下さいッ」

牧江は切なく、声を漏らした。緊縮に反応して、英二のペニスが腸管のなかで膨張を増していた。

「ふふ、牧江が悪いんだよ。朝勃ちチ×ポを、お尻の穴でクイクイ締め上げてくるんだもの。こうなったら男は一発ださないと収まらないよ」

英二が腰をゆすってきた。肉柱がズルズルと出し入れされる。挿入前にローション液をたっぷり塗布されているとはいえ、時間が経てば当然潤滑は弱まる。それに一晩中差し込まれていた腸粘膜は、ヒリヒリと痛んだ。

「いやッ……英二くん、しないで。もう許して」

牧江は悲鳴を寝室に響かせた。

「亡くなった旦那は、朝から一戦挑むことはなかったの」

「しないわ……当たり前でしょう」

「こんな美人の奥さんもらっておいて、ずいぶん淡泊だったんだね。このムチムチヒップを見たら、突っ込みたくなるのが道理なのに。ああッ、いいよ牧江。このやわらかな身体は誰だってハマる」

汗の垂れる女の首筋を、英二は後ろからペロリペロリと舐め上げてきた。猛った肉柱を抜き差しし、乳房は乱暴にゆすり上げた。

「英二くん、ううッ、つらいわ」

麻縄が肌と擦れて痛みを生み、動きを制限された肩や腕、手首の関節がミシミシと音を立てる。肛門の絶え間のない疼痛と合わさって、肉体は悲鳴を上げた。噴き出る汗を吸い、麻縄は色を濃くしていく。

「牧江の許しては、〝もっと激しくして〟の意味だってわかってるよ。ふふ、牧江の声、色っぽくなってきたね」

英二の言う通りだった。被虐の性に馴染んだ女体は不穏な熱が高まり、許しを請う声は、艶っぽく情感を帯びていった。

（また追い詰められてしまう）

意に沿わぬ強引な性交も、マゾ悦を掻き立てる材料だった。摩擦の熱で尻穴はジンジンとし、英二の指でほぐされる胸肉は切なく火照った。

「知ってる？　男の朝勃ちは、おしっこすると直るんだよ。牧江が朝の一発を嫌がるのなら、このまま牧江のなかでおしっこしちゃおうか」

英二が腰遣いを続けながら、耳元で告げた。

「ひ、酷いこと言わないで」

射精が嫌なら、繋がったまま小水をすると英二は言っていた。冗談だとは思うが、本気でやりそうなのが恐かった。

「牧江はおしっこがいいかな。この熟れ熟れボディーは、僕専用のトイレと一緒だものね。構わないよね」

英二が息み、直腸に刺さった男性器をグッと膨らませてきた。

（専用のトイレ……）

遠慮のない形容に調教された牝性がざわめく。女の肌は赤く色づき、脂汗がどっと噴き出した。

「あっ、ああッ、ミルクを……お願い、英二くん、射精にして下さい。牧江のお尻に、英二くんのミルクをお願いします」

上ずった声で牧江は哀訴した。

「ふふ、ケツ穴にミルクを欲しがる女だなんて、牧江は変態だね」

英二が楽しげに笑って、乳首ピアスをクイクイと引っ張った。乳頭が伸びるのに合わせて、牧江は背を震わせる。

（英二くんが言わせるように仕向けたのに。ああ、高校生のオモチャにされて……）

牧江の心は惨めさでいっぱいになる。だが酷い扱いを受けているにもかかわらず、身の崩れるような恍惚は着実に増していく。一人娘の亜沙美が十六歳、英二も同じ十六歳だった。我が子と変わらぬ年齢の少年に支配されているというインモラルな倒錯感は、何度征服されても薄れることはない。

英二が右手を乳房から外し、股間に這い寄らせた。

「淫乱ママにサービスしてあげる。ツルツルオマ×コも、一緒に弄くってあげるね」

脚の付け根に差し込まれた少年の指は、すぐに芽ぐんだ陰核を探り当てた。肢体はピクンと反応した。

（弄くりやすいように毛まで剃られて）

秘部を覆い隠すはずの繊毛も、英二にすべて剃り落とされた。

ピアス、剃毛、アナルセックス、三十六歳の肉体は淫靡に改造され、アブノーマルな性感も開発された。こみ上げる愉悦を味わいながら、牧江は後戻りの出来ない性奴隷に堕とされたことを実感する。

「もっと締め付けて、ザーメンおねだりしなよ。たっぷり濃いのを排泄してあげるからさ」

英二は耳元で煽りの台詞を吐き、年上の未亡人を追い立てる。〝排泄〟の単語を用いた女体の便器扱いは、牧江に居た堪らない恥辱をもたらした。

「あ、ああッ、英二くん、虐めないで」

年上の女はか細く啜り泣いた。英二にクリトリスを揉まれる度に、むっちりと張り詰めた豊腰はゆれ動き、肛門は絞りを強めた。英二は夫以上に牧江の性感を把握していた。

「すっかり気分だしちゃって。牧江のツボは心得ているよ」

英二の絶妙な指遣い、力加減に牧江は翻弄される。

(ああ、敵わない。悔しくても、悲しくても……英二くんに嬲られれば、わたしは燃え立ってしまう)

無力感に苛まれて、未亡人の瞳に涙が滲んだ。

「そろそろイクよ。牧江のむっちりヒップに、朝の一発流し込んであげるね。ほら射精に合わせて締めるんだよ」

英二の言葉は、逆らうことの許されない命令だった。牧江は息み、括約筋を絞った。

「はい……あ、あんッ、たまらないッ」

十代の逞しさに、声は色めく。硬い肉茎を括った後は、痺れるような脱力感が押し寄せた。牧江は後ろ手縛りにされた女体を、戦慄かせた。

「昔はつらそうな声をあげていたのに、近頃は普通にハメるより、イイ声で哭くよね。牧江はアナルセックス、大好物だろ。根元までずっぽり嵌められると、大きなケツをきゅっと絞り込んでさ。ほら、奥まで食べな」

英二が丸い尻肉に腰をバチンとぶつけ、最奥まで埋め込んだ。ぶっすりと貫かれた瞬間、牧江は堪えきれずに肉刀を絞り込んだ。

「ほおぅッ……」

アナル性感のとろける心地に、歓喜の唸りが漏れる。逞しい肉棒を毎夜のように味わい続け、排泄の穴は女性器と同様の快楽器官だと知った。

「ああ、千切れそうに締まってる。未亡人の熟れ熟れのボディーは、抱いているだけで気持ちいいし、最高だよ」

英二も至福の息を吐き出し、引き締まった裸身を躍動させる。女の双丘に向けて腰を打ちつけ、肛口を抉り立てた。太ももの付け根に差し込まれた指は、小さな陰核をしつこく弄くった。直接的な感覚器の快感が、排泄器官の切ない抽送感を覆って、背徳の赤い陶酔へと変化させる。

「あ、んふ……あっ、だめぇッ、狂わせないで」

「牧江、愛してるよ」

肉体を責め上げながら、女の心に鎖を絡み付かせるように英二がやさしく囁く。

(形だけの言葉なのに……所詮、わたしは英二くんの玩具にされているだけなのに)

わかってはいても、胸は甘く疼いてしまう。

「この硬いチ×ポを感じれば牧江にも伝わるよね。牧江を自分のものにしたいから、抱くんだよ」

腰遣いが速まる。芯からズタズタに引き裂かれそうな容赦のない抽送は、未亡人の肉体をゆさぶった。なるべく深くまで肉茎をいただこうと、女は腰を弛緩させた。逞しい剛棒はズンとすべり込んで、熟れた双臀を突き上げた。

「あぐうッ」

すっぽり呑んだ状態から渾身の力で食い締めると、ノーマルな性交では決して得られぬ重苦しい愉悦の波が、奥底から立ち昇った。

(どうにもならない。昂ってしまう)

破滅感に満ちた陶酔は、麻薬のようだった。

「いいよ牧江……もっと締め付けて」

「あ、あう……早く、終わらせて」

牧江は声を上ずらせる。快楽をむさぼるように腰を遣う英二を、緊縮と弛緩を繰り返してもてなした。ダブルベッドの上で、年の離れた男女の息遣いが交錯する。

「ああッ、だすぞ、牧江ッ……牧江イクッ」

英二がグッと突き刺し、腰をぶつけた。潜り込んだペニスが、痙攣するのを感じた。射精の前兆を察し、女体が打ち震える。

「あン、英二くんッ、きてッ……あああッ」

次の刹那、射精の噴出を感じて、牧江は艶めいた声を一気に裏返らせた。

「ああ、熱いのでてるッ」

腸内に精液が吐き出される。火傷しそうな熱が、女体を灼く。頭にカアッと血が昇り、目が眩んだ。

「牧江ッ、扱けッ」

「は、はいッ、うう……んふううッ……いっ、イイッ」

律動するペニスが、とどめのように括約筋を擦り、腸奥では熱湯同然の樹液が撒き散らされる。そのなかで牧江は必死に絞り込み、粘膜摩擦を強めた。

(すごい。どうにかなっちゃうッ)

「わたしもイクわッ……ああ、英二くん、牧江、お尻でミルク呑んで感じちゃうッ」

牧江の口から獣じみたよがり声が漏れた。煮え滾る至福に向かって、未亡人は身を投げ出した。

「あうう、イクのッ、ひいッ」

「牧江のケツがビクビクしてる。ああ、そのエロ声が好きだよ」

英二が耳たぶを噛み、耳穴を舐める。手はピアスと一緒に乳頭を摘んで捏ね回してきた。裸身は引き攣り、ペニスを食い締めた。歓喜の汗が肌を流れ、食い込んだ麻縄はドス黒く染まった。

「ああッ、だめ、わたし……またッ」

波が連続で襲い来る。爽やかな朝の光に照らし出されながら、緊縛の裸体は肛門アクメに悶え続けた。

2　肛姦の虜にされて

英二の手が牧江の尻肌を撫でる。

「牧江のケツ穴は病みつきになるな。起き抜けだっていうのに、一発絞り取られちゃった。欲しがりな未亡人の相手は大変だよ」

牧江はなにか言い返そうと思うが、乱れた息遣いでは満足に声も出せない。

(毎回アクメをさせられて……なにを言っても説得力がない)

淀んだ寝室の空気、鼻をつくすえた臭気は、男女の交わりの激しさを物語っていた。

(英二くんは、昨夜だって明け方までわたしと亜沙美の相手をしたのに)

性に淡泊な夫しか知らなかった牧江には、少年のタフさは同じ男性とは思えなかった。一日交情が始まれば一度の射精で終わることは珍しく、二度三度と求めてくる。

一日一回、ザーメンを浴びないと我慢できない身体に変えると、英二が以前口にしたことを牧江はふっと思い出した。

(その通りになってしまったのかもしれない)

自嘲気味に思う。連日少年の射精を肉体で受け止めて、よがり泣きをこぼしているのは事実だった。

「それで、淫乱奥さまは満足したのかな?」

英二が尻の横を摑んで、ゆさぶってくる。ボリュームのある臀肉が波打つのがわかり、牧江は頰を赤らめた。

「ま、満足しましたわ……もう抜いて下さい」

「どうして抜くのさ。まだ完全に出し切っていないのに」

(あッ、英二くん、出し入れを……)

ザーメン液にまみれた肉柱が肛穴のなかを前後していた。

(うう、また感じてしまう)

ヌル付いたペニスの蠢きは甘美だった。オルガスムスに達した後は、尻穴のヒリつく疼痛さえ、快楽に変わる。

「ほら、どうすればいいか教えたよね」

英二が手の平で尻肌を軽く叩いて、囁く。

「た、叩かないで」

「叩くって言うのは、これ位だろ」

パーンと強く張ってきた。

「あひんッ」

肢体はビクンと震える。寝室に差し込む朝日が、朱色を帯びて見えた。

「い、いじめないで」

牧江は後ろを振り返り、涙目になって懇願した。

「涙を浮かべちゃって。痛かったの？　可哀想に」

英二が顎を摑んだ。男女の唇が重なる。女を慰めるやさしいキスだった。ソフトに唇を擦り合わせ、チロチロと舌で表面を舐める。

牧江は意識して息み、腸管内を擦る男性器を食い締めた。吐精の余韻を英二が愉しめるよう、定期的に締め上げるよう命令されていた。夫婦生活のなかでは知り得なかった、肛姦プレイのテクニックだった。

（淫らなやり方を、いっぱい仕込まれて……）

英二が口を離して微笑む。

「いいね。残り汁も絞ってくれるんだもの、牧江のお尻は最高だよ。ずっとこうしていたいな。牧江の身体に入っていたから、気持ちよく眠れたよ。好きだよ、牧江」

目を細めて囁き、またキスをする。口を吸い、紅唇の端から垂れる唾液を呑み啜った。愛の言葉を囁かれ、穏やかな口づけを受けると未亡人の心はゆさぶられる。

（英二くんは女を悦ばせるムード作りがうますぎる。演技だとわかっているのに……

わたしはなんて情けない女なの）

これほど激しく求めてくるのも、愛情の裏返しだと思うと女体はときめいた。

（ああ、せめて罠に嵌められたのがわたし一人であったなら、騙される自分が悪いと諦めもついたのに）

英二は娘までをも毒牙にかけた。我が子を傷つけられることだけは、母親として絶対に許容ができない。

「お願いよ、英二くん、生け贄はわたしだけに」

「生け贄？」

牧江の哀願を聞くと、英二は面白そうな表情を作った。言葉の意味を問うように、牧江の瞳を覗き込む。

「毎晩娘と一緒に抱くなんて、異常なことをしないで欲しいの、お願いです。英二くん」

何度こうして年下の少年に慈悲を請うたことだろう。英二が腰遣いを止める。そしてふっと笑んだ。

「その姿勢で後ろを振り返ったままだと、首が苦しいでしょ。起きようか」

英二が先に起き上がり、次いで緊縛肢体を抱え起こした。英二はベッドの上であぐら座りになり、後ろ向きの牧江を膝に座らせる格好に変わった。乳房を摑んで緊縛裸身を抱き寄せ、女の背肌と引き締まった胸板をぴたりと密着させる。

「つらい思いをさせてごめんね」

英二が牧江の長い髪で手ですきながら、耳元で囁いた。寝室の壁際に置かれた化粧台が、正面にあった。鏡には未亡人の緊縛裸身と、それを抱きかかえる十代の少年が映っていた。

「牧江が苦しんでいるのはわかっていたよ。だけど、亜沙美だけのけ者にする訳にはいかないでしょ」

英二は鏡越しに、牧江を見つめて喋った。

「のけ者とか、そういうことではなくて……英二くんは、自分の好き勝手が出来るオモチャが欲しいだけなのでしょう。わたしだけを存分に嬲ればいいわ」

「僕の愛を疑っているのかな？　牧江の身体に、これだけザーメンを注いであげているのに」

英二が腰を浮かせ、縄掛けの肢体を衝き上げた。女の太ももがゆれ、ゆたかな乳房が跳ねる。

「あッ、そんな……しないで、今終わったばかり」

若い肉茎は精を吐き出しても、しっかりと芯を残す。肛穴に出し入れされる抽送感は変わらず雄々しかった。

「牧江は、娘と同列に扱われるのが悔しいんだよね」

「そんな……わたしは、し、嫉妬なんて」

鏡のなかの英二を見返して、牧江は否定した。双乳の先端でゆれるゴールドピアスと、白い柔肌に痛々しく食い込んだ麻縄が、異常な交わりを際立たせていた。

「ふふ、亜沙美よりも優位に立ちたかったから、ピアスを付けたんでしょ」

英二がピアスを摘んで動かす。

「ち、違うわ。娘には痛い思いをさせたくなかったから」

「それにさっきから僕のチ×ポを熱烈に食い締めちゃって。亜沙美の名前を持ち出すと、牧江はぐんとサービスがよくなるよね」

英二が嗤い、抜き差しを激しくした。少年の膝の上で女の腰は上下にゆれた。

「あ、ああッ、か、勘違いです。これは違うの」

肛姦の愉悦が舞い戻り、女の声が艶めく。肛門性交に反応して、窄まりは緊縮する。決して娘の名前がきっかけではないのだと、牧江は必死に否定した。

「娘を相手に妬心を抱くなんて……わたしはあの子の母親なのよ。有り得ませんっ」

「有り得るさ。母親の前に女だろ。亜沙美に対抗意識を燃やしているの、丸わかりなんだよ。高校生の僕に本気になってくれてうれしいよ、牧江。愛しているよ牧江」

（愛している……娘にも同じ台詞を口にしている癖に）

条件反射のように牧江は思う。数秒後、それが英二の指摘する嫉妬そのものだと気づいて、未亡人は嗚咽を放った。

「あ、あうう……」

大粒の涙が目尻から垂れ落ちる。悲しみが胸に押し寄せても、昂り、燃え上がってしまう己が情けなかった。意思ではどうにもならない快楽は、絶望と退廃感そのものだった。

（心の奥底で娘に焼きもちを？　ああ、わたしは最低だわ）

「亜沙美と一緒なのはつらいだろうけど、我慢しなきゃ。牧江は年上なんだから」

英二が右手で牧江の顎を摑み、鏡の方を向かせた。左手は牧江の胸元に回して、乳房をせり上げて絞った。囚われの緊縛裸体は、汗でギラギラと光っていた。

「もっと脚を開いて見せて」

英二が膝を摑んで横に拡げる。女の秘園が露わになり、牧江は嘆きの呻きを放った。

本来あるべき黒い翳りは、剃刀で剃り落とされ、一本も残ってはない。肛穴に突き刺さる肉棒の様子も丸わかりだった。

「光ってるね。きれいだよ。卑猥に濡れたオマ×コが、牧江にも見えるよね」

英二の言う通り、女の媚肉は発情を示す愛液にまみれていた。

(娘を守るために堪え忍んだ末路が、これだなんて)

「この内側がどんな風になっているか、確認していい？」

英二の右手が、牧江の脚の付け根に差し込まれた。口調は穏やかだが、同時に左手で乳房を絞り上げて、牧江に嫌とは言わせない。

「どうぞ。いやらしく溢れている牧江のオマ×コ、ご覧になって下さい」

英二の望む通りの台詞を、牧江は震え声で吐き出した。陰唇の左右に指が添えられる。赤い亀裂はくぱっと開かれた。

「ピンク色の粘膜がギラギラしてる。オイルを塗られたみたいになってるね」

「ああッ」

牧江の瞳も、溶かしバターのような牝汁が垂れ流れるのをはっきりと見た。恥ずかしさに耐えきれず、未亡人は顔を背けた。

「勝手に目を逸らしちゃだめだよ」

「だ、だって……」

「牧江の今の主人は誰だっけ?」

英二の指が、肉溝の内側を撫で上げる。豊腰は過敏にヒクついた。むっちりとした尻肉がゆれ、肛穴に埋まった肉柱を括約筋が括る。

「え、英二くんです……あンッ、せ、せめて普通に抱いて下さい。世間の夫婦や恋人と同じように」

縄で縛って犯し、肛門姦を繰り返すなどまともではなかった。その上、女の羞恥を煽って心までも責め苛む。

「好きだよ。愛してる。また亜沙美と一緒に並べて責めてあげる」

「ああ、そんなのわたしは望んでいません」

牧江は両目を固く閉じて、かぶりを振る。娘と並べられて、後背位で責められる時が一番切なかった。

「どうかな? 自分でも本音がわからないことってよくあるしね」

「ほんとうよ。娘と一緒に犯されるなんて、絶対に嫌です」

自分へ言い聞かせるように、牧江は告げた。そんな不道徳極まりない状況さえも受け入れるようになってしまったら、人として終わりだとの脅えがある。

「以前は忌み嫌っていたこのチ×ポだって、今じゃ大好きなんだろ? ほら、奴隷みたいな自分の姿を見ながら、アクメしな」

英二が黒髪を掻き上げ、女の顔をさらけ出す。股間の指は女肉を弄くり、クリトリスを捏ねた。膝の上の女体は、刺激に堪えられず前後左右にゆれ動いた。

「あ、ああッ、許し、て、あんッ」

牧江は啜り泣くように告げた。腕は背中に回されている。裸身は英二の為すがままだった。太い麻縄で括り出された双乳は、大きく跳ね上がった。

「牧江の身体は僕のモノなんだから、なにをしても構わないだろ。ふふ、オマ×コドロドロにして。相変わらずのマゾッぷりだね。ほらもっといやらしくデカケツを振りな」

「はい。ちゃんと言われた通りにしますから、や、やさしく、して、ああンッ」

嗜虐の言葉で、年上の女が昂ると英二はわかっている。紅唇からこぼれる従属の声は、情感を帯びて色っぽく崩れた。

(英二くん、すっかり硬く戻ってる)

射精でやわらかくなっていたペニスは、交わり続ける内に、猛々しく復活していた。腸奥にまで先端が届き、その充満感に女の口からはひっきりなしに溜息が漏れた。

「英二くん……わたしまた、イっちゃいますわ」

女は絶頂が近いことを告白した。英二の指が、蜜穴にヌプリと突き刺さった。

「ああンッ、だめッ」

牧江はムチムチとした太ももを震わせた。火照った媚肉は塡り込んだ指にねっとり絡み付き、二穴責めの味を教え込まれた肉体は、歓喜に喘ぐ。

「その調子。もっと牝らしく哭けばいい。幾ら言い訳したって、牧江がマゾ夫人なのは隠せないよ。正直になりなよ。このチ×ポが大好きなんだろ。硬くて太くて旦那とは段違いだろ」

鏡に映る交わりの情景を眺めながら、牧江はそれでも首を左右に振った。

(認めてはダメ。亜沙美に聞かれでもしたら、二度と母娘の関係には戻れなくなってしまう)

「牧江、キスしよう。僕とキスしながらイクといいよ」

英二に髪を摑まれ、美貌の向きが変えられる。英二が唇を奪う。舌が乱暴に差し込まれ、牧江の舌を巻き取る。牧江も舌を絡みつかせていった。音を立てて唾液を混ぜ合い、少年の口から与えられる温かな体液を呑み啜る。

「旦那のセックスとどっちがいい?」

英二が口をつけたまま尋ねた。媚肉を責める指は二本に増え、膣内深く差し込まれて、なかを掻き回していた。熟腰はヒクヒクと震えた。

「え、英二くんの方が、ステキです」

追い詰められた女は、そう答えるしかなかった。

「高校生のチ×ポがたまらないんだろ？」

昂揚が理性と自尊心を削ぐ。黒髪を乱して女はうなずいた。

「英二くんのチ×ポさま、亡くなった夫よりも……主人よりもずっと太くて逞しいですわ」

貞節を忘れた未亡人は、喘ぎと共にはしたない台詞を寝室に響かせた。英二が頬を緩め、再び唇をぴっちりと塞ぐ。下では、ペニスと指を擦り合わせるように動かした。ゴリゴリという振動が、二穴から腰全体に響いた。

（だめッ、狂っちゃうッ）

牧江は喉元から唸りを上げ、縛られた身体を捩った。むっちりとした双臀は卑猥に円を描き、前後の穴を埋め尽くす摩擦と抽送を堪能する。たっぷりの精液が溜まった腸管内を硬い亀頭で削られると、怖気すれすれの快美が腰から生じた。

（たまらない……この逞しいチ×ポさまの虜なの）

朱色に染まった肌は汗を噴き出し、長い黒髪は首筋や乳房に貼り付いた。呼吸が続かなかった。牧江は唇を引いて泣き啜った。

「あうう、すごいの……おかしくなるッ」

「牧江が感じてくれるのが僕の悦びなんだ」

二人の口の間に作られた唾液の架け橋が、喘ぐ息遣いで切れる。

「英二くん、イッちゃうの。ねえいい？　牧江、はしたなくよがり泣いてもいい？」

「好きだよ、牧江」

英二がオルガスムスの赦しを与えるように、愛の台詞を贈った。そしてズンと突き上げ、腸管を捏ね回す。指腹で膣ヒダを擦り、湧き上がる快感を後押しした。

「主人は、こんなに激しくわたしを愛してくれなかった……英二くんだけよ、あ、あ
あううッ、イクッ、牧江イキます」

夫との思い出が残るダブルベッドの上で、未亡人は被虐の歌を華やかにうたいあげた。重厚な二穴姦の至福がうねりを起こし、縛られた肉体を包み込む。爛れた紅色に意識は染まり、汗に濡れた肌はブルブルと戦慄いた。

「あ、ああッ……英二くん、えいじくんッ」

牧江はむせび泣いて、年下の支配者の名を繰り返し口にした。

「いい子だね牧江、前を見てみなよ」

英二が含みの感じられる眼差しで告げた。牧江は首を前に戻した。寝室のドアが開いていた。入り口に立っているのは、セーラー服を身に纏った娘の姿だった。

「あ、亜沙美……いやあぁぁッ、違うの、違うのよ」

悲鳴が迸った。

「牧江の破廉恥な告白を、亜沙美は聞いちゃったみたいだね。そらもっとイケよッ」

英二は責め手を緩めない。女壺を指で抉り、肛孔を荒々しく突き上げた。

「……ひいいッ、イクッ、牧江、イッちゃううう」

乱れた女の心を、狂奔する悦楽が呑み込んだ。縛られた女体はガクガクと打ち震え、未亡人は背徳のオルガスムスに連続で昇り詰めた。

「いやッ……だ、だめ……こんなの……ああ、違うのに……イクッ、ああ、イキッ放しになっちゃう」

なにもかもが真っ白に染まる。眼差しは焦点を失い、紅唇からは涎が垂れ落ちた。終わりの見えない絶頂感だった。

「もっとイキ果てな。亡くなった夫よりも、娘の彼氏を選び取ったママの艶姿を、大事な一人娘に見てもらわないと」

英二は膝の上で女体をゆさぶり続けた。収縮する女壺と後穴を指とペニスでまさぐり回し、恍惚の波が引く間を与えない。牧江は、長い発作の時間を切り裂かれそうな心の痛みと共に、たっぷりと味わった。

「ママ……英二くん……」

娘の声が聞こえた。牧江は深くうなだれて、しゃくり上げる。

「おはよう亜沙美。どうしたの？」

英二が返事をし、ヒクつく媚肉から指を抜き取った。滴る淫蜜をクリトリスに塗りつけて、そっと撫でつける。

「あッ、ひッ、い」

女は縛られた肢体を、ビクンビクンと震わせた。極まったばかりの肉体には、電気ショックを与えられたような痺れが走る。

「ふふ、牧江のオマ×コ汁がものすごいね。僕の脚にまで垂れてくる」

「あ、あの、朝食の準備が……できたから」

「そう。じゃあ下に行こうか、牧江」

英二の左手が牧江の細顎を摑んだ。グイッと正面を向かせる。母親の涙で濡れた瞳と、娘の切ない双眸が重なり合った。

「あ、亜沙美……」

牧江はか細く声を発した。亜沙美はすぐに俯いて視線を外した。

（主人より、英二くんの方がステキだって言ったこと、亜沙美に聞かれた）

夫を否定する浅ましいセリフを、娘に聞かれたショックは大きい。英二が陰核を刺激し続ける。牧江の腰は、指嬲りを避けようとゆれ動いた。

「あッ、いやッ……お、降ろして下さい。縄もほどいて――」

「亜沙美、見てあげてよ。この牧江の腰遣い、上手だろ。牧江は、正常位でも自分から腰浮かせて、チ×ポを上手に咥え込むんだよ。亜沙美も早くこんな良くできた牝にならないとね」

陰核を摘み、扱き立てる。牧江は髪を振り乱して、被虐の愛撫に悶えた。

「マ、ママ……」

娘がおずおずと目を向け、凌辱を受ける母を見つめた。囚われの母に向かって、助けを求めるような眼差しを娘が注ぐ。牧江の胸は締め付けられた。

「亜沙美には構わないで。お願いです、英二くん」

牧江はかぶりを振って慈悲を請うた。

「亜沙美、こっちへ来いよ。近くで見るんだ」

母の哀願を掻き消して、英二が強い口調で命じた。セーラー服の肩がビクンと震えた。ゆっくりと娘がベッドに近づいてくる。白の夏物のセーラー服に、紺色プリーツスカート、そして膝丈のニーソックスを穿いていた。

「ハンカチやティッシュじゃ追いつかない位、いやらしい汁がいっぱい出てくるんだ。亜沙美、拭いてあげて」

英二が娘になにをやらせようとしているのか気づいて、牧江はハッと相貌を強張らせた。

「亜沙美、よしなさい。英二くんの言うことなんか聞かなくてもいいのよ」

「それを決めるのは亜沙美だよ。旦那より僕のチ×ポの方が好きだって言った牧江が、口を挟むことじゃない」

英二の指摘に、牧江は唇を噛む。喉元からは嗚咽が漏れた。

スカートの裾をひるがえして、娘がベッドの下に膝をついた。母の開いた脚の間に相貌を近づけてくる。

「待って亜沙美、止めなさい」

「で、でもママ……」

娘が悲しげな瞳でチラと上を見る。娘を引き止められたのは、その一瞬の逡巡だけだった。

（亜沙美は、英二くんに逆らえない……）

大人の自分でさえ、がんじがらめに縛られている。恋愛に慣れていないうぶな娘が、愛情と恥辱、そして脅迫を織り込んだ英二の手管に抗えるはずがなかった。

（英二くんの紡ぐ〝好き〟という台詞を、わたし以上に亜沙美は信じているから）

紅唇が開いてピンク色の舌が伸びた。湿ったやわらかな感触が、女園に擦り付く。

「あ、あンッ」

牧江の頭を持ち上げて喉を開いた。絶頂したばかりの身体に、舌愛撫は甘い電流を巻き起こす。

「亜沙美……しないで、あううッ」

娘に母の身体を嬲らせるという道徳に背く行為は、許し難い。だがなによりもおぞましいのは、娘の口愛撫に感じてしまう己自身だった。

「いけないママだね。牝汁の後始末を娘にさせて。娘の彼氏を寝取っただけじゃなく、毎日新鮮なザーメンまで奪って……」

英二は牧江が脚を閉じぬよう内ももを押さえつけながら、硬い肉茎で肛穴を刺激し続ける。娘は舌をせっせと這わせて、垂れる愛蜜を舐め取っていた。娘の従順さが、母を限界の淵まで追い詰める。

（ああ、こんなの堪えられないッ）

被虐調教を受けた女体は、抑制できない。舌先でクリトリスを弾き上げられると、愉悦の痺れは芯にまで響いた。

「亜沙美、許してッ……ああンッ」

牧江が慈悲を求める相手は、英二から我が子へと変わる。

「亜沙美、エッチな穴を舐め掃除してあげな。ママに天国気分を贈ってあげよう」

英二の声に、娘が舌遣いを止めた。溜息が聞こえた。

「ママ、ごめんなさい」

小声での謝罪が聞こえた次の瞬間、娘の舌が膣穴に差し込まれた。

「ひッ、ひあッ」

声は色っぽく滴った。腰が震える。娘の舌に蜜ヒダが絡み付くのがわかった。

「ご、ごめんなさい、亜沙美……」

今度は淫らな反応を、母が謝る番だった。娘の黒髪が、股の付け根でゆれていた。潜り込んだ舌は、母の身体をやわらかにまさぐってくる。胸が押し潰されそうに痛んだ。地獄のような現実に、牧江はしくしくと泣き啜り、それでも我慢できずに豊腰をクイックイッとくねらせた。

「娘にオマ×コ舐められて感じるなんて、悪いママだね。その上、大きな隠し事もしているし」

英二が声をひそめて告げた。手が牧江の丸みのある下腹を撫でた。未亡人の表情は凍り付いた。

(ま、まさか英二くん気づいているの?)

「亜沙美には内緒なんだよね。ここにいるのは亜沙美の弟かな、妹かな」

英二が嗤って、へその辺りを撫で回す。牧江の胸に絶望感が押し寄せた。

(やっぱりわたしが妊娠したことをわかってる)

牧江は視線を落として、クンニリングスを施す娘を見た。母親がボーイフレンドの精子で受胎したとわかれば、亜沙美との関係は修復不可能になるに違いない。

(どうしたらいいのか、わたしにもわからない。娘と同じ年齢の男の子に、三十六の女が孕まされるなんて、異常すぎる……)

「牧江、元気な子を産んでよ」

後口のなかでペニスが猛っていた。グチャグチャというとろみ、妖しい抽送感が、混乱する女を性の至福へと誘う。甘美で無情な味わいに、牧江は涙を流して喘いだ。

「ふふ、亜沙美、ママのエロ顔を見てあげて」

英二に促され、亜沙美が舌を突き入れながら、上目遣いで牧江を見た。

「み、見ないで」

汗の浮かぶ乱れ顔を、牧江は横にする。無駄とわかっていても懇願するしかなかった。緊縛を受け、少年に尻穴を責められ、セーラー服の我が子に、女穴をまさぐられる凄惨な現実、それでも淫らに反応してしまう自分が、情けなく憐れだった。

「あう、英二くん、太くしないでッ」

勃起は膨れ上がり、英二がスパートを掛ける。

「血を分けた肉親なんだもの。牧江がどんな女かよく知ってもらった方がいい。ほら牧江、もう一度亜沙美に言ってあげなよ。旦那に抱かれるのとどっちがいいか」

官能の上昇に合わせて、英二は若未亡人を完膚無きまでに堕としに掛かった。

（負けてはだめ。わたしは夫を今でも、一番に愛して……）

英二が耳を噛み、首筋を舐め上げる。ヌルヌルとした舐め愛撫に、裸身は引き攣り大ぶりの乳房をゆらして喘ぐ。ゴールドピアスにまで汗が滴り、ポタポタと垂れた。

「亜沙美の目をご覧よ。朝からケツ穴でよがり泣くママを、軽蔑してるってさ」

英二が小声で囁いた。牧江は首を左右に振って、嗚咽した。マゾヒスティックな性感は最高潮に達する。

「ああンッ、夫よりも感じます。ずっといいわ。英二くんが一番なのッ」

救いのない惨めさが、女の抑制を解き放つ。言ってはならない台詞を、牧江は口から絞り出した。

「あッ、しないで、亜沙美ッ」

父を裏切った母を責めなじるように、亜沙美の舌遣いが激しくなる。奥へと差し入れ、淫らな反応をする女壺をやわらかに抉った。

「だめ、イクわ……ごめんなさい、亜沙美っ」

娘を守る一心で保ってきた芯の強さも、その当人から責められては保つことが不可能だった。

太ももの間からは、愛液と精液の匂い、そして排泄臭まで入り混じって立ち昇る。むせ返る汗の香、唾液の匂いととけ合って、生々しい淫臭が辺りに広がっていた。

(愚かなママを許して、亜沙美)

鮮烈な赤が弾ける。一際大きく裸身を跳ねさせ、柔肌に麻縄を食い込ませて、未亡人は被虐の頂上へ昇り詰めた。

「イクッ、ああイクのッ」

女はベッドルームに、絶頂の声を響かせた。娘は舌遣いを止めない。なおも母親を追い立てるように、丁寧にまさぐってくる。

「あっ、あう、だ、だめ……いやッ」

声を枯らして、女は呻いた。娘の舌愛撫が、心の支えを失った肉体に悲しく染み渡った。

「娘のクンニでも感じる淫乱ママに、御褒美をあげるよ。このままおしっこしてあげるね」

英二が笑いながら告げた。

「え……そ、そんな……う、嘘でしょ。冗談よね」

惑いの表情で牧江は背後を振り返った。愉快そうな眼差しが、未亡人を迎える。

「冗談なもんか。ああ、そら、でるぞ」

「いやあ……でてる。ほんとうにでてるッ」

温かな液が、腸管の奥で大量に溢れていた。腹部に感じる充満感は、射精のそれとははっきりと異なる。

「だめッ、いやあッ、こんなの……あううッ」

便器扱いに、女体は狂奔する。小水の激流を直腸に浴びながら、牧江は被虐のアクメに再び呑み込まれた。

剝き出しの乳房にリングを垂れ下げた緊縛姿は、妖艶に乱れ咲いて失神の入り口にようやく辿り着いた。

3 母娘妊婦

リビングルームのテーブルに、亜沙美の用意した朝食が並べられていた。テーブル横の三人掛けのソファーの中央に制服姿の英二が、その横にはセーラー服の娘が座っていた。英二が器に手を伸ばして、カットフルーツを摘んだ。

「はい。亜沙美の好きな桃」

英二は果物の端を自分の口に咥えると、亜沙美の口元に向かって差し出した。亜沙美は唇を開けて、それを受け取る。

「よく熟れてて甘いね」

「うん、英二くん……んふ」

少年と少女が、そのままねっとりとしたキスを始めるのを見て、牧江はさりげなく視線を逸らした。二人の掛けるソファーの足元に、牧江は座っていた。

(ガマンのお汁が垂れてきた)

英二の股間で反り返る勃起に牧江は相貌を近づけて、先端からこぼれるカウパー氏腺液を舐め取った。

牧江はエナメル光沢を放つ素材の黒ビキニを着ていた。英二の指示だった。

裸身を拘束していた麻縄をほどいてもらった後、シャワーを浴びて汗まみれの身体はきれいにした。

（それにしても、英二くんに小水を注がれるなんて）

体内に排泄を受けて、牧江は意識を失うほどのオルガスムスを味わった。マゾ悦の極みと言えるような異常な興奮は、肉体に取り憑いたままだった。音を立てて口づけを交わす英二と娘の姿をチラチラと仰ぎ見ながら、牧江は膨らんだペニスに丹念に舌を這わせた。

「休みになったらまた海に行こうね。うちのホテルだったら予約も必要ないし」

「う、うん」

英二がキスの口を引いて囁き、娘が従順にうなずく。

「またエッチできれいな亜沙美の姿を、撮影してあげる」

英二が微笑み、リビングルームの正面にある大型のテレビを見た。亜沙美は恥ずかしそうに頬を染めた。牧江も流し目で、テレビ画面を確認した。そこには水着姿の牧江と亜沙美の姿が映っていた。母娘は砂浜を歩いていた。休みの日に三人でリゾートホテルへ赴き、そこで英二が撮影したビデオだった。

(今着ているのと同じビキニ……よくこんな格好で、ビーチを歩いたものだわ)

牧江のエナメルビキニは胸の谷間が露わで、その上ブラカップには裏地がないため、近くによると乳頭の膨らみがはっきり見える。亜沙美は水色のワンピースだが、ウエスト部分はシースルーになっているため、大胆なビキニを着ているのとほとんど変わらなかった。二人とも極端に股間に食い込むレッグラインで、露出度の高い母娘の水着姿は、男性客だけでなく女性客からも多くの視線を集めていた。

(ホテル専用の砂浜だったのが救いだったけれど……みんなに奇異の目でじろじろ見られて、恥ずかしかった)

羞恥の記憶を思い出した牧江は、舐め奉仕を休んで吐息をついた。

「英二くん、今度はあまり派手なの着させないでね」

「遠慮しなくてもいいよ。男のエロ視線を集めて、亜沙美も牧江も興奮してたじゃない。ほら、今も二人の勃起乳首がテレビに映ってる。大胆露出に燃えた証だよね」

「あ、あれは、その……」

娘は否定をできずに口ごもる。言い返せないのは牧江も一緒だった。三十六歳の年齢には似つかわしくない水着姿と、それを欲情の目で見る男性客の露骨な眼差しに、牧江が妖しい興奮を覚えたのは事実だった。はしたなく乳首を尖らせただけでなく、愛汁でじっとり湿ったビキニボトムの内側を、撮影の後、英二に指を突っ込まれて確認された。

「わたし、英二くんのために我慢したんだよ。ほんとうは英二くん以外の男性に、あいう姿を見られたくないの」

亜沙美は英二の制服シャツのボタンを外して、前を広げていった。手を内に差し入れて裸の胸を撫で回し、媚びるように英二を見つめる。

「じゃあ次は、人前に出るのは牧江だけにしようか。亜沙美は僕と一緒にホテルのベランダから眺めていればいいよ」

「そ、そんな……ママも許してあげて」

亜沙美は懇願しながら、英二の乳首にキスをした。手は股間に伸ばして、英二のペニスの根元に絡み付かせた。牧江の舐め愛撫の邪魔にならないよう、控え目にシコシコと擦る。

（亜沙美、庇ってくれてありがとう）

牧江は娘に感謝しながら、亀頭をペロペロと舐め上げた。唾液で衣服を汚さぬよう、腰に引っ掛かっている英二の制服ズボンと下着を下ろしていく。

「亜沙美はママ想いのやさしい子だね。だから好きになったんだ」

英二がセーラー服の上から娘の乳房をさわった。

「あんッ」

亜沙美は過敏に声を漏らした。英二の命令で、亜沙美は普段からブラジャーを付けてはいない。さすがに完全なノーブラでは目立つため、学校内ではニプレスを貼って誤魔化しているらしかった。

(ごめんなさいね。あなただけは救いだすつもりだったのに。亜沙美までわたしと一緒に、英二くんのオモチャにされて……)

「クラスメートは、亜沙美がノーブラだって気づいてないの？」

「一部の人は、わかっていると思う。男子がね、よくジーッとわたしの胸元を見ているの。すごく恥ずかしいけど、急に手で隠す訳にもいかないし」

英二に尋ねられ、亜沙美は顔を赤らめながら、答える。喋りながらも、英二の左右の乳首を吸い、右手は英二のペニスをスムーズに扱き立てた。牧江も英二の陰嚢を細指で揉みほぐし、内ももをペロペロと舐めた。

「男子に視姦されて、こんな風に乳首を勃たせてるんだろ」

「そ、それは……少しだけ。英二くんの胸もコリコリになってるよ。ねえ、気持ちいい？」

亜沙美はチュッチュッと音を立てて、英二の胸にキスをした。それに合わせて、男性器を扱く指遣いの速度も上げる。牡の欲情を盛り上げる奉仕姿は、半年前まで中学生だった少女とは思えなかった。

(勃起をさする手つきも、すっかり慣れて……。一番変わったのは、亜沙美かも知れない)

娘への申し訳なさが、母の胸を締め付けた。英二が亜沙美の尻を撫で回していた。娘は少年の淫靡な手つきを嫌がることなく、細腰を悩ましくゆらして応えていた。

「最近、ヒップもぐんと大きくなってきたよね」

「そうだよ。英二くんがわたしのお尻、いっぱいいじめるから」

二人の会話を聞きながら、牧江の眉間に皺が作られる。泊まったリゾートホテルでは、毎晩のようにアナル調教を受けた。野太い肉棒で貫かれる肛姦はもちろん、尻たぶにスパンキングを受けながら、アヌス調教用のガラス棒で窄まりを存分に抉り抜かれた。

(亜沙美も同じように責め嬲られた。その上、亜沙美と抱き合うことも要求されて)

シックスナインの形で、互いを愛撫し合うことを強要されたことが一番つらかった。

(実の娘と慰め合うなんて、まともじゃないわ)

近親相姦の記憶を脳裡に甦らせ、牧江が表情を曇らせた時だった。

『ママ、気持ちいい？』

テレビから聞き覚えのある娘の台詞が流れた。牧江はハッとして首を回す。

(あぁッ、あの時の映像だわ)

ホテルのスイートルーム、大きなベッドの上で全裸の母と娘が重なり合って、互いの股に頭を差し入れて性器を舐め合っていた。

『あ、あんッ、亜沙美、待って……そんなに、んく』

テレビのスピーカーから自身の喘ぎ声が広がり、ソファーの下で未亡人はビキニ姿の全身を真っ赤にする。たまらず顔を背けた。

「ふふ、ホテルに泊まった時は、亜沙美が毎回ママを追い詰めていたね。淫乱ママは、亜沙美の舌遣いがたまらなかったみたい」

「あん、英二くん、意地悪言わないで」

娘が泣きそうな声で訴える。英二は恥じらう娘のようすをニヤニヤとした目で眺め、次いで足元の牧江を見下ろした。

「牧江はずいぶん可愛い声をだしてた。亜沙美のテクニシャンぶりは、そんなにツボだった？」

英二が白い歯をこぼして、牧江の頭を撫でる。牧江は勃起の先端を呑み込んで相貌を沈め込み、からかいの視線を避けた。

リビングルームで食事を取ることを選んだのも、旅行の時を思い出させる卑猥なビキニ姿にさせたのも、この映像を見せて母娘の反応を愉しむためだと気づいた。牧江は亀頭を舐め含みながら、絨毯の床に爪を食い込ませた。

(わたしが娘を守らなければならないのに……勇気を出さないと)

牧江はペニスを紅唇から吐き出し、挑むように英二を見上げた。英二は余裕の表情で、女の鋭い眼差しを受け止める。

「牧江、なにか言いたそうだね」

指を胸元に伸ばして、牧江の乳房の先端をツンと弾いた。女は喘ぐ。

「んうッ」

「ピアスは平気かな？　水着に押さえつけられてるけど」

英二の一言は、牧江に奴隷の身を思い出させた。

「今度はどんな風に、牧江のエロボディーを彩ろうか。ラビアピアス？　タトゥーがいいかな」

少年の言葉に、女体は震えた。抵抗心が急速に失われる。

(母親の威厳を失わせるだけじゃない。こうして恐怖と恥辱を植え付けられれば、一切反抗できなくなる。ああ、わたしは英二くんには敵わない)

牧江は目を伏せた。日々の奴隷調教が、身体の芯まで染みついていることを実感する。

「あ、あの、英二くん、そろそろでかけないと。高校に遅刻してしまいますわ」

かろうじて喉を通ったのは、通学を促す差し障りのない台詞だった。

「少しくらいさぼったって平気だよ。亜沙美だって最近は成績がめきめき上がっているしね。亜沙美、この前のテストは何番だった?」

「学年で三番だったよ……ありがとう、英二くん」

娘が感謝を口にする。

「亜沙美が努力をした結果だよ。はい御褒美」

英二は亜沙美の顎を指で持ち上げ、唇にキスをした。娘は英二の腰に手を回して、しなだれかかるようにしがみついた。ぴちゃ、くちゅっと、やわらかに絡ませ合う舌遣いの音色が、ソファーの上で奏でられた。

（英二くんはすべて計算尽くなんだわ。亜沙美の家庭教師を熱心に続けているのも、わたしが英二くんの悪行を訴えた時に、説得力が失われるようにするため……）

学年で三番なら、有名私大の推薦も楽々と狙える順位だった。毎日亜沙美が自宅で母親と一緒に被虐調教を受けているとは、周囲の人間は誰も思わないだろう。性愛の深みに娘を落とし込みながら、学業不振や無断欠席など、わかりやすい異変のサインを英二は残したりはしなかった。

「亜沙美も、ママと一緒にしゃぶってくれるかな」

英二がキスを止めて、亜沙美に告げる。亜沙美はうなずき、ソファーから下りた。

「ママ、ごめんね」

母の隣に座ると、亜沙美は申し訳なさそうに告げた。母娘同時の口唇奉仕の時、毎回娘は母に謝った。

（こうなったのはあなたの責任じゃないわ）

娘が反り返った勃起に、唇を近づけてくる。牧江は一旦美貌を横に避けた。ピンク色の舌が伸び、棹裏を舐め上げた。娘が舐め愛撫を行うのを牧江は黙って見つめた。

「英二くんのオチン×ン、おいしいよ」

娘は少年を悦ばせる台詞を口にしながら、微笑みを作って英二を上目遣いで見る。

ピンク色の舌を休まず這いずらせ、時折透明液の滲む先端にちゅっと音を立てて、キスをした。以前は見られなかった愛欲の媚態だった。

(あなたにこんな真似をさせてはいけないのに……。謝るのはママの方よ。ごめんなさい亜沙美。あなたを遠ざける良い手立てが見つからなかった)

汚れを知らなかった少女の心に経験したことのない負荷が掛かり、深く懊悩したことは想像に難くない。それを救ってあげられなかった母親失格の悔いは、牧江の胸をキリキリと締め付けた。

(最近亜沙美が笑顔を見せるのは、英二くんとこうして肉体関係を結ぶ時だけになってしまった)

実の母と一緒に同じ年の少年に抱かれる日々が、純真だった娘の心を蝕んでいくのが牧江には痛いほどわかる。日常からかつての明るい表情が消え、朗らかな笑みが浮かぶこともめっきり少なくなった。

「牧江、後で亜沙美は体調が悪いから病院に寄ってから登校しますって、担任に電話を入れて」

「は、はい」

牧江がうなずくと、英二は黒髪を摑んだ。髪を引っ張り、股間に相貌を寄せていく。

牧江は亜沙美と並んで、男性器に舌を伸ばした。母が棹腹を舐め始めると、娘は亀頭を含んだ。唇と頬の粘膜を擦り付けながら、先端を唾液まみれにする。上から垂れ流れる娘のツバとカウパー氏腺液の混じった液を、牧江は舐め上げた。太い肉棹はギラギラと濡れ光った。

「美人母娘のフェラチオ奉仕か。何度もビデオ撮影したけど、飽きない光景だね」

英二が興奮の声を漏らして、胸を喘がせた。勃起も震える。

「んッ」

亜沙美が呻きを漏らし、喉を鳴らした。分泌されるカウパー氏腺液を呑んでいるのだろう。牧江も釣られるようにゴクンと喉を鳴らして、口内の唾液を呑み下した。

「あ、わたしばかり……ママもどうぞ」

嚥下の音を聞いた娘が唇をさっと引き、母に交替を告げた。牧江はわずかに躊躇した後、紅唇を丸く開いて、娘がしゃぶったばかりのペニスを含んだ。

(わたしが、おしゃぶりをしたがっていたみたい……ああ、亜沙美の味がする)

甘い唾液は、背徳の味だった。実の娘と一本の肉棹を共有しているのだと思うと、被虐の酔いを教え込まれた肉体は、ジリジリと昂ってしまう。

「ああ、牧江の口のなかは亜沙美よりあったかいな」

ソファーの背に上半身を預けながら、英二が牧江の黒髪を弄ぶようにさわる。

「んふ、英二くん、ママのおくちの方が気持ちいいの？　わたしの時より硬くなってるのわかるよ」

相貌を低くして、棹の付け根の辺りを舐め回しながら、娘が不満そうに呟いた。

「亜沙美の方がフェラは上手だけど、牧江はたまんない表情を見せるからさ。眉をくねらせて悔しそうなんだけど、おしゃぶりは好きだから、すぐに目元はトロンてなって鼻息も荒くなる。それでも時折思い出したように僕を睨みつけたりして……男はこういうのにムラムラしちゃうんだ」

英二がいきなり牧江の頭を押さえ付け、沈め込んだ。深く逸物を頬張らせる。

「んッ、んぐッ」

喉元まで到達すると引き上げ、また後頭部を押して咥えさせた。女の口を女性器に見立てたイラマチオに、未亡人の肉体も熱く燃えて反応する。口のなかに唾液が溢れるのに合わせて、股間も蜜液をトロトロと滲ませて火照った。

「ママ、だいじょうぶ？　苦しくない？」

「気遣うフリをしながら、実は亜沙美も同じことをして欲しいんだろ」

英二が言い、牧江の髪を掴んで引き上げた。粘ついた唾液が糸を引き、紅唇は大きく息を吐き漏らす。英二が亜沙美の頭を摑むのが見えた。唾液まみれの勃起が、娘の口に突っ込まれる。

「んぐ……んむン」

娘のくぐもった喉声が漏れ響いた。英二は娘の頭を摑んで、牧江の時と同じように強制の口腔性交を行っていた。

「ああッ、牧江よりも深く入ってる。亜沙美の喉のコリコリした部分にチ×ポの先が当たってるよ」

英二が歓喜の声を上げる。娘は口元を弛緩させ、口腔深く呑んでいた。目尻に浮かんだ涙が、湧き上がる嘔吐感を我慢していることを隣で見る牧江に教える。

(根元まで呑み込んでいる。おしゃぶりがあんなに上手になって……)

亜沙美は英二の乱暴な抽送に合わせて、プリーツスカートの腰つきを、クイクイと振り立てていた。喉を犯されるイラマチオで、娘も昂っているのがわかった。

(苦しさだけではないって、わたしも亜沙美も知ってしまったから)

母も娘も、顎がだるくなるまで英二のモノを咥えさせられ、ザーメン液を呑まされた。口腔性交は、苦悶と隣り合わせの快感を女にもたらすことを身を以って学んだ。

(いつの間にか、英二くんのミルクがおいしいと思うようになって……)

牧江は唇を再び英二の股間に這わせた。イラマチオを受ける娘の口元から、泡立った唾液が溢れて下に垂れてくる。それを舐め取りながら、牧江は英二の陰嚢を舐めしゃぶった。母と娘の紅唇奉仕の音色が、リビングルームに響いた。

「ああ、イキそうだっ」

英二が娘の髪を摑んで、肉棒を吐き出させた。湯気の立つようなペニスが、娘の小さな口から現れ出た。

「ん、英二くん、亜沙美にゴックンさせてくれるかと思ったのに……」

荒い呼気を整えながら、亜沙美が涎の付いた下唇を指で拭った。

「亜沙美がいやらしくケツを振ってるのが見えたから。突っ込んで欲しいんだろ」

亜沙美の顔が真っ赤に染まる。英二の言を認めるように、瞬きを繰り返すのが横にいる牧江にも見えた。亜沙美は黙ってペニスに舌を這わせた。切っ先にキスをし、尿道口を舌先でくすぐる。

「ふふ、牧江も一緒に舐めろよ」

英二が母娘同時の肉棹奉仕を求めた。牧江も相貌を持ちあげて、そそり立ちへの舐め愛撫に加わった。

（ああ、牡の味と匂いだわ）

濃い味のカウパー氏腺液が、妖しい興奮を女に呼び込む。剛棒の付け根に左手を巻き付け、牡の粘ついた体液を扱き出した。溢れる透明液を、女二人は舌をヌルヌルと重なり合わせながら、やわらかに舐め取る。勃起がピクンピクンと震えた。

「だ、だって……ママのことは朝からあんなに激しく抱いたのに、亜沙美にはなにもしてくれないんだもの」

亜沙美が妬心の感じられる台詞を吐き、舌遣いを激しくした。

「ふふ。亜沙美は欲求不満なんだ。でも牧江も同じかな。僕のチ×ポをしゃぶりながら、オナニーまで始めてるし。貪欲なエロママは朝の一戦程度じゃ、満足してないみたい」

娘が「え？」と惑いの声を漏らし、隣に座る牧江を見た。牧江は慌てて右手を己の股間から引き抜いた。

（自慰に耽っていたこと、英二くんに見つかっていたなんて。ああ、娘にまで知られてしまった）

未亡人は真っ赤になって俯く。途中からＴバックビキニの股布の内に右手を潜らせて、こっそりと秘肉を弄くりながら、口唇愛撫を行っていた。

「牧江はほんと淫乱未亡人だよね。一度チ×ポを握ると、決して離さないし」

英二が笑って、牧江の頬を撫でた。英二の言う通り、猛々しい肉茎を掴んだ牧江の指は、ぎゅっと巻き付いたままだった。

（あなたがこんな浅ましい女に変えた癖に）

硬く引き締まった太棹を扱き立てているだけでも、被虐酔いをした女体はぽうっと熱くなる。

「ま、牧江は、淫らな牝ですから」

口惜しさを滲ませながら、美母は娘の前で恥辱の台詞を吐き、溜息をついた。自尊心を損なうマゾ興奮が子宮を熱くし、股間をはしたなく潤らせる。

「じゃあ二人にご馳走を食べさせてあげようか。亜沙美、立って」

英二がテーブルを指さした。娘が立ち上がって英二に背を向ける。テーブルに両手を付いた。英二がプリーツスカートの裾を持って、ペロンと捲り上げた。現れ出たのは十代の少女に相応しい、清楚な白のパンティに包まれた丸い双丘だった。

「やっぱり優等生の女子高生は、こうじゃないとね」

英二が少女の形の良いヒップをパンと平手打ちした。娘が「アンッ」とうれしそうに声を上げた。

「ケツを叩かれて悦ぶんだもの。亜沙美はやっぱり牧江の娘だね」

英二は笑みを浮かべながら、牧江に視線をチラと向ける。牧江は頬を赤らめた。英二は愉快そうに喉を震わせると、亜沙美のパンティの端を摑んで引き下ろしていった。

(あッ、昨日までは生えていたはずなのに)

娘の秘部は牧江と同じ、ツルンとした無毛に変わっていた。昨夜三人で入浴し、娘と一緒に英二の身体を洗った時、股間の翳りを確かに目にした。それがきれいさっぱり消えていた。

「どうこれ? 小学校の低学年て感じで可愛いよね。昨夜は牧江が先に寝入っただろ。その後、亜沙美が毛を剃って欲しいって言い出してね。ふふ」

英二の説明に対し、亜沙美は「うう……」と恥ずかしそうに唸りをこぼす。真偽はわからない。だが英二が要求すれば、どんな禁断の行為であっても娘が断らないであろうことは、尻を差し出して凌辱を待つ従順な姿を見ればわかる。

(きっと英二くんから持ちかけたんだわ)

英二がソファーから腰を上げ、娘のウエストを摑んだ。充血した勃起を亀裂にあてがう。立ちバックからの挿入だった。

「十六の女の子が、涎を垂らして欲しがっちゃって」

腰が前に進む。母の眼前で、雄々しい肉塊が少女の清楚な亀裂を割り開いて貫いた。

「あ、あんッ、すごいッ」

セーラー服の肢体が震えた。野太い肉柱が、ゆっくりと埋まっていく。生々しい交接の情景だった。牧江は絨毯の上で自身の双臀をもじもじとゆすり、吐息をついた。

「入ってるよう……英二くん、ああ、今日は一段と太いっ、ああンッ」

「まだ嵌めただけなのによがり泣いちゃって。悪い子だな亜沙美は。ママが呆れた目で見てるよ」

「いやっ。ママ、亜沙美を見ないで」

少女は肢体をゆすって、羞恥を訴える。胸元ではセーラー服のリボンをゆらして、ノーブラの乳房がたぷたぷと前後に跳ね動いていた。

「ほら、ママにチ×ポの感想を教えてあげな」

英二が残りのペニスをズンと埋め込んだ。亜沙美の白いヒップが波打つ。

「あうぅッ……え、英二くんのおチ×ポ、感じますッ」

含羞の赤い美貌は、歓喜を訴えた。英二が追い立てるように腰を遣う。猛った肉柱が引き出されて、また打ち込まれる。抽送に合わせて、亜沙美はピンク色の唇から艶めいた喘ぎを吐いた。

「お腹、引っ掻かれてるッ……亜沙美の身体、壊れちゃうよう、ああンッ」

(亜沙美、すっかり女になって……)

無垢な少女は、性の悦びを知った女へと変えられていた。

結合の場面を間近で眺める牧江の息遣いも、大きく乱れた。右手を股間に差し入れる。ビキニ水着の股布の上から、発情の秘肉を弄くった。

「ほら、ケツを振れよ亜沙美、教えただろ」

英二が白いヒップを平手でパンと打った。

「あんッ、ちゃんとしますから……ぶたないで下さい」

娘が泣き啜って容赦を請う。だが打擲を浴びて、娘の喘ぎはより情感を増した。丸いヒップをふりたくる。

(二ヶ月前までは処女だった女の子が、こんな乱暴な抱き方の虜にされて……。英二くんは、心をズタズタに引き裂くような悲しみと、えも言えぬ快感を同時に与えてきて、どうしようもなく女体を熱くさせるから……。大人のわたしでさえ、抗えない)

心の奥まで蝕むような被虐の快感を、英二は毎回与えてくる。うぶな少女が、虜になるのは無理からぬことだった。

「いいぞ亜沙美、その調子でヒップをいやらしくゆすりな」

英二が腰を打ちつけながら、尻たぶをパンパンと手で叩く。可愛らしい丸みは桜色に色づいていた。

「英二くん、ぶつならわたしを。娘に乱暴はしないで」

牧江は訴えた。英二が牧江を見下ろして、笑った。女の右手は脚の付け根に差し込まれ、蠢いていた。自慰をしていることを、牧江ももはや隠そうとはしない。

「ふふ、辛抱できないんだ。牧江も横に並んで立てよ。亜沙美と一緒に可愛がってあげるからさ」

母と娘の肉体を同時に責め嬲ってやると、英二が言う。それに同意するしかない我が身の悲しさを噛み締めながら、牧江は首肯した。

「は、はい」

亜沙美の横に並んで立つ。テーブルに向かって前屈みになり、腰を英二に向かって差し出した。

(酷い母親だわ。結局欲望に負けて、娘一人助けることすら出来ない)

牧江はビキニショーツの端を指で摘み、ゆっくりと引き下げた。股間を室内の空気に撫でられると、いかに自分がはしたなく濡れているのかがわかってしまう。

「キラキラ光らせちゃって」

英二の含み笑いが聞こえた。牧江は「うう」と恥辱の嗚咽を漏らす。それでも逞しい牡を求めることを止められはしない。ビキニショーツを膝まで下ろして、英二に向かって熟れた双臀をクイッと突き出した。

「英二くん、どうぞ……あ、あんッ」

娘の内から引き抜かれたペニスが、牧江の秘肉を擦った。

「ツルツルマ×コは、こうして擦り付けるだけで気持ちいいよね。これからもきれいに処理しておけよ」

年上の女を焦らすように、勃起は執拗に亀裂を縦になぞった。情欲を煽られ、丸い双丘は左右にゆれた。

「はい。ちゃんと剃っておきます」

「ラビアピアスもその内嵌めようか。どうせ牧江はいつも男のチ×ポのことを考えてるんだろ。そういう女は、ここにもピアスを付けていた方がいい」

英二の指が、陰唇を摘んだ。牧江は腰を震わせた。

(言い訳できない。常に濡らして英二くんを待っているのは事実。わたしはもう、そういう女にされてしまったということ……)

夫婦の寝室、キッチン、浴室、二階のベランダ……、自宅のなかすべてが交わりの場所だった。英二がむらむらすれば、どこであろうが突っ込まれた。その心の準備さえ出来ない状況が、女の身体を常に熱く潤ませる。

「牧江は、英二くんの逞しいおチ×ポさまのことを、いつも思っていますわ」

隣で娘が聞いていた。浅ましい台詞を吐くことで恥辱の昂りが喚起され、牧江の肌が燃え立つ。

「ツルマンを拡げろよ。大好物を突っ込んであげるからさ」

粗野な口調で、英二が命じる。牧江は右手を腹の下へと伸ばした。人差し指と中指を秘裂の左右に添え、クイッと指をV字に開いて割り広げた。

(はしたない言葉に、淫らな振る舞い……亜沙美に軽蔑されるのに……母親の顔なんて二度と出来ない。終わりだわ)

諦念が胸を疼かせ、それを覆い尽くすマゾヒスティックな興奮が、底の方から湧き上がる。

「ふふ、トロトロオマ×コが、物欲しそうに糸を引いている。じゃあ、食べさせてあげようね」

肉柱が女口にあてがわれ、ググッと填ってくる。

「あ、ンうッ、いただきます……ううっ、すごい、いいッ」

膣粘膜の引き攣る逞しさ、太いモノを呑み込む充足感、破廉恥な台詞を吐いた後とあって、いつも以上に肉の快美が爆ぜた。

「今度はママがチ×ポを食べた感想を、亜沙美に教えてあげる番だよ」

「ああ、おいしい……おいしいですわ。チ×ポさま、硬くて太くてステキです」

長い黒髪をゆらして、未亡人は悦楽に声を喘がせた。

「ママ……」

悲しみと諦めの滲んだ娘の呟きが聞こえた。

(ごめんなさい亜沙美)

情けない己を牧江は詫び、それでもゆたかなヒップは激しい肉交を待ち望むように『の』の字を描く。

「牧江のオマ×コは、相変わらず具合いいね。チ×ポに吸いついてくるよ」

英二がゆっくりと腰を振り始める。

「え、英二くんの、おチ×ポさまが悪いんです。牧江を欲しがりな牝に変えたんですから」

牧江は括約筋に力を込めた。拙かった性技も、上達した。女壺の食い締め方も覚えた。自由自在とはいかぬものの、常に少年が望む通りの膣圧で、愉しませることが出来る。

「亜沙美が不思議がってたよ。僕が牧江に迫ったなら、きっぱり断ればいいだけなのにって。やっぱりママから僕に誘いを掛けたんじゃないかってさ」

英二が喋りながら、剛棒を鋭く突き入れる。女の腰がゆれ、膝がガクンと曲がった。

「あんッ、ち、違う……」

狂おしい快感の波に翻弄されながらも、牧江は否定する。

「なにが違うのかな。今だって亜沙美からこのチ×ポを奪ったばかりじゃないか。おしっこを浴びながらイッちゃった今朝の姿には、亜沙美もずいぶんと驚いていたよ」

「ううッ」

英二の指摘が堪えた。恥辱が子宮を熱くし、蜜ヒダの収縮を生んだ。発情の淫露もトロトロと滴る。

「娘の彼氏を奪い取る母親なんて、母親とはいえないよね。ママはドロボウ猫だってさ」

「あ、亜沙美、ごめんなさい。お願い。そんな風に思わないで」

牧江は泣き啜った。それでも張った男性器で抉り込まれれば、至福の愉悦は肉体に広がる。心を苛まれながら味わう勃起摩擦は、麻薬同然の甘美さだった。

英二が牧江の媚肉から、肉刀を抜き取った。隣に移って、今度はセーラー服の亜沙美の尻を抱えて責め立てる。

「ママが亜沙美にごめんなさいって。聞こえた？」

「うん。聞こえました」

「ママくらいの年の女性は、チ×ポが欲しくてたまらないんだ。女として脂ののる頃だから。でもママは未亡人だから慰めてくれる相手が、ね。亜沙美にもわかるだろ？」

パンパンという音が鳴り響く。牧江は息を整えながら、英二が戻ってくるのを屈んだ姿勢で待つ。

「ああッ、わかります」

「亜沙美はほんとうに、いい子だね。これからはママと仲良く、このチ×ポを分け合うんだよ」

「ああ、仲良くします。英二くん、亜沙美のお尻まで一緒にいじめないでッ」

牧江はチラと横を見る。英二が右手を結合部に差し込んでいた。亜沙美の尻穴を指でまさぐっているのだろう。牧江は生唾をゴクンと呑んだ。

(わたし、娘と同じように責められることを期待してる)

『おいしいですわ、英二くんのコレ』

『ああ、ママ一人占めしないでっ』

正面のテレビから、牧江と亜沙美の声が流れた。牧江は視線を向けた。

（これは夫の墓参りに赴いた時の……）

牧江と亜沙美が、英二の勃起を舐めしゃぶる映像が流れていた。立派な桐原家の墓石が、背後に映り込んでいた。

（夫の前でも、わたしはこんな浅ましい姿を……）

花を手向けたばかりの墓前が、母娘の口唇奉仕の場所だった。黒の喪服ドレス姿の牧江と、セーラー服の亜沙美が一本のペニスを奪い合うようにして、舌を絡ませていた。

『ふふ、美人母娘の顔面シャワーだ』

テレビのなかで英二が笑っていた。大量の白濁液が、牧江と亜沙美の顔に振り掛けられる。

（あんなにいっぱい浴びせてもらっている）

精液の熱さと青臭い匂いが甦る。牧江はテーブルに付いた両手を握り込んだ。

『ああ、おいしい。英二くんのとろとろミルク』

赤い口紅の塗られた唇に、頬を伝ったザーメン液が垂れると、牧江は舌でなめずってそれを味わい、うっとりと吐息を漏らした。

自身の浅ましい姿を見ていられず、未亡人は首を前に折ってうなだれた。その瞬間、英二の逞しいペニスが戻ってくる。

「あんッ」

牧江は喉を晒して呻いた。何物にも代え難い男性器の充実感に、女の肉体はときめく。

「あっ、すごいッ、英二くん、一段と太くなってますわ」

「貪欲なエロマ×コが、絡み付いてくるからね。いい加減、素直に白状しなよ。牧江はコレが欲しかったんだろ。だから娘の彼氏だった僕に近づいてきた」

英二は肉棒を突き入れながら、偽りの事実を牧江に認めさせようとする。

（嵐の晩にわたしが引き止めたのは、こうして英二くんに抱いて欲しかったから。娘を庇う振りも、逞しいペニスを存分に味わうためだった……）

大型テレビに映る破廉恥な牝の痴態は、偽りこそが真実であったと告げていた。

ビデオのなかの牧江は、娘の顔に掛かった精液も舐め取り、それを口に溜めたまま娘とディープキスを交わしていた。母と娘の口元のアップが映し出される。精液と唾液の混じった泡立つ液を、行き来させながら舌を絡め合っていた。

「わ、わたしは、英二くんに惹かれていました。若くて逞しい男性が欲しかったから……あぁッ」

女の告白の声は、尻穴に突き刺さった英二の指で跳ね上がる。

(両方いじめてもらってる。うれしい。……わたしは、娘と並べられてこうして犯されることを待ち望んでいたのよ)

平穏な日々に飽いていたのかもしれない。欲求不満の肉体が、刺激を欲しがっていたのかもしれない。

(わたしは、この上も下も刺される感覚を待ち望んでいた)

隙間なくお腹いっぱいに満たされる至福、性愛の途絶えていた女体が恋い焦がれていたものだった。

二穴姦の悦びを知る女は、英二の指と肉茎を一心に絞り込んで啜り泣いた。

「マ、ママ……」

娘が首を横にして、母を見つめていた。つぶらな瞳がゆれていた。

「亜沙美、淫らなママを許して。ママは男性が欲しかったの。ずっと一人で身体が寂しくて、我慢できなかった。英二くん、もっとぶち込んで下さい。淫乱女を存分に懲らしめて」

英二が肉塊と指を同時にズブッと埋め込んだ。指は二本に増えていた。

「んはぁッ」

マゾ悦にまみれた未亡人は、女の内を埋め尽くす挿入感に歓喜の涙を流した。

(わたし亜沙美を守れなかったわ……あなた、ごめんなさい)

テレビに映る夫の墓を見つめながら、牧江は謝罪の言葉を胸で吐いた。

仲の良かった家族の形は遥か遠くの過去となり、残された母と娘は十代の少年に支配される隷属の牝へと変わった。

(あなた……もうあなたのことも忘れます。わたしが、英二くんを愛してしまったのは事実ですもの)

既に心の一部で夫への感情と似た想いを、少年に対して抱いていた。それは刻一刻と大きくなっていく。

「牧江、しあわせだろ」

英二の手がやさしく下腹を撫でた。英二の子を孕んでいる。これが愛の証拠でなくて、なんなのかと年上の女は思う。

「はい。しあわせですわ」

(高校生の子を宿した。これが現実。以前にはもう戻れない)

「英二くん、射精は亜沙美でなくわたしに」

英二は避妊のゴムを付けていない。母と娘はピルを許されてはいなかった。せめて娘に早過ぎる妊娠をさせまいと、母は膣内射精を求めた。

「ふふ、亜沙美にも、避妊なんて必要ないよ」

「ママ、わたしも生理が来てないの……」

「ああっ、そんな」

英二と娘の言葉を聞き、母の嘆きがリビングルームに木霊した。

「その辺の女じゃ、妊娠させてもつまらない。優等生で学校のアイドルのような女子高生を、孕み腹にしてみたかったんだ」

英二が牧江を貫きながら、嗤った。尻肉に腰がぶつかり、ゆらされる。母の嘆きは、肉悦の喘ぎに変わった。

「ママ……」

亜沙美が母の側に身を寄せてくる。

「ママも英二くんの子を、宿したんでしょ。使用済みの妊娠検査キット、洗面所の屑入れに捨ててあったの見つけたの」

(亜沙美はそれを英二くんに報告した……)

英二が自分の妊娠に気づいていた理由を牧江は知る。

娘のピンク色の唇が牧江の口に近づいた。母と娘はキスを交わした。互いを慰め合うようにやさしく舌をふれ合わせる。

「ふふ、美人母娘のボテ腹か。壮観な光景だろうね」

英二の声には、妊娠した女を犯す愉しさが感じられた。少年は母と娘を交互に貫く。娘の女蜜を潤沢に吸った勃起が埋め込まれると、熟れた尻肉は歓喜に戦慄いた。

（うう、たまらないわッ）

我が子を嬲った硬直だと思うと、背徳の味はより鮮烈になる。

「ヌルヌルが気持ちいいだろ。牧江と亜沙美の愛液が混じり合ってるんだよ」

女二人の臀肉を、英二は平手で打ち据え、尻穴を指で抉り込んだ。喉からこぼれる母娘の嗚咽は、恍惚の牝泣きに変わった。

「ママ、わたしだって、英二くんが、酷い人だってわかってるよ」

亜沙美が唇を引いて、か細い声で囁いた。

「それでも、好きになっちゃったの。どうにもならないの。こんなにされても、英二くんと一緒にいたいの。わたしも英二くんの特別になりたい」

娘の告白に、牧江はうなずいた。

「わかってるわ。亜沙美」

「行くぞ、牧江、亜沙美ッ」

英二がスパートを掛ける。女たちが手を付くテーブルもギシギシと音を立てた。ズンズンと叩き込まれる勃起が、母と娘を繋ぐ絆だった。

「わ、わたしは、ママが側にいてくれればなにがあっても平気だから」

「ええ。ママはずっとあなたと一緒にいるわ、亜沙美。……ああッ、もっと犯して英二くんッ」

未亡人は、双臀を卑猥に振り立てる。英二がビキニの紐を外した。ピアスで飾られた大ぶりの乳房が垂れ下がる。英二は双乳を掴み、乱暴に揉んできた。

「母親も娘も膣内射精のし放題。美人ママは、乳首にピアスだって付けている。これからも二人を僕好みに躾けてあげるよ。ふふ、牧江も亜沙美も、僕の大切な牝奴隷だからね」

「英二くん、亜沙美も可愛がって下さい」

爛れた性の悦びを教え込まれた少女も、渇望を訴えるように双臀をゆらす。

「ふふ、まずは牧江だッ、そらッ」

英二はまずは年上の女を仕留めに掛かった。荒々しい抽送で、蜜肉を責め上げる。

「だめ、イッちゃう……ああッ」

「いいぞ、イケッ」

英二が叫んだ。牧江の膣奥を突き上げた瞬間、肉茎が痙攣した。灼けた粘液が撒き散らされる。

「ああッ、英二くん、でてるッ、いっぱい溢れてるッ。イクッ、イッちゃうッ」

精液を浴びた瞬間、身も心も消し飛ぶような愉悦が、迸る。熟れた裸身は打ち震えた。

「ほら、ちゃんとオマ×コを絡み付かせろッ」

「はいッ、牧江はこれからもちゃんと気持ちのよい締め付けで、英二さんをお迎えしますわッ。ですから、もっと……ああンッ」

極まった性官能が女の意識を奪う。ぐらぐらと肢体がゆれた。身を支えることも困難だった。未亡人の内をザーメン液で満たすと、英二はすぐさま抜き取り、娘を貫いた。

「残りは、亜沙美に流し込んであげる」

「あんッ、うれしいッ。ミルク下さいッ」

娘がよがり泣く声が牧江の耳に聞こえた。膝が崩れ、牧江は絨毯の上に倒れ込んだ。

「こっちの穴が終わったら、次は後ろの穴でやるからな」

「はい。存分に使って。亜沙美の身体は英二くんの物だから」

未亡人が意識を失う寸前、際限なく堕ちていく自分と娘の姿が、闇のなかに見えた。

（完）

本作は『彼女の母は僕の奴隷』（フランス書院文庫）を大幅に加筆・修正し、刊行した。

フランス書院文庫X

【完全版《かんぜんばん》】彼女《かのじょ》の母《はは》は僕《ぼく》の奴隷《どれい》

著　者　麻実克人（あさみ・かつと）

発行所　株式会社フランス書院

東京都千代田区飯田橋3－3－1　〒102-0072

電話　03-5226-5744（営業）

　　　03-5226-5741（編集）

URL　http://www.france.jp

印刷　誠宏印刷

製本　若林製本工場

ISBN978-4-8296-7664-6 C0193

フランス書院文庫X　偶数月10日頃発売

助教授・沙織【完全版】
綺羅 光

知性と教養溢れるキャンパスのマドンナが娼婦に堕とされ、辱めを受ける。講義中の調教、裏ビデオ、SMショウ…28歳にはさらなる悲劇の運命が。

【暗黒版】性獣家庭教師
田沼淳一

そこは異常な寝室だった！ 父の前で母を抱く息子の顔には狂気の笑みが。見守るのは全てを仕組んだ悪魔家庭教師。デビュー作が大幅加筆で今甦る！

肛虐許可証【姦の祭典】
結城彩雨

女子大生、キャリアウーマンを拉致、監禁し、凌辱の限りを尽くす二人組の次なる獲物は准教授夫人。肛姦の使徒に狩られた牝たちの哀しき鎮魂歌。

新妻奴隷生誕【鬼畜版】
北都 凜

初めての結婚記念日は綾香にとって最悪の日に！穴という穴に注がれる白濁液。義娘と助けに来た姉も巻き込まれ、三人並んで犬の体位で貫かれ…。

【完全版】人妻肛虐全書Ⅰ暴走編
結城彩雨

熟尻の未亡人・真樹子を牝奴隷に堕とした冷二は、愛娘と幸せに暮らす旧友の人妻・夏子も毒牙に！青獣は二匹の牝を引き連れて逃避行に旅立つが…。

【完全版】人妻肛虐全書Ⅱ地獄編
結城彩雨

冷二から略奪した人妻をヤクザたちは地下室へ連れ込み、肛門娼婦としての調教と洗脳を開始。元同僚の真樹子も加え、狂宴はクライマックスへ！

人妻調教師
夢野乱月

第一の犠牲者は若妻・貴子。結婚二年目の25歳。第二の生贄は新妻・美帆。新婚五ヶ月目の24歳。調教師K、どんな女も性奴に変える悪魔の使徒！

フランス書院文庫X　偶数月10日頃発売

女教師姉妹【禁書版】　藤崎　玲

人妻と処女、女教師姉妹は最高のW牝奴隷。夫の名を呼ぶ人妻教師を校内で穢し、24年間守った純潔を姉の前で強奪。女体ハーレムに新たな贄が…。

【完全版】淫猟夢　綺羅　光

突如侵入してきた暴漢に穢される人妻・祐里子と美少女・彩奈。避暑地での休暇は無残に打ち砕かれ、奈落の底へ。二十一世紀、暴虐文学の集大成。

【プレミアム版】美臀三姉妹と脱獄囚　御堂　乱

良家の三姉妹を襲った恐怖の七日間！　長女京香、次女玲子、三女美咲。美臀に埋め込まれる獣のドス黒い怒張。裏穴の味を覚え込まされる令嬢たち。

【完全堕落版】熟臀義母　麻実克人

（気づいていました。義理の息子が私の体を狙っていたことを…）抑えきれない感情はいびつな欲望へ。だが肉茎が侵入してきたのは禁断の肛穴！

人妻　媚肉嬲り【織恵と美沙緒】　御前零士

（あなた、許して…私はもう堕ちてしまう）騙されて奴隷契約を結ばされ、肉体を弄ばれる人妻・織恵。29歳と27歳、二匹の牝妻が堕ちる蟻地獄。

人妻と肛虐蛭Ｉ　悪魔の性実験編　結城彩雨

「娘を守りたければ俺の肉奴隷になりな、奥さん」一本の脅迫電話が初美の幸せな人生を地獄に堕とした。人妻を調教する魔宴は夜を徹してつづく！

人妻と肛虐蛭II　狂気の肉宴編　結城彩雨

夜の公園、ポルノショップ…人前で初美が強いられる恥辱。人妻が露出マゾ奴隷として調教される間に、夫の前で嬲られる狂宴が準備されていた！

フランス書院文庫X　偶数月10日頃発売

肛虐の凱歌《ファンファーレ》【四匹の熟夫人】　結城彩雨

夫の昇進パーティーで輝きを放つ准教授夫人真紀。自宅を侵犯され、白昼の公園で二穴を塞がれる！　四人の熟妻が覚え込まされた、忌まわしき快楽！

闘う正義のヒロイン【完全敗北】　御堂　乱

守護戦隊の紅一点、レンジャーピンク水島桃子は、魔将軍ゲルベルが巡らせた策略で囚われの身に！　美人特捜、女剣士、スーパーヒロイン…完全屈服。

未亡人獄【完全版】　夢野乱月

（あなたっ…理佐子、どうすればいいの？）亡夫の仇敵に騎乗位で跨がり、愉悦に耐える若未亡人。27歳が牝に目覚める頃、親友の熟未亡人にも罠が。

兄嫁と悪魔義弟【あなた、許して】　御前零士

「お願い…あの人が帰ってくるまでに済ませて」居候をしていた義弟に襲われ、弱みを握られる若妻・結衣。露出の快楽を覚え、夫の上司とまで…。

新妻　終身牝奴隷　佳奈　淳

「結婚式の夜、夫が眠ったら尻の穴を捧げに来い」女として祝福を受ける日が、終わりなき牝生活への記念日に。25歳が歩む屈従のバージンロード！

ふたりの美人課長【完全調教】　綺羅　光

デキる女もスーツを剝けばただの牝だ！　全裸会議、屈辱ストリップ、社内イラマチオ…辱めるほどに瞳を潤ませ、媚肉を濡らす二匹の女上司たち。

全裸兄嫁　香山洋一

「あなた、許して…美緒は直人様の牝になります」ひとつ屋根の下で続く、悪魔義弟による徹底調教。隠れたM性を開発され、25歳は哀しき永久奴隷へ。

フランス書院文庫X　偶数月10日頃発売

人妻　孕ませ交姦【涼乃と歩美】
御前零士
（心では拒否しているのに、体が裏切っていく…）夫婦交換の罠に堕ち、夫の上司に抱かれる涼乃。老練な性技に狂わされ、ついには神聖な膣にも…。

人妻　エデンの魔園
結城彩雨
診療の名目で菊門に仕込まれた媚薬が若妻を狂わせる。浣腸を自ら哀願するまで魔園からは逃れられない。仁美、理奈子、静子…狩られる人妻たち。

媚肉夜勤病棟【人妻と女医】
御前零士
「あなたは悪魔よ。それでもお医者様なんですか」夫の病を治すため、外科部長に身を委ねた人妻。淫獣の毒牙は、女医・奈々子とその妹・みつきへ。

美臀おんな秘画【完全版】
御堂　乱　著
川島健太郎　装画
「後生ですから…志乃をイカせてくださいまし」憎き亡夫の仇に肉の契りを強いられる若後家志乃。美しき女たちが淫猥な肉牢に繋がれる官能秘帖！

【決定版】義母奴隷
管野　響
「ああっ、勝也さん、お尻はいけません…いやっ」対面座位で突き上げながら彩乃の裏穴を弄る義息。27歳と34歳、二人の若義母が堕ちる被虐の肉檻。

人妻　狩られた五美臀
結城彩雨
バカンスで待っていたのは人妻の肉体に飢えた淫獣の群れ。沙耶、知世、奈津子、理奈子、悠子…おぞましき肛姦地獄に理性を狂わされる五匹の牝。

獄色の檻【完全増補版】
夢野乱月
「そんなにきつく締めるなよ、綾香おばさん」優等生の仮面を装い、良家へ潜り込んだ青狼は、39歳を肛悦の虜囚にし、長女、次女までを毒牙に…。